Les urnes scellées

Émile Ollivier

Les urnes scellées

ROMAN

Albin Michel

© Éditions Albin Michel S.A., 1995
22, rue Huyghens, 75014 Paris

ISBN 2-226-07593-3

A May-Lissa,
Dominique
et Joe,
malgré vents et marées.

« Je ne peins pas l'horreur mais le cri... »

Francis Bacon

« C'est le désir encore au flanc des jeunes veuves
Des jeunes veuves de guerriers comme des grandes
urnes rescellées. »

Saint-John Perse

Le cavalier de l'ange

« Et l'indicible sera — indiciblement —
contenu dans ce qui aura été dit... »

WITTGENSTEIN

1

... « I L ne nous reste plus qu'à nous remettre au hasard, seul lui peut désormais infléchir notre destin. » Zagréus Gonzague, Zag pour les intimes, soupire ces mots plus qu'il ne les prononce. Quoique vêtu d'un sarrau blanc frais pressé, ses cheveux en étoupe, ses yeux torves, des yeux de sans-aveu qu'aucun ange gardien ne semble protéger, son col défait lui donnent l'air d'être resté, toute la nuit, suspendu à une corde à linge. Il passe et repasse, avec des gestes lents, appliqués, la lame d'un rasoir sur la large bande de cuir accrochée au dos du fauteuil pivotant. Les instruments de la profession : blaireau couronné d'une légère mousse bleutée, rasoirs, tondeuse, ciseaux, soigneusement rangés, projettent leur reflet sur la surface du miroir. Nul achalandage, au salon, à cette heure creuse de la journée. Une mouche acrobate qu'a leurrée la transparence de la porte, piégée, se cogne par saccades régulières contre la vitre. Sur la matité du cuir, un éclat glacé de métal ; Zag vérifie, du bout de l'index, l'acuité de la lame. Ses yeux mornes fixent la fenêtre où s'enchâsse, disloquée par le vent, une colonne de nuages qui engloutissent le soleil, empruntent des formes insolites, grimacent. Puis la colonne s'étire, s'effrite petit à petit, se dissipe, libère un bleu assassin, écrabouillé de lumière. Machinalement, le coiffeur fait pivoter le fauteuil de sorte que le visage du client soit mieux exposé à la clarté du jour. « La pure prudence ne suffit plus ; la sécurité est une denrée rare de nos jours. » Ces paroles restent veuves d'écho.

L'homme, confortablement installé dans le fauteuil, présente un front largement dégarni. Une mousse épaisse, velouteuse lui masque le reste de la figure. Le coiffeur s'attaque à la touffe de poils au-dessus de la gorge. La lame métallique glisse du bas vers le haut, racle la peau pileuse. Émergent d'abord le menton et sa fente, puis le sillon au-dessus de la lèvre supérieure, les pommettes osseuses et enfin le visage tout entier, net, frais. Les paupières à demi closes frissonnent quand la lotion, vaporisée en un geste circulaire, retombe en fines gouttelettes ; elle répand une senteur épicée, mélange de santal, de vanille et de musc. Une serviette diligente éponge l'excès de liquide picotant et rafraîchissant. D'une pression du pied droit, Zag ramène le fauteuil au niveau du sol ; le dossier se redresse à la verticale. L'homme se lève avec lenteur. Il porte le costume de lin blanc des tropiques. Sur ses manches traînent encore quelques brins de cheveux ; il les époussette, rectifie, à la hauteur des genoux, les plis de son pantalon bien amidonné. Combien de temps cette séance a-t-elle duré ? Une éternité. Les coiffeurs ne sont jamais pressés. Une éternité qui vit Zag (à une procession de bavards, il porterait le saint sacrement et marcherait sous le dais) demeurer silencieux. Pas de riants badinages sur les femmes coloquintes, pas de gémissantes palabres sur la récolte de canne assurément compromise, pas de diluviales logorrhées sur la bigarrure d'une nation aux soixante-quatre couleurs de peau. La moiteur de novembre lui aurait-elle alourdi la langue, l'aurait-elle empêché de commenter, comme à l'accoutumée, les mille et une rumeurs ? « Ne musez pas trop en chemin, les rues ne sont pas sûres ces temps-ci. » Zag prononce ces mots d'un ton sentencieux. L'oreille avertie devine qu'il sait plus qu'il n'en dit. Il tâte la poche de son sarrau, en extirpe un paquet de cigarettes et une boîte d'allumettes, une de ces boîtes rouge, or et noir, célébrité de l'industrie locale. Ses deux faces les plus larges présentent le dessin stylisé de l'île. Est-ce un taureau d'arène ou un cheval de course dont la tête se confond avec le bout de la presqu'île ? La flamme rouge de l'allumette jaillit à l'instant précis où l'homme, la soixantaine fringante, enjambe le pas de la porte et prend pied sur le trottoir. « La charité, s'il vous plaît. » L'homme jette une pièce de monnaie dans la sébile de l'aveugle assis en tailleur, le même depuis deux siècles, adossé à un pan de mur.

La ville, baignée de soleil. Le soleil de midi embrase les toits de tôle ondulée. D'habitude, à cette heure, une vraie fournaise fonctionnant à plein rendement, la ville, aujourd'hui, semble assoupie. Pas de charivari de lycéens se bousculant, cacannant et criant à tue-tête. Pas de cavalcade de gamins dégringolant la pente des Alluvions. Pas de caquetage de Madansaras, ces revendeuses piailleuses, tout négoce arrêté, le temps de se sustenter. Un visiteur de passage jurerait qu'il s'agit d'une ville abandonnée. Des épaves sans maître, des carcasses d'automobiles, des pneus à demi calcinés, des bidons d'essence bosselés, tout indique que la ville vient d'être le théâtre d'événements sanglants. Du reste, une odeur de violence flotte encore dans l'air ; elle rappelle celle des lazarets, profite du vent, court de quartier en quartier, crucifie les poitrines. Elle bouline depuis la place des Canons jusqu'au flanc ouest du morne, là où bétails, terres et humains sont condamnés à alluvionner. S'arrêtera-t-elle, cette violence carnassière et triomphante issue du vertige des fractionnements, de l'ouragan des haines ? Seul le vent le sait, lui qui règne en maître absolu des lieux ; lui qui détient tous les droits : celui de narguer les cailloux, de jongler avec le pollen, de

17

faire valser les papillons de la Saint-Jean, de rabattre l'impudent caquet des humains vaniteux, trop humains.

L'homme donne dos à la mer qui enserre la ville en fer à cheval. Le visage austère, l'œil indéchiffrable, svelte, filiforme, l'homme s'en va d'un pas de sénateur, piétinant son ombre, l'ombre passagère de midi. Tout en marchant, il feuillette distraitement le journal local. Quatre pages d'insignifiances et de platitudes. À la une, les sempiternelles notices des jaloux et des cocus qui avisent le public en général et le commerce en particulier de n'être plus responsables des actes et actions de leur épouse. Ce geste abusif et belliqueux répare-t-il leur honneur bafoué, leur orgueil piétiné ? Suivent des comptes rendus d'événements qui n'étonnent plus personne depuis qu'on sait que gendarmes et voleurs se confondent. Une seule et même race de malfaiteurs. Ne chuchote-t-on pas qu'une commerçante du bord de mer, victime d'un hold-up nocturne, voulant déposer une plainte, s'est présentée au poste de police. À son grand dam, elle reconnut en l'officier du jour son cambrioleur. Les yeux secs, sans un rictus, celui-ci avait recueilli sa déposition tout en martelant — conseil gratis — que la loi punit sévèrement les faux témoignages. De tels événements, le journal ne les mentionne pas. En dernière page, la narration détaillée du drame de la rue Louverture. Une femme a transformé son mari en torche vivante d'un seul coup d'une lampe à kérosène allumée. Nouvelle insipide, le sensationnel, relégué, depuis quelque temps, au magasin de l'accessoire. Bref, l'Histoire, bien qu'elle passe au présent, dans le journal, roule en minuscule.

Place des Canons. L'homme a laissé derrière lui le quartier du Port avec ses services publics et ses halles d'import-export, ses échoppes bancales et ses maisons de commerce, son marché en fer et ses baraques de ghetto.

18

Depuis que l'usine sucrière s'était installée à l'entrée de la plaine, l'exode rural, provoqué par cette intrusion, avait entraîné un changement dans l'habitat, en accélérant le déplacement des familles natives natales, des vieux quartiers vers de nouvelles aires résidentielles : Les Alluvions. Les familles aisées repoussées par les « villageois urbains », horripilées par la sensible dégradation de leur quartier, avaient cédé la place aux nouveaux arrivants et entamé, alpinistes de grand talent, un mouvement d'ascension de la montagne dominant la ville. Ainsi ces flux qui s'orientaient vers le haut avaient-ils fait de la place des Canons, avec ses squelettes de bronze verdâtre cordés de câbles en fer rouillés et dont les bouches inertes visaient le ciel, naguère limite de la ville, un espace intermédiaire.

Du côté nord, à la rue des Sapotilles, un pâté de maisons un peu vieillottes d'allure. Construites en bois, elles n'ont qu'un étage et ouvrent toutes, sur la place, leurs balcons ceints de balustrades en dentelle. Devant chacune, deux ou trois mètres carrés de jardin entourés de clôtures peintes en blanc d'où ruissellent taches écarlates de roses trémières, fleurs orangées de grenadiers et de bougainvillées. Réflexion faite, ces grilles basses servaient beaucoup plus à mettre les villas en valeur qu'à les protéger. À l'angle, une imposante demeure coloniale ceinturée d'un mur de pierre. Installé sous l'arcade de la porte cochère orpheline de coche depuis belle lurette, le marchand de fresco somnole dans l'attente d'hypothétiques clients aussi rares que la merde de pape.

L'homme effectue une halte devant le perron de la cathédrale. Rien de surprenant : ici, ceux qui ont la réputation d'être les moins croyants, devant la fragilité de l'existence, ne peuvent se résigner à l'idée qu'une horloge puisse fonctionner sans horloger et affichent une petite foi fragile, vacillante, souvent bougonneuse, toute proche du scepticisme. L'homme se recueille un instant, marmonne quelques paroles que seul entend le Christ sur sa croix. Nul vivant ne saura jamais quelle complicité l'aura relié à son Créateur. Où sont passés, en ce vendredi de l'avent, les groupes de pèlerins qui, selon la coutume, viennent de loin implorer indulgences et rédemption ? Avec leur attirail de voyage accroché au dos, ils offrent l'allure de mules chargées à couler bas. Ce spectacle, d'ordinaire, attire les quolibets des écoliers. Maintes fois, le curé et son bedeau ont dû ramener à la raison cette horde tapageuse.

L'homme traverse la rue, gagne à grands pas le talus bordant la place des Canons. Au moment où il atteint l'ombre du mapou qui, depuis les antiques et célèbres querelles du concombre et de l'aubergine, sert de havre aux passants accablés par les implacables rayons du soleil à son zénith, un cavalier, surgi de nulle part, à grand galop, montant un hongre zain, le heurte. L'homme a failli rouler dans le caniveau : « Nom de Dieu ! crie-t-il, vous ne pouvez pas faire attention ! » Devant le perron de la cathédrale, le cavalier tire fermement sur la bride ; le cheval se cabre et s'arrête net, à la place même où l'homme, cinq minutes plus tôt, priait.

Les rares personnes présentes, frappées de stupéfaction, regardent le cavalier et sa monture. Lui, porte un pantalon justaucorps noir et un gilet de même teinte, sans manches, largement ouvert, laissant voir un poitrail couvert d'une toison noire moutonnante. Il fait corps avec son cheval : le même noir de jais que la sueur fait briller. De guingois sur sa monture, il regarde l'homme qui reprend ses sens au pied du mapou en vitupérant contre la maladresse de « ces ruraux ». Le cavalier éclate d'un rire sardonique puis, à bride abattue, disparaît dans un nuage de poussière, à la fourche des Quatre-Chemins. Les pénitents, debout devant le calvaire, se signent, un ostensible signe de croix. Ils bégaient des formules de conjuration : « Allez, Satan ! Abonocho ! » Revint-il alors, à l'esprit de l'homme, ce rêve obsédant qu'il avait fait toute la nuit ? Posé sur un socle, un violoncelle à son effigie. Un invisible archet faisait vibrer ses cils démesurément allongés et interprétait le premier mouvement de la *Neuvième Symphonie* de Mahler. Dès que la musique atteignait ce point de diminuendo qui va jusqu'à se confondre avec le silence, sa bouche, en forme de caisse, ululait : des cris douloureux, terrifiants. Sept fois, l'archet avait repris ce mouvement. Chaque fois, il s'était réveillé en sueur, le souffle coupé. Au petit matin, entre le pain rôti, la bouillie d'avoine, les rondelles de banane mûre et la salade d'avocat, ce rêve avait fait l'objet d'un récit détaillé devant trois auditrices qui, après l'avoir écouté bouche bée, remercièrent le Seigneur et Grand Maître : grâce à son infinie miséricorde, la vie éveillée se montrait moins cruelle que les images du sommeil.

L'homme ne devait pas croire aux présages, à la malveillance insidieuse des forces invisibles. Tant soit peu superstitieux, il aurait eu la vie sauve. Il continue son chemin, d'une démarche tranquille, le dos à la mer. Seuls bruits, des pas, les siens ; des pas qui foulent l'asphalte, troublant le silence de midi muet de cloches, depuis que la cathédrale se refaisait une beauté. Une voiture noire débouche de la rue des Bougainvillées, déboule la rue des Sapotilles. À la hauteur du grand mapou, elle s'arrête pile. Du véhicule sans plaque d'immatriculation, quatre individus descendent. Froidement, posément, ils ouvrent le feu. Dans le fracas des rafales, l'homme virevolte. A-t-il eu le temps de voir le visage de ses assassins ? A-t-il assumé l'évidence de sa mort imminente ? Les pénitents terrifiés avalent, d'une seule déglutition, luette et litanies. L'homme s'écroule, les yeux à jamais rivés sur les dentelles ouvragées des balustrades qui bordent les balcons déserts.

Le marchand de fresco, la tête coiffée de son éternelle casquette bleu zéphyr à oreilles rabattues, réfugié derrière sa brouette, retrouve le premier la parole : « Celui-là, ils ne l'ont pas raté ! » Il regarde à droite, à gauche, en haut, en bas ; les assassins ont bien quitté les lieux. Il s'approche de l'homme étendu sur l'asphalte. « Mais... c'est m'sieu... » Un couple se détache du groupe de pénitents. Elle, délicate, mince, porte un chignon haut sur un cou gracile, long, en chanterelle de violon. Tout est long, chez elle, le buste, les jambes, les bras, les doigts aux bagues rutilantes : « Ne t'en mêle pas, je t'en supplie ! Que leur a-t-on fait pour qu'ils nous choisissent, nous, comme témoins ? » Ces paroles trahissent un sentiment d'accablement, de déroute. Elle tente désespérément de le retenir par la manche. Lui, veston blanc très ajusté, panama incliné sur l'oreille droite, visage parcheminé de rides, dents étincelantes de blancheur et de symétrie, l'entraîne dans sa hâte, en agitant des mains fébriles. « Quel destin ! Grands dieux, quel destin ! » La brièveté de la réflexion évoque d'autres événements, renvoie à d'autres tragédies. Le marchand de fresco, accroupi à côté du cadavre, ôte sa casquette et gratte furieusement son crâne pouilleux. « Mes amis ! mes amis oh ! »

Bruits de volets. Les persiennes s'ouvrent. Voilà les demeures livrées à la chaleur étouffante de midi. Branle-bas ; la rue métamorphosée soudain en une véritable fourmilière grouillante de fourmis folles qui glosent, s'indignent. « Quelle horreur ! Quelle horreur ! Pauvre, pauvre Sam ! » Les mots s'abîment dans un gouffre de perplexité : Hasard ? Erreur ? Les paroles se font sibyllines : qui sait quand le Ciel frappe de quels impitoyables crimes ses coups en sont le châtiment ? Blême, hagarde, la

femme fluette soliloque une interminable homélie :
« C'était un homme calme et bon, un homme discret et
sans histoire, un peu coureur il est vrai... » tout en se
tamponnant le coin des paupières de son petit mouchoir
brodé. « Quel destin ! Quel étrange destin ! » répète son
compagnon. Une tête de coq déplumé dont la calvitie
contraste avec les traits encore jeunes, d'un ton déférent, à
grands coups de Maître, l'interpelle : « Maître, que voulez-vous dire par là, Maître ? » Le vieux le toise des pieds à
la tête, le couvre de toute sa condescendance. « Mon
défunt père m'a toujours dit qu'il y a le livre et ce que tu
vois. Fournis tes yeux et regarde ! Regarder n'a jamais
brûlé les yeux. Apprends que la dame-jeanne nue ne
participe jamais au bal des galets. » Seules les lèvres
bougent sur la dentition postiche. « Adié bondié oh ! Quel
gilet ils lui ont tricoté, sans sauter une maille ! » se lamente
le marchand de glace. Le ton est badin, mais il y a de la
gravité sous la plaisanterie. On peut en juger par la mine
déconfite qu'il affiche.

Un taxi décrépit, une de ces Aronde noires très en vogue
au début des années cinquante, entre dans le décor,
pétaradant, crachotant une fumée âcre. À coups de
klaxon, il se fraye un chemin, du carrefour de la rue des
Sapotilles jusqu'à la place des Canons où il s'immobilise
avec un crissement plaintif de pneus qui adhèrent mal à la
chaussée. La portière arrière s'ouvre. Une silhouette de
femme se détache de la banquette. Elle a dû s'habiller à la
hâte si on en juge par le débraillé de la blouse. Elle tombe
en godets sur une longue jupe que la femme ramasse d'un
geste ample entre ses jambes. Le foulard de soie bleu ciel
hâtivement noué laisse échapper des mèches de cheveux
rebelles, ce qui met en évidence le visage indemne de
maquillage. Cris et agitations font place à un silence
lourd, fiévreux. Les yeux se déplacent, se braquent sur les
gesticulations du chauffeur. Il est exaspéré, excédé. Voilà

plusieurs jours qu'il fait office d'ambulancier et réclame une halte, un souffle. Blessés, morts de mort violente ou de crise cardiaque, rescapés du supplice du collier, il n'arrête pas d'en charroyer.

On aura attendu en vain le colonel et le juge de paix, pourtant des amis de la famille. Mandés sur les lieux afin de dresser le constat du décès, ni l'un ni l'autre n'avait jugé utile de se déplacer. À quoi bon ! Les malfaiteurs s'étaient évaporés. Le colonel dépêcha son ordonnance, un caporal. Il passera au cours de la soirée ou demain matin présenter ses sympathies. Mam'zelle Reine pouvait compter sur lui, il fera enquête. Les témoins seront interrogés. Ce ne sera pas facile, les esprits, de nos jours, sont si méfiants. Ainsi se manifesta le colonel ; la formule était devenue classique. « Ramène-nous à la maison », lança Reine, d'un ton énergique, au chauffeur. Deux hommes vaillants se précipitèrent, offrirent leur aide, insistante. Lorsqu'ils soulevèrent le cadavre, le soleil éclaira des yeux grands ouverts où se reflétait l'étonnement d'avoir été arraché si brutalement à la splendeur du jour. Le corps installé sur la banquette arrière, le taxi, avertisseur en folie, remonta en trombe la rue des Sapotilles et disparut, sans feu clignotant, du côté de la rue des Bougainvillées réveillée des vapeurs de la sieste. Cette fois, la mort, sous une forme hideuse, avait fait irruption dans le monde protégé de la société honorable, une mort crue, indécente, brutale. Ce 27 novembre, Samuel Soliman, Sam pour les intimes, avait contemplé pour la dernière fois la lumière du soleil.

2

Adrien Gorfoux avait suivi la foule d'amis et de curieux jusque dans la maison des sœurs Monsanto. Il ne connaissait pas vraiment Sam. Il lui avait été présenté par sa femme Estelle Pierregrain qui évoquait de lointains liens de parenté entre la famille Soliman et la sienne. Adrien avait entretenu avec Sam, depuis son arrivée dans la ville, des relations polies, quelque peu distantes même. Seul le hasard avait voulu qu'il soit témoin de son assassinat. Qui avait commandé les bras qui ont frappé Sam Soliman? Qui avait signé cet arrêt de mort? Qui avait tendu les rets où il fut piégé comme un animal au laisser-courre? Questions lancinantes qu'A-drien n'arrête de se poser et de poser. Il avait beau interroger ceux qui, venus d'horizons divers, se précipi-taient dans la maison du défunt, de leur réponse il ne pouvait tirer rien de consistant. Les bouches restaient scellées ou tempêtaient leur ignorance. Une volonté unique de garder le silence, tant semblait lourd le poids de l'événement. Sur la mort de Sam, la ville n'était qu'énigme opaque. Il serait aisé, cédant à la facilité, de stigmatiser ce comportement, de pointer du doigt ces esprits obtus, tournés sur eux-mêmes depuis des années, de dénoncer à hauts cris ces cerveaux égarés, étrangers aux changements, évoluant suspendus dans une sorte de temps immobile. De tels jugements seraient vraiment excessifs. Le mystère qui entourait la mort violente de Sam intriguait d'autant plus Adrien qu'aucune piste ne s'offrait à lui. Quel stratagème devrait-il utiliser pour combler ses lacunes ? Comment vaincre cette méfiance qui tissait ses mailles autour de lui, closant toutes les bouches ?

Peu avant la brunante, Adrien Gorfoux retourna au salon. Gonzague s'apprêtait à fermer et rangeait ses instruments tout en s'entretenant avec un dernier client : une veste gris muraille enveloppant un corps en quasi extinction parlait avec de grands gestes. Quand, au grincement de la porte, elle se retourna et vit entrer Adrien, elle devint aussi muette qu'une carpe. Visiblement, la présence d'un étranger la dérangeait. Elle s'empressa de partir, avant même que Zag n'ait fait les présentations d'usage. Un fonctionnaire municipal, à la retraite, lui apprit-il, retraite bien méritée après avoir servi loyalement sa communauté. Adrien l'interrompit, lui fit part de sa perplexité face à cette « conspiration de silence » autour de la mort de Sam. Les propos de Zag ne furent alors que précaution, avancée à petits pas, sur une route cloutée, jonchée de piquants. Adrien éprouva quelques difficultés à suivre les méandres de ses raisonnements, de ses hyperboles. Véritable défi à la vraisemblance, choc brutal pour tout désir d'unité, de cohérence, tout besoin de sens, les propos de Gonzague voguaient sur des registres différents convoquant simultanément l'un et le multiple, la raison et la déraison, la précarité et la pérennité, l'innocence et la faute, la loi et la barbarie.

En écoutant Zag, Adrien eut l'impression que le réel devenait encore plus évanescent, plus trouble, miasmatique. Il se sentait privé de cette maîtrise du jugement qu'il croyait, au fil des ans, avoir acquise, qui lui avait permis

de se sentir confortable en presque toute circonstance.
« Voyez-vous, conclut Zag, au bout d'un long monologue,
le passé fermente notre avenir, troue chaque instant de
notre présent. Toutes les actions que nous croyons réaliser
délibérément, tous les actes que nous croyons accomplir
volontairement sont déjà advenus. Samuel Soliman est
mort depuis le jour où il a épousé, à l'étonnement général,
Simone Monsanto, Mona pour les intimes. Le temps
écoulé, de la date de son mariage à celle de sa mort, n'était
qu'un instant suspendu entre deux néants. » Adrien
afficha une mine médusée, sceptique : ce mariage avait eu
lieu voilà plus de quarante ans déjà. Zag le regarda avec la
compassion que l'on éprouve pour l'innocence : « Un
intervalle précaire, même s'il a duré quarante ans. »
Abasourdi, Adrien releva l'ambiguïté de tels propos. « Je
vous aime bien, vous autres ! » Ce vouvoiement, cette
façon particulière d'appuyer sur le vous autres, condam-
nait sans appel ces intellectuels naïfs, pseudo-rationnels,
Cassandre aux petits pieds, qui appliquaient mécaniquement à une réalité d'exception des modèles importés et
taxaient d'ambigu tout propos qui ne concordait pas avec
les schèmes préétablis ingurgités ailleurs et recrachés
comme des Jacquot-répète. « L'Ecclésiaste dit : Il n'y a
pires aveugles que ceux qui ne veulent pas voir. Vous me
faites penser aux daltoniens. Ils accusent la nature
d'emprunter la couleur de l'herbe et de masquer le
précipice. Mon ami, ce que tu ne connais pas est plus
grand que toi. Les faits sont têtus, la prudence invite à
s'incliner devant eux. » Les faits ! Les faits ! Adrien les
connaissait déjà. Estelle lui en avait parlé. Il put constater
que Zag, en les relatant, croyait les rétablir ; il n'en
reconstruisait que leurs déformations.

Mona ! La ville ne trouvait point de qualificatifs susceptibles de décrire celle qu'elle avait vue naître, grandir,
devenir cette femme étrange, cette tête de jument aux

cheveux raides, difficiles à ordonner, cette allure de corbeau chaussé de lunettes d'acier. Sa démarche saccadée, résultat de la disproportion entre un buste svelte, élancé, et des jambes trop courtes, son corps fragile, asexué, le ton nasillard de sa voix, cette faculté de provoquer, d'imposer le silence sur son passage, tout en elle tendait à confirmer que quelqu'un avait signé, en son nom, quelque contrat avec l'au-delà. Il était donc aisé de comprendre combien la nouvelle du mariage de Mona Monsanto étonna la ville. Les langues médusées accueillirent d'abord cette annonce avec scepticisme. « T'as entendu la dernière ? » C'était un mot de passe, un prélude ; l'interlocuteur savait qu'il allait rire un bon coup. « Mona Monsanto se marie ! » « Non ! » Mais lorsque, par-dessus le marché, on apprit le nom du présumé époux, elles furent frappées de stupeur : « Samuel Soliman !... Allons donc !... Ne dites pas de bêtises, ma chère ! Depuis le temps que les deux familles sont... Impossible ! Cette ville finira comme Sodome ! » Les bouches mal parlantes, les langues aussi longues que des cravates, annonciatrices de sinistres augures, répandirent leur venin aux quatre coins cardinaux. Les plus désabusées, les plus cyniques prétendirent avec un rire en coin que « ce n'est pas la cendre de la mort mais la flamme de la vie que doivent recueillir et porter en avant les générations montantes ».

A croire Zag, ce mariage, que rien ne laissait prévoir, avait été décidé au-delà même de la volonté des protagonistes. Dès l'adolescence, Mona avait été en proie à des migraines sans répit ; on les attribua d'abord à la sève ardente de son jeune âge. Au fil des ans, elles réduisirent sa chair en un amas de douleur. Face à l'impuissance des médecins de la ville, Mona dut effectuer plusieurs séjours dans une clinique de neurologie. Au cours d'un d'entre eux, elle rencontra un jeune thérapeute, Samuel Soliman, orphelin, dont la famille paternelle était originaire de sa ville natale. Elle en avait naguère émigré. Une rente confortable, héritée de certaines tantes que Sam n'avait pas connues, le mettait à l'abri de tout souci financier. Sa fréquentation ouvrit à Mona le monde de la musique. Les chants grégoriens, Bach, Mozart, Mahler surtout eurent momentanément raison de ses migraines. Deux mois après son retour, ses maux de tête redoublèrent de violence. Un nouveau séjour en clinique se révéla inefficace. Malgré cette santé lamentable, Sam décida d'épouser Mona et le couple vint s'installer dans la ville.

Zag avait terminé ses derniers rangements. Il ferma les volets, éteignit les lustres. La pénombre envahit la pièce. « Samuel Soliman, paraphant son acte de mariage, avait signé de ce trait son propre arrêt de mort. Il était devenu un cadavre en attente de sépulture, en route vers l'abattoir. Quel que soit le chemin emprunté, sa vie ne devait plus être qu'une marche inexorable vers les ténèbres. » Adrien eut la maladresse de penser à haute voix. Tout cela n'était qu'un tissu d'élucubrations. Il risqua même le mot délire, Sam ayant quand même vécu jusqu'à l'âge de soixante ans. Alors, Zag postillonna de véhémence : le Mal existe, ingambe, aussi vrai que lui Zagréus Gonzague se tient sur ses deux pieds. Satan peut transformer ce qu'il touche en un poison plus violent que l'arsenic ! Sosthènes avait voulu que ses filles soient à l'abri des mâles prédateurs. Après la mort de sa femme, ce démoniaque avait ensorcelé ses filles. Un sortilège si puissant que l'insatiable Belzébuth lui-même n'en voudrait point. « Ça, ce n'est pas une élucubration ! ponctua Zag. Tenez ! Le jour où Sam franchit le seuil de la demeure des Monsanto, peu après avoir épousé Mona, les trois autres sœurs, Reine, Ariane et Caroline, étaient en train de peler des chadèques. Elles se coupèrent les doigts, toutes les trois, instantanément. Que personne ne vienne me dire qu'elles avaient été éblouies par la beauté de l'homme qu'elles virent entrer ! Et comment expliquer les morts, toutes ces morts, les unes plus énigmatiques que les autres ? Le directeur du lycée, le maire Carvalho Marcadieu, Antoine Mortimer, notre champion de natation, et j'en passe. Elles n'ont en commun qu'un point : ce sont tous des hommes qui ont fréquenté l'une des sœurs Monsanto. » Zag mit fin abruptement à la conversation. Il était tard, il fallait se dépêcher d'abandonner la rue aux bandes armées qui terrorisaient la population, pillant, violant en toute impunité, sans état d'âme.

L'hôtel où logeait Adrien se situait non loin de la place des Canons et il devait parcourir le même trajet qu'avait suivi Sam quelques heures auparavant. Le caractère spectaculaire de cette mort l'obsédait. Il savait d'intuition que l'éclaircir forcerait à creuser profond, à explorer un terrain escarpé et rocailleux. Aucun titre spécial ne l'y autorisait. Sa profession l'avait obligé à bourlinguer, à parcourir le monde entier, sans se fixer nulle part, n'habitant un lieu que le temps d'une excavation, d'une découverte. Il voulait résoudre l'énigme de cet assassinat. Cependant, il ressentait ce que connaît quiconque commence une fouille, un sentiment de respect, presque de gêne. Lorsqu'on pénètre dans une chambre fermée par des mains attentionnées des siècles auparavant, trois mille, quatre mille ans peut-être, on est envahi de crainte. Et pourtant, à mesure qu'on note les traces de vie autour de soi — la guirlande d'acier posée sur le seuil, le bol à moitié rempli de pierreries, les offrandes, la lampe noircie, une empreinte de pied imprimée sur le sol —, en un instant, le temps s'abolit. On a l'impression que c'était hier. Chacun de ces petits détails fait décroître le sentiment de se comporter en intrus. L'air qu'on respire, le même depuis des millénaires, on le partage avec ceux qui donnèrent sépulture à la momie. Alors la joie de la découverte, la

pensée qu'on est sur le point d'ajouter une page à l'histoire
de l'humanité ou de résoudre un problème jusque-là
insoluble nous assaillent. Mû par un espoir insensé,
semblable à celui du chercheur d'or, on ressent l'impul-
sion, presque irrésistible, de briser les scellés. Ces pensées
lui traversèrent-elles vraiment l'esprit à ce moment-là, ou
lui sont-elles venues plus tard ?

Qui peut dire comment naît une passion ? Tout jeune,
Adrien prisait beaucoup les reconstitutions hollywoo-
diennes des périodes antiques. Cléopâtre avait les yeux
mauves d'Elizabeth Taylor, Toutankhamon, le crâne rasé
de Yul Brynner. Ces spectacles à grands déploiements où
des reines amoureuses buvaient des bouillons de perles, où
des athlètes titanesques, vêtus de pagne métallique,
portaient les litières incrustées d'or et de jade, accompagnés de guerriers juchés sur des éléphants, le fasci-
naient. Adolescent, il avait cultivé, par ses lectures,
ce désir d'ailleurs sauvages et indomptables, de pays
de sables, de vents, de déserts : la Carthage sanglante de
Salammbô, la gloire de Desaix, le mythe de Bonaparte lancé
à la conquête de l'Orient, l'Égypte des pyramides. L'esprit
habité de décombres, il écoutait les clavecins de Rameau,
l'*Oratorio* de Haendel, les métaphores musicales d'*Aïda.*
Aux récits des baisers volés de ses camarades, Adrien
opposait ses pérégrinations imaginaires sur les chemins de
l'Asie, à la croisée de deux mondes, à dos de chameau. Il
perçait le secret de l'étincelle qui jaillit de la pierre et
mourait, son nom à la une des journaux, victime de la
malédiction du pharaon dont il avait, sacrilège, troublé le
repos. À l'âge du difficile choix d'une carrière, Adrien
n'hésita pas. Masques bamilékés, statuettes mandingues,
bas-reliefs de scènes de la vie quotidienne du royaume
d'Ife, bronzes de l'Oba lui apportèrent d'indicibles satis-
factions. Il avait accumulé une longue expérience des
fouilles archéologiques. Outre le plaisir ineffable de parti-

ciper aux inventaires de sépulcres royaux, cataloguant masques, statuettes, figurines, autels, bijoux sculptés, ses expéditions avaient suscité en lui cette sensualité joyeuse et impudique qui savait si bien s'accommoder des mystères de l'impalpable. Un jour, il comprit que des intermédiaires dépourvus de scrupules, des négociants, des collectionneurs, des conservateurs de musée se livraient à un trafic qui tournait à la razzia d'objets découverts sur les sites archéologiques. Ils pillaient la mémoire et l'histoire des peuples, parachevaient ce que les violences des conquêtes et des colonisations avaient instauré : l'anéantissement de pans entiers de civilisations.

Las de mille royaumes grandioses de ruines, de débris d'empires et de gloires défuntes, fatigué de courir derrière son ombre, il voulut s'arrêter, question de regarder couler le fleuve de la vie. Il posa son havresac, ses pelles, pioches, sextants et compas et revint à Montréal. Un emploi sédentaire dans une agence qui fournissait une assistance au tiers monde lui fut offert. Il s'y ramollissait quand Estelle lui raconta l'histoire de ce mercenaire allemand venu finir sa vie, en toute tranquillité, au bord de la Caraïbe des chaleurs. De vieux buveurs, en proie au délire de l'alcool, les soirs de pleine lune, relatent encore, récit recueilli de la bouche de leurs pères, comment, lors du plus violent tremblement de terre que la presqu'île eût connu, la demeure de l'Allemand avait disparu au fond d'un large cratère, enfouissant le maître et ses sataniques trésors sous des tonnes de décombres. Car il était loup-garou, ce grand démon blond aux yeux verts qui parlait des lointaines contrées d'Afrique, de ses guerres, de ses conquêtes et exhibait des défenses d'ivoire sculptées, des vases en terre cuite, des emblèmes sacrificiels ornés de motifs en tous points semblables à ceux que représentent les vêvês tracés sur le sol de terre battue des péristyles, autour du poteau-mitan. Là s'arrêtait la légende du mercenaire. Sur les lieux où s'élevait sa demeure, aucune indication. Même les cadastres restaient muets. Adrien établit une coïncidence entre cette histoire et l'expédition punitive britannique contre le royaume du Bénin. À la fin du siècle dernier, après le massacre d'une caravane de commerçants anglais excités par l'attrait de l'huile de palme, une troupe de mille cinq cents hommes marcha sur le Bénin. Le royaume fut pris sans résistance. Le souverain de l'Oba et une partie de sa suite s'étaient enfuis, livrant le pays au pillage et à l'incendie. Dans une fosse creusée non loin de la case royale, on découvrit une cachette où les trésors du Bénin étaient accumulés depuis des générations. Les archives mentionnent le nombre de deux mille quatre cents objets trouvés. Plusieurs centaines de plaques de bronze ornées de personnages en relief, armés de lance, des dignitaires en pied, vus de face, flanqués de guerriers, de paysans et de marchands. Des œuvres de fonte d'une facture admirable représentant des scènes de chasse ou de guerre, des effigies de cavaliers ou d'animaux (ces derniers étaient tout à fait remarquables, surtout les poissons qui relevaient plus de la mythologie que de l'histoire naturelle, avec leurs nageoires hérissées de piquants et leur aspect de fossiles), des bracelets somptueusement sculptés, ornés de perles de corail, des idoles aux yeux de jade dont la technique de fabrication avait été empruntée au royaume voisin d'Ife. Le gouvernement britannique récupéra une partie du trésor qui devint la propriété du British Museum, vendit une autre partie, à Lagos même, le reste fut réparti entre les officiers et les soldats.

Ce mercenaire faisait-il partie des contingents hollandais et allemands qui avaient établi leurs campements le long du fleuve Bénin? La coïncidence était frappante. Adrien décida de prendre une année sabbatique et de partir à la recherche des reliquats du patrimoine des souverains de l'Oba. Cela tombait bien ; son pays, après trois décennies d'un règne à prétention pérenne, s'apprêtait à convoquer (selon la formule consacrée) le peuple en ces comices. Il y aurait bientôt des élections. Le même jour seraient élus chefs de section rurale, maires et conseillers municipaux, députés, sénateurs et président. Cet événement autorisait les espérances les plus folles, toutes sortes de rêves, aussi bien diurnes que nocturnes. Adrien était loin de soupçonner que le Destin (puisque, selon Zag, seul le Destin détermine les péripéties de la vie) emprunterait, sur sa route, la forme de maints phénomènes curieux, voire terrifiants, que la Bête-Violence, dévoreuse de chairs, de vies et d'espérances, montrerait sa hideuse tête de Gorgone, et qu'en voulant pénétrer son secret il percuterait un iceberg, monterait sur un récif et se retrouverait naufragé.

« Archéologue ! Archéologue, mon œil ! ironisait le colonel. Parlons peu mais parlons bien : la comédie des feuilles, on ne la joue pas aux arbres. Archéologue, mon œil ! » Zag, le coiffeur, dit avoir entendu ces mots de la bouche même du commandant de l'arrondissement qui l'a « à l'œil » et n'échangerait pas un pet contre sa peau, si jamais les soupçons se confirmaient. D'après le commandant, l'archéologie servait de couverture à l'organisme qui utilisait les services de cet apatride d'Adrien Gorfoux. Il ne s'agissait nullement d'exhumer des morceaux de siècles d'histoire ; la mission d'Adrien consistait à transmettre tous renseignements pertinents sur le processus électoral en cours. L'organisme avait doté les bureaux de vote de bulletins, de papier, de crayons, d'urnes, d'ordinateurs, aide qui se chiffrait à plusieurs millions de dollars. Le colonel estimait que ce geste constituait une ingérence intolérable « dans nos affaires internes », avait prononcé ces mots historiques : « Les Blancs ont inventé un nouveau cheval de Troie : la démocratie. La démocratie appliquée à un peuple analphabète, affreux, sale et méchant ! Parlons peu mais parlons bien. Il faudrait deux types d'électeurs, des grands et des petits, en fonction de l'éducation. Comment voulez-vous que mon vote soit égal à celui de Ti Coco Joseph, le marchand de fresco ? Ce processus démocratique est un greffon trop moderne pour nos structures archaïques. Les Blancs ont déjà choisi. Ils nous préparent un coup d'État par les urnes. » Adrien Gorfoux, le commandant le tenait de sources absolument fiables, était chargé d'espionner et de faire rapport. La réussite de sa mission permettrait à l'Agence de se réhabiliter devant la presse et l'opinion internationales. Depuis l'échec d'un projet de développement communautaire qu'elle avait patronné, quelques activistes de l'émigration avaient dénoncé l'Agence, estimant que son projet était une filière de malversations, de gabegies, de pots-de-vin ajoutant du beurre aux épinards des militaires narcotrafiquants. Le commandant disait tenir de hauts lieux que l'Agence déniait à l'avance toute responsabilité s'il devait arriver malheur à l'archéologue. « Il ne le sait pas ; je le tiens par les couilles. »

Vingt-cinq ans (Adrien préfère dire un quart de siècle, cela lui semble plus long, est-ce coquetterie d'homme vieillissant ?) qu'il n'avait remis les pieds sur cette terre, où il avait laissé ses... racines. Il n'aime pas ce terme chargé de connotation botanique. Aïe ! si tu n'as pas de racines, pourquoi t'ont-elles tant fait souffrir, de cette douleur en tout point pareille à celle que ressentent les mutilés longtemps après qu'on leur a enlevé le membre gangrené ? Pourquoi se sont-elles ramifiées comme les ongles et les cheveux qui continuent de pousser même après la mort ?

3

UNE journée d'étuve humide, sous un ciel bas et sombre. Destin ! dirait Zag. Fortuite coïncidence, estimerait tout esprit féru de raison : le taxi qui avait déposé Estelle et Adrien sous la pancarte indiquant l'aire de départ était conduit par un compatriote. La porte mécanique à peine franchie, ils sont happés par la cohue grouillante des passagers. Des centaines de personnes, au moins le double de bagages divers, de valises bourrées à craquer. Des patries-bagages qui ressemblent à celles qu'on voit dans les gares et les aéroports, portées par des immigrants aux visages fiévreux, aux regards exténués. Arrimage du radeau de la Méduse. Cela sent l'essoufflé, exhibe l'arthrite rhumatismale. L'exil harnache. Des silhouettes de cormorans, voûtées par un quart de siècle d'hiver, de gel, de manteaux plus lourds que des poids d'haltérophilie, discutent fort « réveil des masses », « reconstruction nationale ». Pas un seul touriste, pas un seul Blanc, uniquement eux, uniquement nous, Nègres, plus Nègres que nous l'étions avant : flamboyants fantômes d'anciens combattants des années soixante, universitaires victimes de l'exécrable presbytie de la cinquantaine, chaussés de lunettes d'écaille ; nostalgiques de croisades anti-impérialistes ; rescapés naguère de Fort-Dimanche, célèbre camp de la torture et de la mort à petit

36

feu ; témoins, symboles, taches de mémoire blanchies sous le harnais de l'exil, éparpillés au milieu de grappes d'ouvriers usés et de marmailles d'enfants impatients de connaître le pays de cocagne de leurs parents. Ils forment cortège devant le comptoir d'enregistrement. Ils voudraient tout transporter, combler, en un seul voyage, parents, amis, restés là-bas au pays de la rareté, alors qu'eux, ils reviennent du monde de l'abondance. Les balances sont inflexibles. Malles et colis ouverts sur le tapis livrent leurs poignants contenus : vivres, hardes, chaussures, radiocassettes, statuettes dorées de Notre-Dame-du-Cap, renversés par les mains impatientes des hôtesses. Une vieille dame pleure : trois de ses cinq valises ont été refusées. Un homme soudain agressif traite un employé de raciste. Il a droit à deux bagages ; alors, où se situe le problème ? Un matelas et un sommier, fussent-ils *queen size*, cela ne fait-il pas deux bagages ? Il profère des menaces qui exaspèrent l'agent de sécurité. Celui-ci bouscule l'impétueux, le pousse vers une porte où ils disparaissent sous une inscription STRICTEMENT RÉSERVÉ AU PERSONNEL. « *Vive la liberté !* » scandent des bouches furieuses. « *Vive la liberté !* » Un curé défroqué à la parole excessive, qui avait vécu de subventions accordées à un centre d'animation communautaire qu'il dirigeait, sans une once de reconnaissance envers les mains qui l'avaient accueilli et nourri, jure, par tous les grands dieux, qu'il ne remettra jamais les pieds au pays de « ces petits Blancs, de ces Blancs manants. Ces Nègres blancs peuvent aller se faire foutre ! ». Après contrôles et fouilles réglementaires, les passagers envahissent la salle d'embarquement.

Crachotement de haut-parleurs : l'avion ne partirait pas à l'heure prévue. Estelle semble contrariée ; lui, Adrien, heureux, ivre, malade de bonheur. Estelle se choisit un coin tranquille, assez loin de la porte d'embarquement et sort de son sac un roman. Adrien adore les

37

aéroports, ces lieux de hasard, ces lieux ouverts sur tous les possibles. Les passagers ne lui prêtent qu'une attention distraite ; lui, en revanche, les observe, les scrute, les étudie. Il appelle cela « scéner le monde ». De fait, il les met en scène. Aujourd'hui, l'aéroport, avec sa structure de verre et d'acier, ses retraits d'angle, ses escaliers mécaniques, ses balustrades masquées de pampres en dentelure, ressemble, sous la lumière de juillet, à une immense volière, pleine de palmes et de vignes qu'un oiseleur aurait peuplée d'oiseaux des îles voletants et piaillants : flamants roses hissés sur des talons aiguilles, cacatoès huppés de couleurs rutilantes, fauvettes agiles et vives, paons arc-en-ciel. L'aéroport regorge d'oiseaux. Adrien ouvre les yeux et capte, photographe d'un instant unique, le cliché du siècle, l'immense espérance qui illumine ces visages, couvée de trois décennies : retrouvailles avec la terre de leur nombril, reconquête d'un pays qu'on croit redevenu normal par un coup de baguette magique, réappropriation d'une patrie à couleur d'aube quand l'aube blanchit à l'est.

Sous une affiche « Défense de fumer », un attroupement. Au milieu du cercle, un homme vêtu d'une vareuse bleu zéphyr, la tête ceinte d'un bandeau rouge, le genou droit posé sur une caisse métallique, imitant la posture du Marron de la Liberté, souffle dans une conque marine, devant un auditoire médusé. « Qui est-ce ? » s'informe une voix amusée et curieuse. Mû par un déclic, l'homme se lève d'un bond, enfile une casquette vert olive, se met au garde-à-vous : « Provisoirement, commandant Mollo-Mollo, pour vous servir. Provisoirement car, avant de déterminer qui je suis, il faudrait savoir où je suis. Ai-je immigré au Québec ou au Canada ? Les Premières-Nations écrivent Canada avec un K. Et pourquoi pas un double K pendant qu'on y est ? Un pays constipé, un pays qui pousse, qui pousse sans parvenir à pondre son œuf d'unité. »

La foule admire son impertinence ; Mollo lâchait son
fou, un tumulte de propos, de jeux de mots et calembours
qui masquaient et dévoilaient à la fois son exaspération de
vivre dans une sorte d'entre-deux qui perdurait. Déjà le
pays d'où il vient se mouvait entre misère et désespoir. Et
voilà que sa migrance l'avait placé dans un flottement
assaisonné de tracas administratifs et de « petits malheurs ». Il a un passeport canadien, une carte d'assurance maladie québécoise et produit des rapports d'impôts
à deux paliers de gouvernement. Quel pays ! en proie à
d'incessantes querelles de juridiction, à en perdre
sa chemise, son latin et l'escampe de son pantalon !
Ajouter à cela que lui, Mollo-Mollo, ne peut échapper,
quoi qu'il fasse, aux images de porteur de sida, d'agent de
contamination, de passeur vaudou, de voleur de job, de
mangeur de coquerelles, qu'à l'envi on lui a accolées.
Heureusement, les loas de ses ancêtres, eux, ne l'ont
jamais abandonné.

Une voix futée interrompt son envolée : « Mollo... Bon !
commandant Mollo, rectifie-t-elle devant l'air scandalisé
de ce dernier, on sait que les loas ne traversent pas l'océan,
qu'ils perdent leur pouvoir si on ne les gave pas de
sacrifices, alors que faites-vous lorsqu'ils vous réclament
leur dû ? » Adrien Gorfoux s'attend à une longue tirade
truffée de vantardises, d'assertions improbables, énumé-
rant les moyens dont Mollo dispose, en Amérique du
Nord, les ruses utilisées afin de servir fidèlement ses loas,
de leur offrir des sacrifices. La réponse tombe laconique :
« Je fais ce que je peux. » Adrien part à rire, un de ces
bons rires énormes d'enfant, à se tenir les côtes. Le
commandant Mollo se retourne et l'apostrophe : « Monsieur, quand je m'amuse avec le peuple travailleur, si le
bourgeois décadent veut rire, je l'avertis, cela coûtera dix
dollars ! » Il fait mine de cracher de côté et continue son
dialogue avec la foule. « J'habite, moi fils d'Ogoun-

ferraille, à l'angle des rues Rachel et Saint-Hubert. Trois mamans-religions se rencontrent à ce point d'intersection. Putain de bordel, mesdames et messieurs ! Yahvé, Jésus et Damballah cohabitent. Ce qu'ils sont heureux ! J'attends d'ailleurs d'autres invités : Mahomet, Bouddha, Krishna... » La foule se poile. « Riez, mesdames et messieurs ! Maintenant que Babylone est tombée, il faut rentrer chez nous », conclut Mollo alors que la voix anonyme des haut-parleurs demande aux passagers de se présenter à la porte d'embarquement.

4

L'AVION s'est posé sur la piste de Maïs-Gâté. Adrien reste là, pantois, devant cette fin d'après-midi d'été qui s'étire, avec des bâillements de chat. Le pays où il débarque, il le connaît bien. Pourtant, après tant d'années d'errance, une profusion de détails lui manquent pour qu'il le reconnaisse sien. Il débarque au milieu d'un étalage de valises, de sacs, de cris d'enfants et d'odeurs. Pas de tapis roulant conduisant aux douanes et aux services d'immigration ; à la place, un large ruban d'asphalte en fusion. Pas de panneaux lumineux annonçant les vols nationaux et internationaux. La queue interminable le pousse vers une modeste construction en blocs de ciment. Entre les pans vitrés du guichet, une femme à l'allure de tamanoir. Adrien lui remet les documents. Elle les feuillette, s'arrête à la page d'identification. Elle mouille d'un bref coup de langue son index droit et tourne nonchalamment les pages d'un énorme annuaire, tamponne les passeports et inopinément demande : « Quelle sera votre adresse pendant la durée de votre séjour ? » Tu tends la main afin de récupérer les passeports. « Je n'en ai pas, madame. Un taxi nous conduira bien à un hôtel. » Tu t'apprêtes à passer car tu sens enfler en toi l'air du grand large et le vent salin. Tu ne peux franchir la porte qui te sépare de la salle où tu dois recouvrer tes bagages, sans indiquer une adresse de séjour. Tu réfléchis vite, très vite. Vous n'avez plus, Estelle et toi, ni père ni mère, illustrant en cela le vieil adage qui dit qu'on n'est vraiment adulte qu'à la mort des parents. À la Croix-des-Bouquets, il devrait bien en rester une de cette dizaine de grand-tantes, sœurs de ta grand-mère maternelle. Mais à peine y as-tu pensé que la certitude s'impose à toi qu'elles doivent toutes être mortes de chagrin, de peur, de solitude. Tu conserves vaguement le souvenir d'une cousine au quatrième ou cinquième degré, avec qui tu t'étais livré à des jeux de senti-pissés quelques soirs de pleine lune, au temps lointain de l'enfance ; elle avait émigré à New York. Une fois, tu as vainement fouillé tout Bronx, tout Brooklyn, tout Queens et tu ne l'as pas retrouvée. On t'a raconté qu'elle avait coupé tout contact, changé d'acte de naissance, était devenue si américaine, à croire que ses grands-parents avaient participé à la ruée vers l'or, fondé l'Amérique des pionniers. Ta tante Amélie, l'unique sœur de ta mère, était allée vivre en France et jurait que même ses cendres ne reviendraient jamais dans ce pays. « Vous devez bien avoir de la famille ici ? » Tu réponds simplement : « Personne. » La femme-tamanoir s'impatiente. « Il faut que vous me donniez une adresse de séjour. C'est la règle. » Derrière toi, un petit bout d'homme sec et nerveux peste contre les lenteurs du sous-développement. Estelle se porte à ton secours, indique l'adresse de l'ancienne demeure familiale. « Au suivant », crie la femme-tamanoir avec un soupir d'exaspération qui en dit long sur cette cohorte de « diasporés ».

Estelle et Adrien prennent leurs bagages sur le carrousel. Les voilà dehors parmi les mendiants, les porte-faix, les marchands de colifichets, les parents et amis qui attendent des visiteurs. Ils se frayent un chemin jusqu'à un taxi. Rues et ruelles suffoquent. Babels d'enseignes maladroites, couleur de sang qui rouille. Boutiques borgnes de tailleurs, de cordonniers, de petits métiers, de petits boss, de débrouillards, tailles et retailles de fins de mois qui durent trente jours. Les cases de la Saline, chaudrons de détresse, exhalent leur désespoir. Interminable d'encombrement, la rue, une suite de fondrières, de caniveaux et d'égouts à ciel ouvert. La malice populaire a baptisé ce quartier : Cité-Soleil. Le taxi se faufile à travers un flot de camionnettes peinturlurées, barbouillées de couleurs criardes, esquive avec adresse des chevaux, des mulets chargés à couler bas, conduits par des paysannes aux larges chapeaux de paille posés sur des foulards désinvoltement noués. Les bordures des caniveaux où croupit une eau limoneuse sont prises d'assaut par des joueurs de cartes, de dés, de mayamba. Avenue Harry-Truman. Que sont devenues les frondaisons dorées de cocotiers, les danses furieuses des bouquets de palmiers en mutinerie contre le vent ? Plus de frémissements bruyants d'amandiers, d'étalement des feuilles d'arbre à pain, mains géantes jointes au poignet où venaient se nicher les grappes de fruits. Auraient-ils eux aussi migré du côté de l'hiver ?

Quel coup de baguette a fait disparaître poussière, chaleur et misère, précipité Adrien et Estelle dans cette débauche de fougères arborescentes, de tamariniers ombrageux, de lianes délicates balançant leurs oblongues grenadines, d'hibiscus écarlates et de palmiers nains ? Le taxi les a déposés à l'hôtel Plaza. De la fenêtre de leur chambre, ils ont vue sur le bâtiment éclatant de blancheur du Palais national avec sa voûte d'arêtes, ses coupoles, et son étendard bicolore décoré aux armoiries de la République. En contrebas du palais, le Champ-de-Mars étend son quadrilatère peuplé d'une population de pierre, statues équestres ou en pied, plus grandes que nature, des héros de l'indépendance. « Cette place existait déjà du temps de la colonie, remarque Adrien. Un historien, Moreau de Saint-Méry, rapporte même que Sonthonax y avait érigé une guillotine. » Estelle l'ignorait. L'imagination d'Adrien en verve brode.

Dès les premières heures du jour, des curieux s'étaient rassemblés aux abords du Champ-de-Mars. Le bruit avait couru que la solide plate-forme carrée en bois de chêne érigée là depuis des jours était destinée à recevoir une machine bizarre. Créée par un certain Guillotin, docteur en médecine, on la disait rationnelle, humanitaire et égalitaire. Aussi, la nouvelle de cette première exécution ordonnée par Sonthonax avait attiré tous les friands de spectacles gratis. Flâneurs, resquilleurs, curieux avaient fait un long voyage non pas tellement attirés par l'exécution — la plupart ignoraient qui était le condamné — mais parce qu'ils voulaient être parmi les premiers à voir fonctionner l'engin. Le montage avait duré des heures, sous la haute surveillance d'un constructeur venu spécialement de la Métropole, qui prodiguait conseils et remontrances aux charpentiers, à la vérité très peu habitués à un travail si délicat. Il fallait veiller à ce que les montants fussent rigoureusement d'aplomb, les traverses parfaitement à l'équerre. Le couperet une fois ajusté au sommet de la machine, on en vérifia la chute. La foule accueillit, avec force applaudissements, le sifflement de la lame qui tomba en lançant au soleil un métallique défi. À une heure de l'après-midi, sur la place pavoisée de drapeaux tricolores, une foule immense. Aux premiers rangs, des panamas coiffaient des costumes d'une blancheur immaculée qui resplendissaient de tout leur amidon au milieu des chapeaux hauts de forme et des manteaux noirs de notables ceints d'écharpe tricolore. Des élégantes, vêtues d'une théorie de jupons et de cotillons de dentelle sur des robes de satin ou de brocart, brillaient de l'éclat de leur collier et de leurs lourdes boucles d'oreilles en or. Une fanfare abreuvait l'assistance d'airs martiaux. Au centre de la place, un corps de soldats, fusils appuyés contre terre et baïonnettes au canon, faisaient cercle autour de la machine. Deux hommes cagoulés se tenaient immobiles de chaque côté. Bruits de sabots : les soldats se mirent au garde-à-vous ; leurs sabres lançaient des éclairs. La garde d'honneur présenta les armes et la fanfare entonna *La Marseillaise*. Sonthonax remonta l'allée principale ; à sa suite, un cortège de dignitaires. Des ordres retentirent. « Le voilà ! Le voilà ! » cria la foule. En longue chemise blanche, encadré de soldats, le condamné, accusé de royalisme, avança jusqu'au centre de la place, gravit les marches qui conduisaient à la plate-forme. Les hommes cagoulés le happèrent et, au milieu d'une clameur étouffée, le poussèrent contre une planche et l'y lièrent solidement. La planche pivota sur son axe et le condamné se trouva couché à plat ventre, le col entre les deux montants de la machine. La foule retint son souffle. Le bourreau abaissa alors un croissant de fer qui lui emprisonna le cou et lâcha la corde qui tenait le couperet. Quand la foule vit la lame luisante descendre, un flot de sang jaillir et la tête rouler sur le sol, elle fut saisie d'horreur, se rua sur la guillotine et la mit en morceaux. Jamais on n'en dressa aucune autre dans l'île.

5

En comptant tous les arrêts et retards obligatoires, le car avait mis cinq heures avant d'atteindre le bout de la presqu'île. Adrien et Estelle avaient traversé tous ces villages qui rompent la monotonie des champs de canne à perte de vue, ces villages aux cases de chaume qui indiquent leur présence par le piaillement des marmailles d'enfants et de chiens. Les enfants jouent entre les rangées d'épis de maïs ou de grains de café en cerise étalés là, à ce point tournant de la route, sur l'asphalte qui sert de glacis. Ils sont gardés par ces chiens de campagne, rongés de tiques, décharnés. Quand passe le car, des têtes se lèvent derrière le talus, s'assurent qu'ils sont encore là, les enfants et les chiens. Tu t'étonnes de la lenteur du trajet, de la conduite exagérément précautionneuse du chauffeur. Tu apprends que les conducteurs de véhicules font attention, depuis que l'un d'entre eux, ayant malencontreusement heurté une fillette, a été poursuivi, rattrapé devant le poste de police où il a voulu se réfugier, et brûlé vif. Un communiqué émanant du grand quartier général faisait même état du caractère vindicatif de la populace et invitait les routiers à redoubler de prudence.

Il leur avait fallu, durant ce long voyage, franchir cinquante et une passes d'eau. La dernière fut la plus redoutable. On l'appelait passe Bonda Mouyé. Adrien comprit d'où venait le nom quand, avant de la traverser, le chauffeur demanda aux passagers de mettre pied à terre. La pluie qui inondait cases et terres avait encore creusé le lit de la rivière et ils furent mouillés jusqu'au cul. À partir de là, le décor changea. Tout le reste de la journée, ils avaient vu défiler sous leurs yeux un paysage d'après l'apocalypse : des montagnes aussi sèches et ridées que des peaux d'ânes teigneux, des champs qui avaient perdu mémoire de houe et de charrue, des prés ravinés où persistaient ici et là, sans honte, une tache de vert, un squelette d'arbre rabougri, sur lequel un cabri, bouc barbu, s'échinait à grignoter quelques rameaux tenaces couvrant, têtus, une écorce d'écorché vif. Les piquants du cactus bayahonde ne le tenaient plus en respect. Durant deux heures, ils avaient traversé ces régions contaminées par une espèce de lèpre qui, ces dernières décennies, les avait lentement ravagées, ne laissant debout, sur le sol stérile, que des moignons, des chicots de cahutes, des murs gris aux pierres érodées, étayés de poutres mal équarries, arrachées à d'autres décombres, à d'autres épaves, servant d'appuis à des toits de tôles ondulées rouillées, à des faîtages de chaume en lambeaux.

Voilà la terre qu'il avait traînée sous ses savates, le long de la pierraille de l'errance. Elle n'était plus habitée que par des âmes dolentes. Malgré la régularité des cyclones en septembre et les sécheresses de l'été, la soudaineté des crépuscules a toujours été annonciatrice d'aubes fécondes. L'eau douce y coulait en quantité suffisante ; riz, maïs, millet, bananes et cocotiers donnaient d'abondance ; la mer n'a jamais été avare de poissons. Et le touriste, pas besoin de le prier, il achetait volontiers un rêve de bikini, de soleil, de plages et de vestiges d'une architecture coloniale qui avait miraculeusement survécu à l'ère des baïonnettes. Le tourisme est mort, victime de l'insécurité ;

l'immobilité a gagné le pays. De quelque côté qu'on se tourne, ce ne sont plus que lieux oubliés, contrées encloses par la peur, êtres réduits à l'abrutissante mécanique des gestes du quotidien, repliés dans une campagne délitée. Ici et là, l'avenir douteux, l'expectative, un peuple, tout un monde en passe de marcher à côté de sa propre histoire.

Il a cessé de pleuvoir ; les nuages s'éloignent, libérant au ponant un soleil frileux. La chaussée encore humide luit doucement et l'alentour bruit du chant des cigales ; la nuit s'apprête à tomber. Le camion descend la grand-rue, bordée de maisons en béton ou en bois ornées de corniches aux couleurs délavées par les extrêmes du soleil et de la pluie. Elles avancent uniformément leurs balcons en saillie sur lesquels des petits vieux et des petites vieilles, balançant leurs dodines, s'éventent éternellement. Un sentiment d'inquiétante étrangeté qui émane de ce lieu où sont rassemblés des débris hétérogènes d'une histoire révolue étreint Estelle et Adrien. La ville porte encore les marques du lointain passé colonial. Des rues rectilignes et froides, coupées au cordeau, dessinent des quadrillages d'une régularité déprimante. En guise d'arbres, des pylônes d'où pendouillent, en guirlandes, des fils électriques lestés de leur énergie. Le car bifurque, emprunte ruelles et venelles crasseuses, dédales de baraques, de cases délabrées, où grouille une populace miséreuse, trous de misères sans fond où se déploie une vie en marge de la vie. Là, occuper un bout de terrain, le squatter, c'est l'unique façon d'avoir un chez-soi. Il faut violenter la loi si on veut poser, sur le sol de sa patrie, un ajoupa fait de carton et de nattes, un paré-soleil-pas-paré-la pluie. Il faudra s'y accrocher, réussir à passer, peu à peu, à la maçonnerie et aux feuilles de tôle. On filoutera, on dérobera de l'électricité aux pylônes et on la revendra à d'autres dont les cases sont moins bien placées, on l'échangera contre de l'eau qui, elle non plus, n'aura rien coûté puisqu'elle a été subtilisée, détournée, le long de son parcours vers les quartiers nantis. Manger, une course d'obstacles. Les enfants laveront les pare-brise des voitures arrêtées aux carrefours. Le car revient sur la grand-rue, s'arrête place des Canons, un îlot ceinturé de coquettes maisons. Une légère brise fait voleter les rideaux de dentelle des fenêtres grandes ouvertes. L'ilang-ilang et le jasmin de nuit embaument l'air. Deux majestueux édifices exhibent leurs colonnes et frontons gothiques : la cathédrale et l'archevêché. « Le marchand de fresco est toujours là », dit Estelle ponctuant, à mi-mots, une réflexion sur l'évanescente immobilité du temps. Du cabrouet à glace émanent des fragrances de grenadine, d'orange et de menthe. Une nuée d'abeilles, attirées par le sucre qui dégouline des bouteilles de sirop, s'agitent autour et bruissent une danse de Saint-Guy.

Les villes qu'Adrien préfère sont des villes plurielles : villes à la fois rêveuses et turbulentes ; villes jetées au bord de la mer, contemplant l'infini du grand large et adossées aux montagnes qui ferment l'horizon, forçant le regard à s'élever plus haut, toujours plus haut ; villes aux quartiers tantôt peuplés de foules grasses où la parole bourgeonne en arbre de vérité, et tantôt déserts, paisibles, suintant un tantinet d'ennui. Les souvenirs d'Estelle faisaient de sa ville natale un lieu où se côtoient le meilleur et le pire et dont le cœur bat entre la montagne et la mer. Une ville où les éléments se livrent un éternel combat : en décembre, la nordée dévale la Hotte ; en mai, les cyclones viennent de la mer ; en août, le soleil plombe et du ventre de la terre sourdent des bruits insolites. Un jour, prédisent les vieux nostalgiques des guerres de l'indépendance, les grondements se feront si violents que la presqu'île se détachera du reste de l'île. Une ville équivoque, cosmopolite, héritage du second Empire, célè-

49

bre par ses soulouqueries. « Nulle ville au monde, avait dit Estelle, ne révèle de dualités plus profondes; elle les possède toutes. »

Adrien se sentait perdu en franchissant le portail des Quatre-Chemins. Cette sensation n'avait rien d'exceptionnel ni d'original. Il lui était arrivé, durant sa longue vie d'errance, de sentir qu'une rue lui échappait, d'avoir l'impression qu'une porte lui était fermée au nez ou qu'une fenêtre s'ouvrait sur le vide, il trouvait toujours une bouée, un point de repère. C'était la première fois qu'une ville entière ne lui offrait aucune prise. Elle lui faisait presque peur. Et cette chaleur effroyable, malsaine, la chaleur meurtrière de la Caraïbe, une chaleur à crever debout. Une boue verte mêlée aux détritus que les eaux avaient charriés jusqu'aux plus ultimes recoins obligea Estelle et Adrien, en descendant du car, à sauter d'une pierre à l'autre. Si le dernier cyclone avait épargné la presqu'île, le ciel par contre lui avait fait don d'une rasade généreuse de pluie, transformant la Ravine en un torrent bruyant, menaçant, furieux. La crue des eaux avait emporté sur son passage hommes, bêtes, cases et jardins. Cette catastrophe avait alimenté les conversations le long du voyage.

Adrien avait imaginé qu'il trouverait la mer étalée devant lui, de quelque côté qu'il se tournât, une mer sillonnée de goélettes et de pirogues. La mer, il la sent, il ne la voit pas. D'un index, le chauffeur lui indique la direction de l'hôtel. Il marche jusqu'au prochain carrefour. Des panneaux de signalisation lui font obligation de tourner à droite, puis à gauche, sa désorientation est complète, et la mer s'obstine à rester invisible. Seule une alternance de vagissements, de gloussements, de soudains éclats de colère marquent sa présence. Adrien est pris de vertige. La moindre venelle grouille d'une humanité bigarrée ; les moindres recoins piaffent de vie, de la vie la plus humble jusqu'à la vie la plus sophistiquée. Des clameurs s'élèvent, des hurlements, des cris, de plus en plus stridents. Ils réveillent en lui des souvenirs enfouis. Dans son âge le plus tendre, il avait cru qu'un beau jour, un grand soir de préférence, qui n'est jamais venu, ces cris cesseraient. Alors, cette contrée d'épines, ce fleuve de larmes, cet océan de calamités feraient place à un jardin voluptueux planté de palmiers et de cocotiers, d'arbres chargés de mangues et de grenades à couler bas. Des sources miraculeuses surgiraient de la terre et se change-raient en rivières au cours paisible. Il avait rêvé à l'avènement d'un monde où les jeunes gens garderaient éternellement la fleur de l'âge. En compagnie de jeunes filles aux grands yeux noirs, caquetant, riant à gorge déployée, ils s'adonneraient à des jeux naïfs. Il avait longtemps caressé ces rêves, d'un optimisme échevelé. Il les avait partagés avec d'autres qui, en les adoptant, en avaient fait des raisons de vivre et de mourir. Depuis, il avait pesé le cric et le crac de ces chimères. Elles lui apparaissaient maintenant un labyrinthe de fadaises, de contes à dormir debout. Qu'avait-il attendu de ce retour ? Quelle révéla-tion ? La concrétisation de quel mirage ? Peut-être seule-ment un regard, la lumière, l'intensité d'un regard qui viendrait combler, par sa radiation, le vide aveugle de la cinquantaine où venaient peu à peu s'abîmer son goût, son élan de vivre. Et aussi une manière d'être ou plutôt une façon d'essayer d'être, de composer avec l'indicible, de le décomposer, de le prendre de biais à la manière du cavalier qui dessine, avec sa monture, un trajet de parade : deux pas en avant, un pas de côté et, la règle de rigueur, jamais deux fois sur la même case. La tâche principale n'est-elle pas de bondir et de rebondir sans cesse sur le même échiquier ?

Jusque-là, il avait été exécuteur d'ordres en provenance de directions fantômes, centurion stupéfait et furieux devant le sang versé au cours de toutes les sempiternelles querelles de clôture du monde, cheval fourbu au sortir de longues nuits de cavale, bouteille de verre sur fond coloré, bock de bière de toutes les tavernes de toutes les côtes-des-neiges, laitue de nature morte. Inapaisable inquiétude ! Il devra débarquer, un jour, là où lumière et obscurité coïncident. Inévitablement. Il le sait. Mais avant d'être avalé par cette nuit définitive, il aurait aimé évoquer des images, celles d'hommes et de femmes rencontrés par hasard, grâce à sa profession, au cours de ce long périple qui l'a conduit un peu partout à travers le vaste monde. Leurs traces en lui se sont effacées. Ou celles de lieux fabuleux : forêts d'Amazonie, cascades aux eaux transparentes et corallines d'un quelconque Centre-Afrique, grottes d'Ife, golfe de Guinée, col de Sierra Leone, jungle d'Angkor, Tombouctou. Mais il avait toujours été aveuglé par des mirages, incapable de se recueillir et d'accueillir, de se fermer un instant, toutes forces assemblées, et de s'ouvrir au monde des choses et des êtres. Il avait abandonné, loin derrière lui (où et quand ?), sa source profonde de silence et de recueillement. L'agitation, la dépense effrénée l'avaient tarie. Ce retour lui permettrait-il d'y être immergé de nouveau, doucement, et de revivre ?

Les chants des cigales, les coassements des grenouilles et les cris des criquets rythment en écho le chant des tambours, se mêlent aux mille bruits qui préludent à la tombée du jour et que ses sens s'efforcent de capter. Il retrouve les clameurs, les odeurs et les saveurs, les douceurs et les langueurs d'antan. Il contemple le grouillement de ceux qui se débattent, veulent se déprendre de la toile d'araignée, de l'inextricable lacis de misères qui les enserrent, qui s'agrippent malgré tout, sucent le suc, le miel de la vie. Il n'est, ici, aucune chose vue, entendue, sentie, qui ne lui donne le goût de la simplicité et de l'immédiateté : un bâton de canne à sucre déchiré à pleines dents, une gorgée de rhum avalée d'un coup sec, une poignée de fruits de l'arbre à pain dégustés en devisant, la musique des voix, les fesses des femmes, pimpantes beautés qui ont conquis leur rondeur sur des tas de légumes verts, et les bouts turgescents de leurs seins sous l'étoffe grossière de leur robe. Mille succulences qui favorisent la jouissance des sens.

Quand Adrien et Estelle pénétrèrent dans le vestibule de l'hôtel, la patronne, une femme opulente, la soixantaine largement entamée, d'un coup d'œil habitué à identifier les proies faciles les reconnut : des « diasporés ». Son visage absent, presque fantomatique l'instant d'avant, s'éclaira d'une paire d'yeux brillants. Leur lueur cupide n'inquiéta pas outre mesure Adrien. On l'avait averti : la moindre chambre d'un hôtel borgne — quand on peut en trouver une — coûte le prix d'un palace. « Chez Zeth », ainsi s'appelait cette grande baraque transformée en pension, le chauffeur disait qu'il y avait encore des chambres disponibles. Ailleurs, tout était rempli à craquer. La patronne remua derrière le guéridon sa silhouette épaisse perchée sur des hauts talons, fit glisser, de ses épaules sur ses avant-bras, l'écharpe de dentelle qui les recouvrait, exposant à nu ses chairs effondrées, impunément flasques. Le cou ceint d'un large collier de pierroteries, elle portait une robe dont les couleurs, la qualité du tissu, la coupe indiquaient qu'elle traversait une période de vaches maigres. Le buste cambré exhibant les fastes d'un charme à l'article de l'agonie, la patronne souriait de toutes ses longues dents jaunes, attitude amène que démentaient ses mains bizarrement crispées. L'une d'elles, la gauche, était mutilée d'une phalange. Elle desserra la droite et claqua ses doigts boudinés : « Osman, Osman ! »

Un ensemble de fauteuils dépareillés, en acajou, sans style nettement défini, mélange de faux Chippendale et de Louis XV qui, à force d'être vieux, avaient fini par redevenir à la mode, garnissait le vestibule de l'hôtel. Munis de dossiers à damiers ajourés entourés d'une capricieuse mignardise, les fauteuils en forme d'urnes reposaient sur des pieds de biche à sabots en boule, griffés. Les sièges étaient recouverts de damas ivoire à décor rayé et moiré. Ils étaient rangés autour d'un tapis persan bleu garni d'un bordé lie-de-vin où s'imprimaient des gerbes florales. Au centre, une table basse sur laquelle étaient posés quelques revues et journaux. Il se dégageait de cette pièce un relent de moisissure. Ici et là des fougères suspendues, fraîchement arrosées, dégoulinaient encore sur les murs recouverts de papiers peints dorés. Des posters de stars et une nature morte complétaient la décoration. L'artiste avait peint une courge de longueur respectable entourée de volubilis ; l'une des extrémités était masquée par deux aubergines tandis que l'autre se perdait au milieu d'un trochet de fleurs et de fruits dont une tranche de pastèque mûre à point.

« Osman ! » Au fond de la pièce, une porte à claire-voie en acajou dépoli, hérissée de verrous, s'ouvrit et livra passage à un homme décharné, osseux, à l'allure distante et mystérieuse de coffre-fort. Il avait des yeux de braise, globuleux, durs, reptiliens. Il prit les valises, les porta à l'étage supérieur, les déposa à la porte d'une chambre qui leur avait coûté la tête d'un nègre. Estelle et Adrien étaient fourbus, éreintés. Le car, sur une route crevée de fondrières, de nids-de-poule, les avait ballottés, secoués, fait rebondir sauvagement, malgré les manœuvres habiles d'un chauffeur qui sentait la sueur et l'alcool de canne. Heureux de trouver un lit, ils avaient refoulé leurs humeurs devant l'inconfort de la pièce, l'aspect dégoûtant des lieux d'aisances malodorants, la propreté douteuse des

serviettes, le liquide jaunâtre que crachotait une robinette-
rie asthmatique. Les cloisons mitoyennes s'arrêtaient à
une trentaine de centimètres du plafond et on pouvait
entendre distinctement les conversations, les ronflements
et autres borborygmes provenant des chambres voisines.
Abrutis de fatigue et de chaleur, ils se débarrassèrent
hâtivement de la saleté blanchâtre qui s'était insinuée
partout, bouchait leurs pores. Ils s'endormirent, enveloppés de chaleur et d'une nuée de maringouins.

Le lendemain, Estelle aurait souhaité se rendre, avant
tout, au presbytère. Elle n'avait pu assister aux funérailles
de son père ; le repos de son âme méritait une messe de
requiem. La mer et la plage tentaient beaucoup Adrien.
Selon Zeth, quoiqu'on fût au milieu de juillet, il risquait
de pleuvoir. De plus, les grandes inondations des jours
passés avaient éventré maints pans de murs, et des
maisons, naguère debout sur leurs pilotis, menaçaient de
s'écrouler. Une succession de cuvettes plus ou moins
larges, empiétant les unes sur les autres, emplies d'une eau
croupie où pataugeaient têtards et crapauds, couvraient la
route conduisant à la plage. D'un commun accord, Estelle
et Adrien décidèrent d'une visite au cimetière.

6

L E cimetière : une extravagance frisant le surnaturel, le fantastique ! L'étalage de couleurs fastueuses aux abords du site fascine et surprend : blanc des jasmins en fleur, rouge vif des hibiscus et des flamboyants, orangé des bougainvillées, rose thé des lauriers, jaune mordoré des fruits du manguier, vert, toutes nuances du vert, des fougères arborescentes et des philodendrons se sont donné rendez-vous, enluminant ce coin, jadis, extérieur à la ville. Depuis l'installation de l'usine sucrière, il en fait partie intégrante. Transféré de la place Sainte-Anne à la rue des Remparts, ancienne limite sud de la ville vers la fin de la décennie trente, le cimetière se trouve actuellement en plein centre d'un quartier populaire. Immense, ses dimensions témoignent de l'étrange rapport des habitants avec la mort. Ici, un vieillard, fût-il Mathusalem, ne meurt jamais de mort naturelle. Cette connaissance occulte qui manifeste une forme d'incrédulité à l'égard du fait de mourir probablement a dû guider la main anonyme qui, par une attention particulière, a doté ce lieu, « le vrai refuge » (ainsi l'appelle la malice populaire), de ce charme envoûtant, qui en fait un endroit de rencontre, d'union avec les divinités de l'outre-tombe, un lieu où s'établit un contact permettant de capter des signes heureux ou malheureux. Le visiteur entretient là une relation imprégnée de joie païenne avec les disparus. Un mur de pierres meulières enclôt le terrain du cimetière, et des piliers, placés de chaque côté du portail principal, sont surmontés de croix de bronze peintes en noir. Avant même d'en franchir l'enceinte, on est pris à la gorge par l'âcre fragrance des amandiers qui balancent leurs fruits, au-dessus des murs, mêlée à une odeur de pourriture. Le portail passé, un bric-à-brac de stèles, d'urnes, de croix, d'obélisques, de chapelles miniaturisées, d'ossements, de débris de cercueils entassés. Place nette devrait-elle être faite à de nouveaux arrivants? Des tombes éventrées exposent impudiquement des squelettes parfois à peine décharnés tandis que se fatiguent, au soleil, roses, narcisses et pavots artificiels. Veuves esseulées, veufs abandonnés, familles et amis éplorés les avaient déposés sur le lit de pierre des chers défunts. Ces débris humains, ces os spongieux durs et lisses, ces crânes esquintés avaient été, il n'y a guère de temps, couverts de tissus de beauté. Quelqu'un les avait enlacés, avait frémi de désir, de volupté, de tendresse à leur contact. Lierre en couronnes et laurier en guirlandes garantissent résurrection et pro-mettent retrouvailles posthumes.

Afin d'accéder à ce qui fut autrefois l'allée centrale, Estelle et Adrien durent se faufiler entre de nouvelles tombes, enjamber des tas d'herbes sèches, des pierres tombales cassées, poser les pieds avec précaution, éviter de trébucher sur des fragments de tibias, des reliquats de clavicules et de fémurs. « Comment peut-on traiter, avec tant de désinvolture et de cynisme, ceux qui furent, hier encore, des humains? » grommela Estelle à la vue de ce spectacle davantage dégoûtant que terrifiant. Gisants et vivants, enfants et anges intercesseurs, animaux domesti-ques et âmes dématérialisées se mêlent en un étrange commerce. Des nécropirates, peu après l'inhumation, exhument les cercueils, les vident, les dépouillent et revendent habits de ville, linceuls, chaussures, bijoux et même l'or des dents couronnées. Les croque-morts aussi s'y livrent à de macabres trafics. Ils retirent les cadavres de leurs niches et louent les cavités ainsi libérées à des entremetteurs tenant dépôt de jeunes filles pubères. Des couples y font l'amour à la barbe même des endeuillés abandonnés à leur peine, groupés autour d'un prêtre qui ânonne une soporifique oraison funèbre. Théâtre de lubricité et de négoce, le cimetière, ville en miniature avec ses rues, ses enseignes, ses manoirs, ses cathédrales, ses temples, ses bordels, constitue la réplique de l'autre. Mieux, il représente la vraie ville ; et l'alignement de taudis, de bicoques en ruine, de l'autre côté des murs, n'en est que caricature grotesque.

Les tombes racontent, davantage que les rues, les murs, les maisons de la ville, les passions, les rêves, les fractures, les excès de la cité. Ici, le caveau de Kid François, un boxeur aujourd'hui oublié, qui mourut aveugle à la suite d'un combat sans merci contre Agramonté, le champion jamaïquain ; le sépulcre du premier soldat tombé sous les balles de l'occupant. Une laconique épigraphe souligne sa témérité : « Seul, face à l'ennemi, il a eu le courage de crier : Halte ! » Là, un vaste pâté de modestes caveaux réservés aux employés de la rhumerie locale. Sur la mosaïque blanche liserée de mauve, une bouteille géante qu'orne la reproduction du trophée du meilleur rhum des Antilles qui leur avait, une fois, été décerné. Il y a aussi la fosse de Jacques Madichon, ferrailleur de profession et grand champion de dames devant l'Eternel. Il fut inhumé avec son échiquier, celui avec lequel il perdit son titre, au terme d'une joute acharnée. Ce jour où il se fit manger d'un seul coup deux dames, il tomba en une syncope dont ni l'assa fœtida ni l'alcool camphré ne purent le faire revenir. La croix qui marque la tombe de Carmen Lacruz dite la Sainte, décédée lors de l'épidémie de choléra, disparaît sous un amoncellement de fleurs métalliques et d'ex-voto. « Pourquoi la Sainte ? » Le corps de sa fillette, morte quelques jours après elle, avait été enterré provisoirement à ses pieds. Le délai d'un an et un jour prescrit avant l'ouverture d'un sarcophage une fois écoulé, le père voulut placer le squelette de la fillette dans le caveau familial. On la trouva reposant aux côtés de sa mère ; les deux corps étaient intacts. Et surtout ne crie pas que ce sont des fadaises, que la terre qui recouvre les cadavres possède la propriété d'activer si fortement la décomposition de la chair qu'au bout d'un an il ne reste qu'un peu de peau noire séchée. Personne ne te croira. Tu riras de cette naïveté, de cette innocence. Estelle déplore la dispersion des ossements, se fâche contre toi qui crois que la mort marque le terme définitif de la vie ; elle s'indigne de ta méconnaissance du destin à venir des morts, lesquels le jour du jugement dernier auront à courir jusqu'à perdre leur haleine, après leurs restes disséminés. Narquois, tu relèves que cette préoccupation est celle des notables ; la plèbe, elle, n'a pas de quoi se mettre martel en tête puisque ses dépouilles mortelles sont traitées avec la même indifférence que son enveloppe vivante.

Et voilà qu'au détour de l'allée centrale tes yeux s'ébahissent devant un somptueux décor : Parthénon édifié autour du bronze d'un poète écrasé sous le poids d'une muse lascive ; pyramides aztèques, véritables phallus érigés à la conquête du ciel ; cathédrales de Chartres ornées de pécheresses dépoitraillées et repentantes ; temples de Vesta où s'ébattent des formes enchanteresses : séraphins éplorés, fillettes impubères éternellement accrochées à leurs cerceaux, jeunes hommes, éphèbes incertains, couronnés d'arabesques de fleurs d'oranger, nymphes et grâces émergeant de corolles de marbre ou de bouquets de pierre, exhalant des spasmes d'agonie ; une longue avenue de Lucrèce affligées, séchant des larmes de

marbre avec des mouchoirs de marbre finement ouvragés ;
stèles, obélisques et autres tumescences de marbre croisent des urnes, des anges, des sirènes, des harpies, des
sphinx, des muses laurées. Angoisse et épouvante accou-
plées à la séduction et à l'attrait. Que de nourritures
offertes à la gourmandise de l'œil ! Un moulage de la *Vénus
de Milo*, un autre d'Apollon parent deux mausolées placés
côte à côte. Sur la dalle, noms et dates sont effacés. Qui
étaient ces nobles seigneurs ? La plupart de ces monu-
ments funéraires datent de la colonie ou du dix-neuvième
siècle. Ils ont été transférés de l'ancien cimetière de la
place Sainte-Anne et on ignorait à quels morts ils avaient
été destinés. Les tombes parlent, langage muet de prin-
cesses alanguies, langage de fées diaphanes, langage
suspect à force de louanges. Derrière cette sophistication
des apparences, la pérennité de la vie. Adrien s'enivre de
cette vie.

Creuse, fossoyeur, creuse.
À ma belle amoureuse
Un tombeau bien profond
Avec ma place au fond,

chantent des marchandes de fritaille installées le long des
allées. Elles font de bonnes affaires. La bonne humeur
épanouit leurs lèvres, illumine leur visage. L'odeur de la
friture aiguise l'appétit des croque-morts et des maçons,
leurs principaux clients qui, tout le long du jour, s'affai-
rent à fleur de trou.

7

A LA porte nord, un attroupement. Estelle et Adrien se
mêlent à la foule. Ce jour-là, le maire de la ville avait
convoqué les journalistes au cimetière afin de constater
l'étendue des dégâts. Il s'avoue, d'entrée de jeu (sincérité
surprenante chez un homme politique, en ces temps de
mensonge), impuissant à mettre la main aux collets des
malfaiteurs. Il déclare disposer d'un rapport : ces pirates
nécrophages ne seraient qu'une poignée de malfaiteurs
agissant de connivence avec deux propriétaires de pompes
funèbres et cinq employés de haut rang du service des
décès. Il a prévenu les instances concernées, rien n'a été
fait. Il tenait à alerter l'opinion. Son adjoint, qui avait
tenté de démasquer ces malfrats, repose, depuis hier, dans
un état critique, à l'hôpital. Le maire, homme qui portait
à un haut point le sens du ridicule, Adrien l'apprit
quelques jours plus tard au salon de Zag où tous les
cancans se répercutent, n'avait pas dit toute la vérité aux
journalistes. La ville, toujours au courant, le savait.
Fantasque, insomniaque, aimant un peu, beaucoup,
l'alcool de canne, le maire vivait seul, perché au premier
étage d'une maison dont il avait condamné le rez-de-
chaussée. On le disait nécrophile parce qu'on le voyait
souvent, la nuit, au cimetière. Il rendait visite à sa défunte
femme dont il nettoyait et fleurissait la tombe. Et il n'y

avait rien au monde qui pouvait l'en empêcher, pas même les hordes lyncheuses de bandits, détrousseuses de promeneurs solitaires. Très orthodoxe, il avait séparé, sans appel, les pouvoirs, une fois pour toutes : au gouvernement, la responsabilité des affaires de l'État, de l'économie et des relations extérieures ; à l'armée, la sécurité des vies et des biens ; à la municipalité, la propreté des rues, l'entretien des espaces publics. Sur ce partage, il était intraitable.

Une nuit d'insomnie, de chaleur étouffante et de maringouins agressifs, il effectua, à jeun, fait rare et certifié par des proches, une virée du côté de la rue des Remparts-de-l'Éternité. Fut-il aiguillonné par l'irrésistible pulsion de prier sur la tombe de sa regrettée ? Voulut-il, mû par son sens aigu des attributions qui incombent à sa charge, surprendre, en flagrant délit, les vandales responsables du sac des lieux ? À l'entrée de la rue, en enjambant un ravin creusé par les eaux de la dernière pluie, il faillit se casser le cou ; il avait buté contre une cage thoracique auréolée d'un pneu qui fumait encore. Homme de raison, il pensa à un règlement de comptes ; il s'en produisait par dizaines, aux quatre points cardinaux. Il se contenta, selon la conception qu'il avait de sa charge, de noter qu'il devrait, le lendemain, dès l'ouverture des bureaux, intimer l'ordre au service de la voirie de nettoyer la rue. Il demanderait aussi au juge de paix de dresser le procès-verbal du décès au cas où des parents mentionneraient la disparition d'un proche et voudraient en récupérer la dépouille. Il continua sa route, poussa la grille du cimetière, la referma avec précaution derrière lui et, du pas canin qui le caractérisait fort bien, prit une allée de traverse.

Minuit insomniaque sonna ses douze coups. Il fut étonné d'entendre un carillon. Cela faisait des mois que la cathédrale était muette de cloches et, à sa connaissance, les travaux de restauration suivaient encore leur cours. Soudain, le site du cimetière s'illumina d'une phosphorescence zébrée d'éclairs. Le maire eut alors une vision qui le sidéra : de caveaux éventrés, béants, sortaient des cadavres enchevêtrés, en pleine décomposition, des squelettes d'enfants décapités ; des corps au crâne rasé, et dont les oreilles, doigts, orteils avaient été sectionnés, se tordaient encore d'agonie. Participait-il d'un monde hallucinant de morts vivants, de zombies, de revenants et de fantômes ? Un lugubre cortège de femmes silencieuses, nues sous des robes de voile serties de pierres brillantes, des Salomé fluides, des déesses aux cheveux de fil floche, aux yeux fixes et durs, aux chairs blêmes, chevauchant des bourrins coiffés de tiare, surgit d'une allée. L'une d'elles, la reine assurément, se détacha du défilé et s'approcha du maire. Elle tenait une faux de sa main décharnée. Un tulle noir pailleté d'étoiles couvrait ses os luisants. Cloué littéralement au sol par la vue de ce spectacle, le maire se sentit défaillir. Il ne sut jamais comment il s'était retrouvé face à la photo de Mona Monsanto incrustée dans la plaque de marbre, nom, date de naissance et date de mort gravés dessous. Le caveau avait décuplé de volume et atteignait la dimension d'une maison. Cette nuit était l'une des plus chaudes que la ville eût connues depuis une décennie. Pourtant le maire, secoué de violents frissons, claquait des dents. Il resta pantois lorsqu'il entendit une voix familière l'inviter : « Entre, tu n'es pas un étranger. Ferme la porte derrière toi ; l'air est si frais ; je risque d'attraper un rhume. Ferme ! » Il crut entendre le claquement sec d'une porte. Une volée de tibias l'accueillit, une sévère bastonnade qui le laissa inconscient. Une main calleuse lui tapotant la joue, la voix d'un fossoyeur venu, tôt, creuser une fosse : « Que faites-vous là, monsieur le Maire, à pareille heure ? » Blafarde, l'aube blanchissait à l'horizon et le vent adoucissait la touffeur matinale de l'été.

63

« Homme ! De quoi je me mêle ? » Livide, le maire se leva
et prit le chemin de la sortie.

Le maire n'avait évidemment soufflé mot de cette
mésaventure aux journalistes, au cours de sa conférence
de presse. Il s'appesantit, avec un luxe de détails, sur la
situation de piraterie et de désordre que devait affronter la
vigile municipale. Elle serait due à une pénurie d'agents
de sécurité. Naguère, les barrières du cimetière étaient
cadenassées à la brunante et des gendarmes montaient la
garde. Depuis les événements de février, cette couverture
de sécurité avait totalement disparu, facilitant la tâche des
malfaiteurs. Il s'indigna qu'en ce lieu de l'égalité, si limité
que soit le carré qui leur est concédé, les morts ne puissent
jouir de la plus grande sérénité. Il recommandait aux
parents d'inhumer leurs morts au fond de leur cour, ou
d'endommager systématiquement les cercueils, de poi-
gnarder les cadavres avant la mise en terre. « Paix à nos
morts ! » scanda l'assistance. Le silence rétabli, le maire
annonça que, provisoirement, la nécropole serait fermée.
Les eaux des diverses inondations, en se retirant, avaient
laissé derrière elles des travées défoncées, un confus
désordre de planches, de limon et de graviers. Une rumeur
courait qu'au plus fort d'une des crues les eaux de la
Ravine grouillèrent de macchabées sortis de leur tombe à
l'appel d'on ne sait quelle trompette de Jéricho. Hideuse
dérision du jugement dernier ! Vers trois heures du matin,
la femme du docteur Beausoleil, veuve depuis peu, et qui,
pourtant, avait bien pris la précaution de choisir un
emplacement élevé où l'eau ne monterait jamais (emplacement qui lui avait coûté les yeux de la tête, l'ombre de la
colline boisée étant réservée aux dignitaires du régime, à
la caste des gros zotobrés, des morts à chabraque),
entendit cogner à sa porte. En fervente chrétienne,
pensant qu'il s'agissait d'un pèlerin cherchant un abri, elle
ouvrit et se trouva nez à nez avec le cercueil de son mari.

Face à l'insécurité du cimetière, le mort avait décidé de regagner ses pénates.

Voilà enfin l'allée que cherchait Estelle. Une simple dalle esquintée par les intempéries masquait l'excavation où, sous ces quatre pieds de terre, reposaient les os vénérables de son père. À côté, des cantonniers s'affairaient à réparer des caveaux : le tombeau de Borgella Baron, un héros vénéré de la guerre du Sud ; celui d'un ancien président de la République ; le modeste monument érigé aux victimes de l'occupation, aux combattants, aux patriotes de Marchaterre ; les stèles de généraux, de commerçants, de bourgeois. Une brise souleva la poudre blanchâtre et granulée de chaux vive que déversait une brouette. « Cette poussière ! » grommela une voix aux accents caverneux. Une petite vieille maigrichonne, en haillons, chaussée de lourds brodequins d'homme, était à demi accroupie derrière une tombe ; elle pissait une urine jaune kaki qui sourdait dessous sa robe et serpentait, tranquille, avant d'être absorbée par la chaux. Elle avait un visage angulaire, taillé au couteau, une tête bilieuse d'oiseau que prolongeait une mâchoire de caïman, des yeux morts entre des bourrelets de chair violacée, un nez en bec d'aigle. Sur la lèvre supérieure à la peau flétrie, crevassée de mille rides verticales, de mille petites incisions, poussait une moustache. Au bas du cou, un goitre mal dissimulé par un foulard noir. « Cette poussière ! répéta-t-elle en se couvrant les yeux, tout ce que nous avons bâti, nous l'avons bâti sur cette poussière. » Elle se mit à taupiner entre les tombes et, tout en taupinant, elle maugréait : « Ici, même le diable s'est fatigué. Il a tout laissé aux hommes qui savent maintenant mieux faire que lui. » Elle se tourna vers Estelle et Adrien, leur fit signe de la suivre. Elle alla tout droit à une tombe et leur indiqua, en poussant un soupir, un tombeau sur lequel était posé un corps de marbre à demi nu étendu sur un lit. La posture évoquait celle de l'épuisement après l'amour. Une expression de douce mélancolie se dégageait de cette forme alanguie. Le désir n'embrasait plus les yeux apaisés ; il était remplacé par une clarté, une lucidité, un mélange de léthargie et d'extase : un regard abîmé dans la contemplation d'on ne sait quel horizon au-delà de la vie. Un effet d'arrêt du temps, d'éternelle jeunesse, d'incorruptible beauté avait remplacé la triste déchéance du corps. Estelle avança de quelques pas, lut, relut l'inscription en lettres gothiques :

« Mona Monsanto : 1930-1960.
Elle était trop parfaite, Dieu l'a enlevée à l'affection de ses sœurs et de son époux Sam Soliman. »

Un grillon lève-tard lança un cri strident. Du fond de la mémoire d'Estelle surgit l'image de la vieille nounou des Monsanto. À genoux, la tête inclinée sur la poitrine, Sô Tiya remuait faiblement les lèvres. Estelle s'enquit de la santé des sœurs Monsanto. Elles se portaient toutes les trois bien. Sô Tiya se leva, lui prit les mains et la supplia : « Va les voir. Présente-leur ton mari. Elles seront contentes. » Sam habitait-il encore avec elles ? À ce nom, la vieille fit gicler un jet de salive entre ses deux canines, les seules dents à subsister, épaves à la dérive, puis disparut derrière les tombes. Estelle et Adrien entendirent au loin sa voix chevrotant une chanson qui parlait de l'État, d'une chaise basse et paillée, d'yeux fournis de colère rentrée, de Jakomel et de justice. Qui était ce Jakomel ?

Onze heures, Estelle et Adrien quittent le cimetière. De leurs longues années d'errance, ils ont ramené le goût de la marche. Sans hâte, ils déambulent, s'imprègnent du paysage, de ses senteurs, de ses formes et de ses signes. Pas à pas, attentifs à l'infime, ils longent les ruelles que les

voyageurs ne regardent jamais. Jarretelles, culottes, sou-
tiens-gorge, dessous les plus intimes, prennent le soleil et
la poussière, fleurissent les fils de fer des clôtures. Là, les
habitants habitent un rêve de ville : maisons délabrées,
façades ouvertes sur le ciel, chaussée persillée de gravats,
égouts à ciel ouvert. Estelle et Adrien s'attardent devant
les rogatoires, temples miniaturisés où se plaide, à cœur de
temps, la cause des vivants. Ils salivent devant les bacs
alléchants : l'odeur du porc braisé à l'orange amère et de
la banane pesée chatouille leurs papilles. Leurs yeux
accrochent les objets en acajou et en bois de gaïac
sculptés. Bénitiers, chandeliers, cruches destinées aux
âmes de l'innocence sacrifiée voisinent avec des figurines
et des cendriers. Ils flairent une boutique exhibant une
riche pharmacopée locale : eau deboutte, eau-de-vie de
serpent, absinthe-étoile, feuilles de thé guérit-tout. Une
tête de mort grossièrement peinte sur une pancarte
annonce l'échoppe d'un entrepreneur de pompes funèbres.
« Ici, prêt-à-porter ou sur mesure ». Un assortiment de
cercueils jonchent la galerie où se déroule un insolite
spectacle sous les yeux de spectateurs hilares : le menui-
sier, mains habiles dans la fabrication de cercueils, a
arrêté son travail, enlevé ses chaussures et s'est installé à
la place du mort, mimant, sous la risée générale, l'allure
qu'aura son futur client. Quatre ou cinq enfants sont
attroupés autour d'un garçon qui tient, collée à une
oreille, une conque marine. Il guette, un temps, la rumeur
de la mer, les yeux mi-clos. Il repère soudain Estelle et
Adrien. « Regardez la diaspora ! Observez son allure, sa
gaucherie ! » Les gamins rient, de ce rire sans joie des
enfants de la rue ; ils rient pour rire, d'un rire qui éclate en
mille miettes de rire. Estelle et Adrien feignent de ne pas
les entendre, attentifs au roulement du vent au ras de la
plaine, à la lenteur d'un ruisseau charriant son filet d'eau
boueuse vers la Ravine, à la lumière assassine de juillet,
aux cormorans planant d'un vol bas et lourd sur la crête

de la Hotte, repaire de loups-garous lubriques, aux coïts mélancoliques des chiens maigres, parfaites répliques des lévriers du Greco, qui les fixent avec des regards de nonnes implorantes.

8

UNE foule dense se presse aux abords du marché
central. Le mot d'ordre de grève générale avait
transformé un dimanche de quiétude en journée de
ravitaillement. Le marché, poème d'étalages construits le
matin, détruits tôt le soir, quand la marée descend et que
le soleil se couche avec la déterminante rapidité qu'on lui
connaît sous le ciel caraïbéen. L'œil s'accrochera d'abord
aux étals couverts de haricots, de navets, de carottes, de
choux ; il sera surpris par la grosseur des ignames, des
bananes-plantains et des patates douces. Les ronces
crochues des corossols, la peau douce et lisse des cachimans cœur-de-bœuf, les grumeaux des pommes-cannelles,
le jaune moucheté de vert des papayes, le rouge, le rouille
d'autres fruits à promesse de succulence qui s'amoncellent
en congères à côté des pamplemousses, des mangues, des
pastèques et des avocats le déroutent. Des ménagères
palpent les yeux vitreux de poissons tachetés, bariolés,
aussi bien bonites argentées, mérous que dorades, thazars
et carangues, enfilés par les ouïes, suspendus à des crocs
en fer plantés sur des supports en bois. Toute cuisinière
experte sait que le poisson pourrit par la tête, surtout sous
cette chaleur crevante. Disputailleries, marchandages,
braillements : elle est prête à payer le double du prix, le
privilège de tâter une chair ferme, fraîche. Les petites

69

natures changeront d'allées et éviteront le tohu-bohu des abattoirs. Qu'est-ce qui bouleverse le plus? Les piaillements, couinements, beuglements, bêlements des volailles, des cochons, des cabris et des bœufs que l'on égorge ou la fauve et fade odeur du sang? Les fines lames des bouchers écorchent avec la plus délicate attention les mammifères. La peau, en aucun cas, ne doit être abîmée, elle est promesse de sandales, de ceintures, de tambours, de transes. Et l'on crie et l'on s'interpelle, et l'on rit et l'on se bouscule. Mamas mamelues se frayant un chemin au coude à coude, la tête chargée de paniers d'osier tressé, attachés par grappes; porte-faix disparaissant sous une pyramide de camelote; « bêtes, bêtes à deux pieds!» crient-ils à tue-tête. On leur libérera le passage dans une sonore bousculade. Tant de couleurs fascinent l'œil qu'il en devient hagard. Et que dire des odeurs, l'odeur des tropiques, pleines de la beauté, de la lenteur, de l'immobilité des choses? Un quadriplégique, le visage enflammé de désirs impuissants, suit des yeux la rotondité, la cambrure et la cadence des fesses. De temps en temps, il se couche à plat ventre et lève des yeux concupiscents sous la jupe de femmes, un instant arrêtées, le temps d'un « bonjour commère, et la santé? — Nap boulé piti; nous brûlons à petit feu sous le soleil; nous cheminons à petits pas, notre bonhomme de chemin ». Une vieille au sourire édenté invite la clientèle : « Surtout ne vous gênez pas, goûtez-moi la douce qui vient, la douce qui passe; belle quénêpe! Elle est unique dans la région! » Nichée au milieu d'un tas de victuailles, riz, pois verts et secs, une revendeuse, la tête ceinte d'un mouchoir rouge, négocie : « Marchandez! Proposez un prix. Je n'en serai pas insultée. » Poings sur les hanches, une lippe dédaigneuse se retrousse : « Ma belle chabine, passe ton chemin. Cette marchandise est bien trop fine pour ta gueule! » Au marché, l'invective est jeu, elle fait sourire et appelle la réplique. « Pardon, marabout de mon cœur, et pour quelle gueule les étales-tu ces retailles de vivres? Que feras-tu, ce soir, de ces bananes déjà trop mûres ? » Et l'on feint de s'en aller, indifférent, et l'on vous rappellera et l'on vous fera un bon prix. « Ce sac d'ignames, cette selle de chevreau, cette poule de Guinée, c'est comme donné ; un prix juste pour toi, ma cocotte chérie. Ne va pas crier, partout, que je liquide ! »

D'étal en étal, les voilà parvenus au quartier du port, tout naturellement. La mer est là, à deux pas au détour du parvis de la cathédrale. Un rêve de départ. Charme fou d'une ville récurée par les brises de la mer. La mer ! Quelle joie ! Salut enfants et adolescents qui portent la joie chevillée au corps ! Salut poitrines rondes et lourdes fesses rebondies ! Salut aisance insoumise de statues animées ! Salut nymphettes altières, filles-lianes ! Les plus jeunes portent leurs cheveux nattés en petites couettes ; les plus âgées, en grand chapeau de paille, pieds nus, les reins ceints de flanelle rouge ou de foulard à fleurs vives, lorgnent les hommes. Ils sont devant la cathédrale, répartis en piles séparées, des grappes d'hommes. Des ventres boudinés à en éclater les boutons des vestons trop étroits, des chemises aux cols fermement empesés, retenus par des cravates de couleurs excentriques, hasardent des plaisanteries goguenardes, interpellent bruyamment une cadence de hanches aguichante : « Du nerf, chérie... Cambre la taille, montre-moi le bonbon... J'ai de la vinaigrette, viens que je t'arrose le cresson ! » À l'ombre du grand mapou, sérieux, gravissimes, de vrais pains rassis, de pompeuses sérénités s'entretiennent de récoltes restées sur pied, de coumbite, de labours, de la canne à couper, de l'ouverture imminente de l'usine sucrière. L'ouïe curieuse s'étonne des conciliabules ; on parle grèves, élections, magouilles gouvernementales, presque sans baisser le ton. Devant l'étal d'une marchande d'absinthe trempée, quatre adolescents s'amusent à remplir le verre d'un homme au visage fripé ; ses yeux sont masqués de lunettes teintées. Avant chaque lampée, il salue le soleil ; son geste s'accompagne d'un pet toni-truant. À ses pieds, étalé en tapis, un poster : la caricature d'un général. Débraillé, le dolman déboutonné sur un estomac rebondi, le revolver, dans son fourreau, accroché au dossier de son fauteuil, le général cuve son whisky, les pieds sur son bureau. En face de lui, un ministre tiré à quatre épingles, style « Chicago boy », tourne les pages d'un grand livre : *Cahier des Doléances populaires.* Le général bâille, une mâchoire de bouledogue. Une bulle sort de cette gueule béante, on peut y lire : « Quand vous aurez terminé, réveillez-moi, s'il vous plaît. »

Le spectacle amuse les adolescents. Des passants qui ont mémoire de décennies où la parole s'était caillée font un pas de côté comme s'ils craignaient de piler un étron. Précaution pas capon ; les poltrons meurent toujours dans leur lit. Pourtant, aujourd'hui, la parole palpite, elle bouge, elle éclate. Tout un peuple s'est levé, se dégèle. La vieille forge qui avait trempé et cuit les hommes du temps jadis, qui avait bricolé cette nation, n'avait pas éteint ses feux. Ses flammes avaient recommencé à jaillir. Fabuleux atelier de la parole que la place des Canons, ce dimanche de mi-juillet.

Comment Estelle et Adrien avaient-ils pu penser que, sous la chape de plomb de trois décennies de bâillon, les braises souterraines ne rougeoieraient plus ? Ils avaient été bernés par la poussière qui enveloppait les fourneaux, la rouille des enclumes, l'éventrement du soufflet qu'ils croyaient brisé. Sans avertissement, un piston s'était remis à rugir et des vantaux qu'ils pensaient à jamais bloqués crachaient de la fumée et des étincelles. Partout, dans les maisons, les épiceries, les boutiques de quincaillerie, sur les trottoirs à grandes dalles carrées que le travail du temps avait fêlées et fendues, la parole éclate, brasille. Le sang irrigue la chair engourdie et ranime les bouches scellées. Une fringale de rénovation excite l'imagination : des rêves de pierre entassent sable et chaux vive. Les vieilles baraques de bois, délavées, qui longent la rue du marché, peintes, repeintes, ont trouvé un éclat.

L'enseigne borgne « Chez Zeth », plaquée sur le mur jaunâtre, marqué par le soleil et la pluie. Les rayons obliques du soleil couchant frappent les jalousies de la porte-fenêtre et allongent les silhouettes d'Estelle et de la patronne, en grande conversation. La nouvelle de la mort de Sam leur était parvenue et les deux femmes s'inquiétaient de ne pas voir revenir Adrien. Sa visite à Zag l'avait retardé. Les paroles sibyllines que celui-ci avait prononcées l'obsédaient encore. Cette soirée de couvre-feu tacite serait longue. Estelle, Adrien et Zeth s'installèrent autour d'une bouteille de rhum. Zeth parla d'abondance, donna force détails.

9

L E siècle avait dix ans. Dans la ville vivait un pharmacien du nom de Sosthènes Agésilas Monsanto, genre
vieux garçon. Il était affligé de pieds aux proportions
démesurées. On s'esclaffe encore au souvenir de ses
chaussures que le cordonnier, fier de relever un défi
professionnel, avait exposées, pendant quelques jours, à la
vitrine de son échoppe. Cette difformité, qui donnait à
Sosthènes l'allure d'une marionnette de carnaval, l'avait
condamné à l'exil intérieur. Les langues expertes à décrire
l'anatomie du prochain raillaient sa démarche gourde, sa
taille hors du commun (il mesurait un mètre quatre-vingt-
dix), sa silhouette voûtée. Au fond, ce n'était pas sa
difformité qui dérangeait ces bouches intraitables ; elles ne
pardonnaient pas à Sosthènes Agésilas Monsanto, fils de
paysans anonymes, fils adoptif d'une maquerelle, d'être
devenu l'un des pharmaciens les plus célèbres du pays.
D'autant plus qu'il affichait une orgueilleuse soif de justice
et de dignité : « De qui laquelle et pourquoi tout ce
bruit ? » Formule locale, laconique, qui avait le mérite de
résumer le récit de ses origines. En vérité, Sosthènes
Agésilas Monsanto, surgi des profondeurs abyssales de
l'adversité, aurait dû mener une existence sans éclat.
Cependant, sa mère, en paysanne sage et prévoyante,
l'avait placé, tout gosse, il avait à peine quatre ans, chez sa

74

marraine, Paula Masséna, une femme que l'hospitalité de ses cuisses avait rendue célébrissime.

Souvenir inoubliable que celui de cette femme qui, chaque après-midi, beau temps mauvais temps, s'installait dans l'embrasure de sa porte, sur un fauteuil en osier, sa jupe à falbalas de dentelles, insolemment relevée, laissant paraître une jambe gainée de soie noire. Elle guignait les clients, clignait en invite ses yeux tamarin abrités sous un chapeau à large bord. Raffinement d'élégance, elle faisait trembler entre ses doigts un éventail brodé de geisha, cadeau d'un marin japonais. Le soir venu et jusqu'à ce que s'éteignent les crépuscules tapageurs, vêtue d'une robe-fourreau pailletée, un peigne en ivoire retenant en chignon ses tresses assemblées, elle restait accoudée à sa balustrade, imposante, le regard langoureux, amène. Elle pavanait, impératrice absolue. Quel mâle digne de ce nom pouvait passer, insensible ? Elle habitait une maison, propriété de l'archevêché. Il est de notoriété publique que les institutions les plus honorables s'accommodent volontiers de tout ce que, par ailleurs, elles taxent de turpitudes, quand elles servent leurs intérêts. Paula Masséna qui n'avait pas froid à l'œil avait placé, au-dessus de la barrière en fer forgé, une inscription : « Au jardin parfumé ». Jolie enseigne, n'est-ce pas ?

Paula Masséna comptait parmi sa clientèle des gens de passage, des voyageurs de commerce, des marins étrangers et maints hommes de la ville qui achetaient, chez elle, les simulacres, les chimères de l'amour. On disait de Paula Masséna qu'elle était douée d'une grande perspicacité et qu'elle avait le don de discernement. Rien qu'à voir un homme elle savait ce qu'il valait, ce qu'il pouvait rapporter, ce qu'il pouvait offrir, ce qu'on pouvait lui soutirer. Cette qualité l'avait rendue très populaire auprès des femmes qui cherchaient mari, bonheur, stabilité ou argent. Aussi voyait-on, le jour, se glisser par la porte arrière des silhouettes discrètes de femmes, toutes classes confondues. Si elle apprenait que quelques esprits particulièrement rassis, le plus souvent des laissés-pour-compte de l'amour, jetaient sur elle l'anathème, l'accusant de tenir un lupanar, d'être une allumeuse et d'entraîner les honnêtes gens dans la concupiscence, Paula Masséna protestait par tous les dieux : « Je peux aller partout à visage découvert car je n'ai jamais fait de vilenies. Je suis certes une mère maquerelle, cependant, avec honneur, je m'efforce de fabriquer des couples, d'apaiser les frustrations des maris et même de réconcilier les cœurs séparés ; en somme, je concours au bonheur et à la paix des familles. Voilà ce qu'il faudra dire de moi, si vous voulez me faire apparaître dans une quelconque fable. » On connut l'étendue de sa clientèle le jour où, elle était alors presque au soir de vie, plusieurs foyers respectables reçurent une lettre (le facteur certifie en avoir distribué des centaines) la rappelant au bon souvenir d'un époux ou d'une femme. Elle ne réclamait ni argent ni bienfaits, seulement une pierre devant servir à l'édification de sa tombe. En matière de prévoyance, qui dit mieux ? Elle espérait en recevoir une quantité suffisante, en reconnaissance de joies procurées, de services rendus.

La chair lassée par le commerce épuisant de l'amour, malaxée par l'outrage d'un âge inavouable, voulant éviter la solitude carabinée qui la menaçait, Paula Masséna prit le petit Sosthènes chez elle. Elle eut envers lui les attentions minutieuses d'une vraie mère. À ceux qui lui demandaient pourquoi elle s'était retirée, elle répondait : « Je suis encore une putain, mais avec un seul client. » Et elle éclatait de rire, un rire goguenard, sa revanche contre les vicissitudes de la vie. Sosthènes Agésilas Monsanto grandit sous l'aisselle de cette femme qui reporta sur son éducation et son instruction (cet enfant n'était-il pas son bâton de vieillesse ?) toute sa prodigalité de maquerelle. Elle savait qu'elle n'en ferait pas un médecin ou un avocat. Il avait traversé le primaire tant bien que mal. Aux humanités, les choses se gâtèrent. Devant une feuille imprimée, l'attention de Sosthènes voguait vers des ciels de dunes et de cactus. Le chaos des mots déclenchait en lui un incommensurable désarroi. Les cours le faisaient dépérir. Aussi préféra-t-il passer ses journées à ramasser des champignons, à observer les colonies de fourmis rouges. Le directeur du lycée avait une fois mandé Paula Masséna, lui avait enjoint de gourmander l'adolescent en insinuant qu'un renvoi était possible si sa conduite ne s'améliorait pas. Paula plaida, avec fermeté, la cause de son fils, implora indulgence, réclama compréhension. « Il n'y a chez lui aucune malignité ni mauvaise foi, monsieur le directeur, je vous le garantis. » Le directeur insista, Paula haussa les épaules, résignée, sans amertume. Elle jaugeait qu'en somme il était naturel que ce gosse, fils de deux illettrés — le calebassier ne produit jamais de giraumont, n'est-ce pas ? — , élevé par une mère adoptive qui, elle non plus, ne savait pas lire les lettres fines, ne puisse rien comprendre à tant de choses difficiles, absurdes, abstraites, ne puisse évaluer la distance que parcourent deux trains et l'heure à laquelle ils se croiseraient, lui qui n'avait jamais vu de train. Et que dire de ce fameux coup de dés qui jamais n'abolirait le hasard ? « Avouez que les professeurs exagèrent, monsieur le directeur ! » Il finirait bien par se débrouiller dans la vie. Tant de soins, tant de complicité et de compréhension, le gosse les lui rendait en centuple puisqu'il vouait une profonde dévotion à cette femme au cœur plus large et grand que la voûte du ciel.

Sosthènes avait une quinzaine d'années. Au cours d'une leçon de grec, le professeur écrivit au tableau, d'une calligraphie appliquée, cette phrase : Πολα κακα τους αλλους η δραζας (Tu as fait beaucoup de mal aux autres). Il voulut que la classe la scande afin d'en faciliter la mémorisation. La malignité des jeunes la transforma. En chœur, ils crièrent : « *Paula kaka sale toute drap* ». Sosthènes, malgré le peu d'intelligence qu'on lui prêtait, en explicita le non-dit. Il comprit que la méchanceté de ses camarades faisait référence au métier de sa mère. Devant une telle pluie d'insanités, il se leva indigné. Qu'ils se gaussent de la difformité de ses pieds, passe encore ; il n'encaisserait point que l'on se moque de sa mère. Il distribua, avec une force et une adresse superlatives, coups de poing et de pied, laissant sur le carreau une bonne douzaine d'élèves. Qui, avec un œil poché, tel, avec une dent qui bougeait, tel autre, avec un bras à emplâtrer. Cette plumée de grand style lui valut d'être remis à Paula Masséna. Pères, mères, oncles se dépêchèrent d'accorder leurs violons, obtinrent l'assentiment du magistrat, du préfet et du commandant militaire, se présentèrent, vociférant, à la barrière de l'établissement, armés de piques, de fourches et autres armes d'hast. « La méchanceté et la difformité vont de pair, il fallait extirper ce damné fils de pute du corps social. » On ne revit plus Sosthènes au lycée ni dans la ville. Interroger Paula était une vaine entreprise. Selon son humeur, elle avait expédié le petit ailleurs, à Saint-Domingue, en Martinique ou à Cuba. Elle y avait de la famille.

Sosthènes réapparut des années plus tard. La vieille Paula avait tiré sa révérence depuis longtemps. Il se disait pharmacien, ouvrit un commerce à la rue des Miracles, dans une bicoque branlante que le bon sens aurait vouée à la démolition, sur un terrain hérité de Paula et que convoitaient les lotisseurs. On ne pouvait nommer que bicoque cette cabane, tant elle était exiguë : une seule pièce, un espace indiscriminé qui cumulait les fonctions de pharmacie, de cuisine, de séjour. Un paravent de bambou masquait un divan où couchait Sosthènes. Et cet homme fit fortune.

10

L'ÉPOQUE était hystérique : un monde d'outrance et de bombance polyphage : médecins et prélats avaient beau s'évertuer, tour à tour, à contenir les débordements de leurs prochains, eux s'appliquaient à améliorer leur ardeur. Jamais la verge, le mont de Vénus, et leurs emblèmes héraldiques n'avaient été si populaires. Jamais on n'avait autant célébré la chair, sacrifié à la cure de jouvence. Les prêtres se faisaient hougans et alchimistes ; munis de leur bréviaire en latin, ils exorcisaient, à tour de bras, lubricité, rut, débauche, reconnaissant dans cette énergie dévergondée qui enflammait la société un signe de la fin des temps. Jamais la puissance sexuelle n'avait été autant vénérée, saluée et célébrée. La santé publique s'en allait à vau-l'eau et il n'était plus question d'imposer quoi que ce soit en terme de réglementation. Jamais la dégénérescence vénérienne n'avait autant été visible que dans ce monde privé de corset, subitement permissif et recherchant des exutoires à tous les désirs refoulés, inassouvis, à voile et à vapeur. La prostitution se démultipliait. Délaissant les rideaux tirés et les lanternes rouges, elle éclatait à l'air libre, envahissait les impasses chaudes, les venelles pierreuses, les rues piétonnières, les terrasses de restaurants, les trottoirs des grands boulevards et les allées de pierres mangées de la place des Canons. Le corps ne préservait plus ses secrets. Tous étaient impliqués : des bonniches qui sautent le pas aux raccrocheurs occasionnels des midis sans pain, des couturières et piqueuses des industries d'assemblage, dos endolori par la cadence de la chaîne de montage et yeux usés par la machine à coudre aux professionnelles en solo lorgnées par les touristes en mal d'exotisme et aux dégourdies à peine sevrées de leur leçon de catéchisme. Institutrices et dactylographes plaisamment juponnées, reines du foyer émancipées arrondissaient leur magot pour ne pas dégringoler de l'échelle sociale. C'est à cette époque également qu'on vit apparaître une innovation : des guest houses qui accueillaient l'après-midi des femmes qui, jusque-là, avaient livré bataille sur le front du savoir-vivre et de la tenue impeccable de la maison, de l'épanouissement de la famille et de la digne gestion du paraître. Elles avaient jeté par-dessus bord le devoir conjugal, le dévouement et la soumission. On avorte en serrant les dents, on se déchaîne, on s'éclate, on froufroute : « Frou-frou, frou-frou par son jupon la femme, frou-frou, frou-frou de l'homme trouble l'âme ; frou-frou frou-frou certainement la femme séduit surtout par son gentil frou-frou. » Dieu ! L'a-t-on jamais autant fredonnée cette chanson !

Sosthènes sut exploiter la fureur thérapeutique de l'heure. Il introduisit, sur le marché, une extravagante et proliférante pharmacopée. Il popularisa la poudre Fô-vlé et des ingrédients rentrant dans la composition de recettes qui firent date dans l'art culinaire créole : la cervelle de tortue à la purée d'oignons ; le genjol, testicules de cabri assaisonnés de piments rouges, grillés sur du charbon de bois ; la persillade de lambis séchés et autres mets exotiques dont les procédés de préparation, disait-il, venaient de la lointaine Guinée. L'apothicaire mit à contribution des secrets susceptibles de satisfaire, en un même élan, aussi bien le corps que l'âme et produisit une panoplie impressionnante de baumes, élixirs et potions. À la boutique de Sosthènes, on trouvait des éléments destinés à honorer la chair et l'esprit, la Vierge et Joseph, Dieu et Satan et ses pompes et ses œuvres : muscs et ambres, huile de pavot et huile du saint chrême, cendres d'herbes bénites et poudre de pierres magiques, pilules de camphre et infusions de nymphéa, une longue litanie de médecine profane qui empruntait à la liturgie ecclésiale encens, onguents et rituels. Rien n'était étranger à la pharmacopée de Sosthènes. Il fit fortune, édifia à la place de sa bicoque une véritable industrie pharmaceutique. Dès lors, enfants malingres, maris impuissants, poitrinaires en phase terminale, amants fatigués, cocus héréditaires, vieillards incontinents, veuves lubriques, migraineux chroniques, nonnes extatiques, rougeoleux sentimentaux, vierges effarouchées, bellâtres de pissotières et autres maniaques pathiques trouvèrent, dans le codex de Sosthènes, remèdes infaillibles à leurs maux. Plusieurs de ses compositions demeurent, aux yeux de plus d'un, des médicaments miracles : le sirop *Nutrident*, aide précieuse lors de la douloureuse dentition des bébés ; les pilules *Apetito* capables de vaincre l'anorexie pubertaire ; le *Bilain* efficace contre les troubles du foie ; la *Dragée des lions*, à base de bonbons cap'taines, spécialement recommandée aux hommes en panne ; le *Dolostop*, une capsule contenant des résidus de girofle, propre à soulager toute douleur lancinante ; l'*Anudol*, serrure et clef des sphincters primesautiers et anus autonomes ; les pubis habités, les quintes de chaude-pisse et quarante-dix-et-as baissent pavillon devant les onguents miracles à base de mercuriel double ; les dégarnis, les déplumés, les pelés deviendront de véritables Samson, grâce aux prodiges des crèmes, ampoules, lotions, shampooings *Procrinal*.

Sosthènes était au centre de grandes polémiques. Ses détracteurs le traitaient de charlatan, l'accusaient de pratique illicite, le jugeaient, réclamaient contre lui la réclusion à perpétuité. Ses admirateurs portaient aux nues son ardeur scientifique, son humanisme, vertu qu'on n'avait pas vu fleurir depuis des lustres, au bord de la Caraïbe des chaleurs. Alcool à la rescousse, ils n'hésitaient pas à évoquer des noms illustres : Davinci, Ticho Brahé, Esculape, magnifiant ainsi le génie inventif et la philanthropie d'un homme à qui on devrait élever un monument. Ils citaient en exemple la mixture laiteuse que Sosthènes avait préparée et qu'il distribuait gratuitement aux habitants des bidonvilles et des campagnes, capable d'éteindre, à jamais, la race des ravets propagateurs de tétanos, des poux de bois et de tête, fléaux des cases et des écoles, des anolis tonnerre, ces bestioles malfaisantes qui, une fois qu'elles ont refermé leurs mâchoires sur une partie de l'anatomie animale, ne les desserrent plus ; seule la foudre a le pouvoir de leur faire lâcher prise. Dans un pays infesté de vermines coriaces, imaginez l'impact d'une telle générosité.

L'imagination de Sosthènes n'était pas en panne. Un matin, à grand renfort de publicité : panneaux, tracts, capsules radiophoniques, stand de démonstration au coin des rues, le marché fut inondé d'une nouvelle invention, la ratière sans appât. Une idée originale n'est-ce pas ? L'appareil, « livré fait et fourni », était constitué d'une plaquette rectangulaire en bois surmontée d'un clapet tranchant. À la place de l'appât traditionnel, le fabricant avait inséré la photo, en couleurs fluorescentes, d'un alléchant morceau de roquefort. Une demi-journée avait suffi et les boutiques étaient en rupture de stock. De mémoire de chats affamés et d'insomniaques aux yeux rouges, jamais nuit ne fut ponctuée d'autant de déclics, de claquements. La ratière à Sosthènes avait fonctionné. Le lendemain, au petit jour, les utilisateurs, balai en main, se précipitèrent derrière les armoires, sous les cages d'escalier, au fond des cours, s'apprêtant à enlever les cadavres de rats puisqu'ils avaient rêvé d'hécatombe. À l'étonnement général, la photo du fromage avait disparu et (est-ce la main de Dieu, est-ce la main du diable?) on y avait substitué une caricature de Sosthènes en rat, la tête tranchée. Zeth garantit sur l'honneur l'authenticité de l'histoire. Hilarité générale ; on certifiait que le pharmacien s'était attaqué à plus fort que lui. En guise de réponse, Sosthènes se borna à répliquer sèchement : « Les chiens aboient et passe la caravane. »

Sosthènes était devenu l'un des hommes les plus riches de la cité. Il portait chaussure à son pied, fabriquée spécialement à Londres, s'était laissé pousser une barbiche à l'oncle Hô et chaussait des lunettes rondes cerclées d'argent. Il se posait à la fois en réformateur des mœurs et des mentalités, en défenseur des pauvres, de la veuve et de l'orphelin, dans une confuse et farouche adhésion à des idées nées en Europe et qui se propageaient sur la planète. « Du train que ça va, il ne lui reste qu'à briguer un siège de sénateur. Il recueillera les votes du lumpen et de tous les culs-terreux, prendra la place des gens de bien qui nous représentent. » C'était propos de grands propriétaires fonciers, de notables à grands chabraques, de grands chambellans et de grands argentiers. Le spectre de la popularité de Sosthènes leur enlevait le sommeil. Au sein de tout ce beau monde, la voix la plus forte, celle de Rodolphe Soliman, dernier rejeton d'une famille de féodaux, d'hommes politiques de grande influence. Trois siècles les avaient vu faire carrière dans le Droit, l'Église et la Politique. Les Soliman, des « musiciens-palais ». Délateurs de père en fils, ils avaient le don de déceler les moindres intrigues, dénonçaient conspirations et complots. Les vaudouisants, les révolutionnaires ont hanté leurs jours et leurs nuits. Avec un acharnement à la mesure de leur passion, ils passaient leur temps à recueillir des renseignements au bénéfice de toutes les polices, à dénoncer des coups d'État, à rédiger des lettres anonymes. Trois siècles de calomnies avaient fait de cette famille l'incarnation de la délation, de l'opportunisme. Ses membres n'avaient pas fait partie de la cohorte des taillables et corvéables à merci sur les terres amères des plantations. Rodolphe Soliman se targuait d'un arrière-grand-père ayant étudié le droit à Paris, d'un grand-oncle chargé d'affaires auprès du Saint-Siège, de tel autre grand chambellan de Napoléon. Les Soliman ont mangé à tous les râteliers, ont excellé dans l'art de s'adapter aux conditions et aux temps, de retourner habilement leur casaque, toujours la même, avec une infinité d'envers. Alors que toutes les apparences les plaçaient du côté des colons, un des membres de cette famille avait servi de scribe à Toussaint Louverture et trouvé la formule célèbre du « Premier des Noirs au Premier des Blancs » qu'utilisait le gouverneur s'adressant à Napoléon. Ils auraient été, en même temps, les instigateurs du complot visant à le déporter au fort de Joux où il mourut de froid, de faim et de chagrin. Les Soliman ont léché les bottes du Libérateur au moment de l'Indépendance et le lendemain acclamé les assassins de l'Empereur, loué leur geste qui avait débarrassé le pays de ce va-nu-pieds. « Le bout du bout ! Confier le destin d'un pays à un tel individu ! » À son successeur, ils ont reproché, sous le manteau, « ce cosmopolitisme mal placé qui le poussait à soutenir un Bolivar dont les idées suintaient l'anarchie ». Laudateurs du second Empire, Faustin Ier les avait anoblis, transformant en duché leur domaine, frauduleux héritage de la colonie agrandi de terres spoliées. Sempiternels juges à la Cour suprême, on leur doit la clique des présidents « Bandemachouê » ainsi désignés par la malice populaire qui stigmatisait leur pouvoir éphémère et leur incompétence. Ces présidents moururent tous de mort violente, et les seules photos que l'histoire garde d'eux les représentent morts, affublés d'un bandeau leur maintenant la mâchoire. Des langues bienveillantes colportent que les Soliman, grands commis de l'État, ministres, juges ou ambassadeurs de père en fils, avaient toujours loué leurs couilles, offert leur femme, vendu leurs enfants mâles et femelles, aux dirigeants. Cela leur permettait de continuer à rouler en Mercedes, à faire bombance, à étancher leur soif au champagne.

Zénophile, Rodolphe Soliman réclamait à grands cris, depuis les premières agitations qui devaient mener à la chute du gouvernement, l'intervention des puissances étrangères, l'occupation du territoire. Son sens pratique le portait à choisir d'abord les Américains. Ils n'avaient qu'un bras de mer à traverser et Tocqueville les avait consacrés modèles de démocrates : « Leurs Noirs, ils les parquent dans des ghettos. À chaque singe, sa branche, n'est-ce pas ? » Il aurait, certes, préféré les Allemands, il les admirait, les hissant au rang « de seuls véritables Blancs ». À défaut, il se contenterait des Français car « la France, après tout, représentait un modèle de démocratie : les transports en commun prévoyaient des compartiments de première classe, histoire de garder la valetaille à sa place ». Un cheveu sur le bout de la langue, il zozotait, parlait pointu. Il avait déjà « vissité la Fance, pays de la continuité, de l'habileté en toutes soses, de l'espit coutois, des maîtes de danses, des figahos et du raffinement littéaire ; le pays des conventions et de l'honneur, pierre angulaire, assise inébanlabe de la civilissation, gade-fou conte la babarie populassière ».

Il y avait entre Rodolphe Soliman et Sosthènes Monsanto, à la fois, de l'attirance et de la répulsion. Face à face, les yeux dans les yeux (formule qu'il faut prendre tout autant au sens large de voisins qui se fixent l'un l'autre et se dévorent des yeux qu'à celui plus restreint, apparu aux pires moments de l'histoire, le sens méchant et mesquin qu'exprime la parabole évangélique de la paille et de la poutre), ils se donnaient du « tu », « N'étaient-ils pas d'anciens camarades de lycée ? », semblaient partager les mêmes préoccupations. Ils allaient déguster, tous les soirs, sous le coup de dix-sept heures, « Au Jardin parfumé », café-dancing tenu par une des anciennes filles de Paula Masséna, leur alcool de canne. « N'étaient-ils pas les deux hommes les plus connus de la ville, l'un par son ascendance, l'autre par sa fortune, quoique d'édification récente ? » Sosthènes cependant affichait un air de « Je vends au comptant » et Rodolphe de « Je vendais à crédit ». Malgré ce décalage, leur amitié aurait été peut-être promise à un avenir sans orage, si Sosthènes n'avait refusé un prêt de seconde hypothèque à Rodolphe Soliman, argent qui lui aurait permis de maintenir son train de vie sans déchoir. Il lui rembourserait, intérêt et principal, dès qu'il serait rentré en possession de l'héritage de ses deux tantes, ces châsses qui s'immobilisaient le soir, statues vivantes, dans des fauteuils de rotin, et regardaient le monde derrière leur face-à-main. Étant donné leur âge, cela ne devrait pas tarder. Rodolphe Soliman avait passé quelques années en France et aux États-Unis, où il prétendait avoir poursuivi des études. Il en était revenu sans aucun diplôme après avoir dilapidé la fortune paternelle. Il ne faisait œuvre de ses dix doigts, étant persuadé que la noblesse se perdait par le travail. La rebuffade de Sosthènes le mortifia. Le regard dénué d'aménité dont il le couvrait depuis en disait long sur son désir de vengeance qui serait resté lettre morte, sans nul doute n'aurait jamais été assouvi, si un jour la ville n'avait été témoin d'un événement, d'une aventure unique dans son histoire intellectuelle et littéraire. « Diantre ! Quelle mouche avait piqué Sosthènes ? Frustration de l'autodidacte en manque de légitimité devant les têtes bien faites ? » Il publia coup sur coup deux livres à compte d'auteur : *L'Évangile des destinées,* un roman psychosocial d'une épaisseur remarquable, huit cents pages mur à mur, et un recueil de poèmes anodins au titre sibyllin : *Épigrammes bisuniennes.*

Sosthènes avait frappé, Sosthènes avait fait coup double, répétait-on. À la vérité, les lecteurs étaient assez rares, une espèce en voie d'extinction. Les publications de Sosthènes n'auraient pas dû remuer de vagues. Ceux à qui il avait offert des exemplaires dédicacés n'auraient peut-être jamais lu ces œuvres si, le lendemain de la parution, on n'avait enregistré une réaction disproportionnée, sous la plume d'un quidam, un M. Piquant Kouinna dont personne n'avait jamais entendu parler. Le supplément littéraire de l'hebdomadaire *La Croix du Sud* publia un article qui critiquait, de façon virulente, les textes de Sosthènes. Piquant Kouinna reprenant, à son compte, le fameux jeu de mots de Macenio Fernandez « Ces livres viennent combler un grand vide par un autre », dénonçait le ridicule d'un romancier qui s'était à la fois trompé de siècle et de pays, déplorait l'absence de talent du versificateur qui servait une prose lourde découpée aux ciseaux. Soupçonnant l'identité de son détracteur, Sosthènes lança, contre lui, la semaine suivante, une diatribe indignée.

Le rédacteur en chef du journal proposa d'organiser, le dimanche en quinze, un débat public entre les deux polémistes. Cette initiative fit saliver les lettrés de la place répartis en deux camps. Ceux qui pourfendaient Sosthènes, persuadés qu'il n'était qu'un infâme poète. « Ses vers sentent l'huile, les académies, les manuels et l'antique copiés. » Ils voyaient en lui une « sirène du phallus, de l'anus » qui célébrait, avec des métaphores d'un goût douteux, la copulation anti-nature. « Il ne chante que le cul ! Tout chez lui n'est que fesses et braguettes, seuls les sodomites se reconnaissent en ce docteur de merde, ce diplômé en hémorroïdes. » Selon eux, il serait malsain de se torcher avec le papier sur lequel ces poèmes étaient imprimés. On ne devrait même pas s'en protéger la plante des pieds contre le froid, certains microbes pouvant pénétrer par les fentes des orteils et envahir ensuite le cerveau ; surtout, surtout ne pas y envelopper les aliments, on risquerait d'attraper une dysenterie.

Le camp adverse loua le travail de Sosthènes ; on le présenta en exemple : d'humble origine, il ne devait sa situation qu'à ses propres qualités et à une puissance de travail hors du commun. Cette œuvre se distinguait par sa singularité. « Nous avons en Sosthènes le premier vrai scripteur de notre néant. » Ils y découvraient une « lucidité prémonitoire » à travers le rôle attribué aux femmes ; ils rendaient hommage à l'élégance d'une pensée qui tentait de conjoindre patriotisme et progrès. Ils vilipendaient « ces ignares, ignorant l'étroite relation entre l'écriture, la pulsion sexuelle et les servitudes physiologiques. N'avaient-ils jamais lu les surréalistes ? Sosthènes, sans œillères, sans répugnance, arrachait la poésie locale aux pinces et aux compresses de la tartufferie qui la stérilisait. Cela marquait un excellent point de départ permettant de comprendre et peut-être de guérir nos blessures et nos traumatismes séculaires », écrivit le chef de bande des Hyper-naturalistes. Cette école littéraire réunissait tout ce que la ville pouvait compter de poétaillons s'affublant du qualificatif de modernistes et voulait à tout prix se distinguer du formalisme puriste-rétrograde. Elle préconisait une écriture rite nuptial, mariant l'esprit et les sens.

Il fut impossible de joindre ce M. Piquant Kouinna. La critique avait été expédiée au journal par courrier et, à l'adresse indiquée, ce personnage était totalement inconnu. On chuchota (chuintements de robinet mal

embouti), on grommela (grognements de jamais satis-
faits), on inféra (conclusions de moralistes ascétiques) que
Piquant Kouinna et Sosthènes ne faisaient qu'une seule et
même personne. L'on vit en Sosthènes un Doctor Jekyll et
en Piquant un Mister Hyde. Le cercle des puristes et
conservateurs qui maniaient l'ironie avec un art
consommé renvoyait à un « syndrome de Sosthènes », à
une « pilule Sosthènes », à un « sirop Sosthènes » dès
qu'on soupçonnait quelqu'un de duplicité. Les farceurs, à
propos de tout et de rien, désarçonnaient leurs interlocu-
teurs d'un : « Hé ! Ne me passe pas un Sosthènes ! » Ces
spéculations, rumeurs, traits d'esprit rendirent Sosthènes
furieux. Blessé dans sa dignité, il se disait fatigué d'habiter
un musée d'inepties, de gravir un Golgotha. Il en avait
assez d'être toujours frappé sur la même joue, las qu'on lui
programme une descente de croix sans croix, las de lutter
contre un ensevelissement sans terre et sans rite. Le cercle
des Hyper découvrit, peu de temps après, l'identité de ce
Piquant Kouinna. Rodolphe Soliman aurait confié à un
proche qu'il écrivait des textes de critique littéraire sous
un pseudonyme. De la médisance à la haine, le gué est
étroit. Les choses s'envenimèrent. Il se glissa, entre les
deux hommes, un venin mortel. Sosthènes réclama une
réparation par les armes. La rencontre n'eut pas lieu, les
témoins s'étant tous désistés. Un duel, quelle qu'en eût été
l'issue, aurait nui à la réputation déjà peu reluisante de la
ville. On ne revit plus les deux hommes s'asseoir face à
face « Au Jardin parfumé », ni sur le même banc, à
l'église, ni cheminer côte à côte dans les cortèges funèbres.
Une distance abyssale les séparait. Sosthènes n'était plus
que fiel, abcès, sanie dégoulinante. Les mots sur ses lèvres
exhalaient le suri, l'aigreur d'estomac, l'acidité et la
suette. Cent messes d'action de grâces n'auraient pu
libérer cette âme chevillée par tant de soupirs noirs, tant
de rancunes. Il avait annoncé à qui voulait l'entendre qu'il
se vengerait. Les paroles prononcées un jour, en passant,

reviennent enceintes des années plus tard. Personne n'aurait plus pensé aux déclarations incendiaires de Sosthènes s'il n'y avait eu ce vendredi de mars.

Rodolphe Soliman avait épousé, mariage qui, au dire de plus d'un, devait lui apporter de confortables plus-values, Léonie Brentano, d'ascendance syro-italienne. Le couple n'avait pas d'enfant. Il fallait les voir, en grands frais, le week-end, déambuler sur la place des Canons. Tous deux jeunes, vêtus à la dernière mode des grandes capitales, soumis sans protection à la lumière du soleil couchant, de vrais acteurs sur une estrade, sûrs d'eux, dominés par on ne sait quelle tension intérieure. Ce vendredi de mars, ils se baladaient sur la place. Au détour d'une allée, ils furent dépassés par un cavalier. Cela n'avait rien de surprenant puisque, à cette époque, il était très élégant de se promener à cheval sur la place. Enveloppé d'une cape noire impeccable, les bottes étincelantes, le cavalier, cagoulé (on ne s'en rendit compte qu'après), parvenu à hauteur du couple Soliman, lâcha les rênes du cheval qui se cabra comme un crabe, épaula un fusil à pompe et tira. Combien de coups ? Les témoins n'ont jamais pu s'entendre. Au bout de discussions interminables, on fut d'avis que l'homme cagoulé avait tiré six fois : deux premiers coups, suivis d'un troisième et, quelques secondes plus tard, trois autres. Voulait-il protéger sa retraite ? Puis cavalier et monture disparurent, engloutis par un nuage de poussière. Les promeneurs horrifiés prirent leurs jambes à leur cou, hurlant, hystériques, qu'un diable déguisé en cavalier avait assassiné Léonie Brentano et Rodolphe Soliman. Il régna alors, sur la place, la même agitation que si on avait dérangé une niche de guêpes ; affolés, les passants ne songèrent pas à porter secours au couple. Les ambulanciers trouvèrent un Rodolphe Soliman livide mais conscient, qui ne cessait de répéter : « Nom de Dieu, saint nom de Dieu ! Pourquoi a-t-il fait cela ? Quel enfoiré, ce nègre !» On ne sait par quel miracle, bien que les coups aient été tirés à faible distance, il n'était blessé qu'à l'épaule droite. Léonie Brentano était morte, atteinte en plein cœur. On ne put expliquer non plus comment les plombs de ce fusil étaient allés se loger dans la jambe d'une femme qui passait, une rue plus loin, s'en revenant du marché, juchée sur sa bourrique.

Qui pouvait bien en vouloir à Rodolphe Soliman ? La question à peine posée, les enfants à la mamelle levaient leur petit doigt : ils avaient la réponse. On ne tue pas un homme parce qu'il doute de vos talents d'écrivain. S'il en était ainsi, la race des critiques aurait depuis belle lurette rejoint celle des dinosaures. « Cherchez la femme. L'affaire des épigrammes n'est que la pointe de l'iceberg. » Ces remarques rappelèrent le souvenir d'une autre histoire, une histoire que la lavasse avait lavée et délavée, la mort d'Elvire Barreau. L'expression populaire l'avait surnommée la Pine parce que, dès l'âge de seize ans, dit-on, elle commença à recenser tous les pénis de la ville, accordant des points à hue, des mauvaises notes à dia, remettant à leurs parents les combattants défaillants et les causes désespérées. A vingt-cinq ans, elle se mit en chasse d'un mari susceptible de lui apporter une respectabilité de façade. La fortune grandissante de Sosthènes faisait de lui un parti enviable. Elvire Barreau jeta son dévolu sur lui. La carrière d'amant de Sosthènes ne connut pas d'avenir. Les préparatifs du mariage furent interrompus. Une lettre anonyme, signée par « un ami qui voulait du bien à une famille honorable », informa les parents d'Elvire que Sosthènes cachait un gravissime défaut, un de ceux que tout citoyen digne de ce nom a le devoir de révéler. Le curé de la cathédrale, serviteur de la très Sainte Église catholique, mère et protectrice du bonheur des foyers, annonçait, depuis trois dimanches consécutifs, les bans et faisait une stricte obligation à tout paroissien au courant de quelque chose susceptible de nuire à la bonne réussite de l'union conjugale d'en avertir les intéressés. « Cet ami qui vous veut du bien » tenait, de source irréfutable, un tel renseignement et le servait dans un bon godet. Sosthènes ne pouvait prendre femme. En citoyen conséquent, il ne laisserait pas sacrifier « une fleur virginale » sur l'autel de l'impuissance. On commença à parler de ce défaut d'abord avec réticence, sourires sous cape puis, plus librement, en riant aux éclats. Le dimanche suivant, les bandes carnavalesques chantaient crûment qu'un mal étrange et carnassier avait ravi la force, la jeunesse de Sosthènes. Elvire Barreau reprit sa liberté et, avec elle, sa joie de vivre. Le nom de Rodolphe Soliman, alors célibataire, dont la vie dissipée, les amours tapageuses défrayaient les conversations, figurait en tête de liste des amants qu'on lui prêtait.

Sosthènes, lui, n'en menait pas large. Les badauds avaient pris l'habitude d'amuser la compagnie à ses dépens. « Et puis, m'sieu Sosthènes, est-ce vrai que vous vous êtes retrouvé bec à l'eau ? » lui demandaient-ils. Il répondait par un bras d'honneur et un chapelet de jurons et d'invectives. Les quolibets ressemblent au vent de la tempête : il se lève, souffle furieusement, dérange les habitudes, perturbe la tranquillité et se retire. L'étroitesse des lieux, la singularité de la vie qu'on y mène, le climat, la situation géographique, le poids concentré de l'histoire facilitent l'engendrement de la rumeur, en favorisent l'éclosion, l'épanouissement puis tissent sa mort. Elvire s'en allait avec ses jupes à volants et ses tarlatanes, elle avait vingt-cinq ans ; elle s'en allait, s'envolait, d'une insoutenable légèreté. L'essence du charme.

Un dimanche, à la sortie de la messe de l'aurore, un homme, le visage dissimulé sous une cagoule, passa sur un cheval et tira un coup, un seul coup d'un fusil à pompe. La balle atteignit Elvire et sa joie de vivre en plein cœur. Aucun doute, elle avait été victime de la jalousie d'un amant, d'une épouse ou de la haine envieuse d'une rivale. Et les puristes, délaissant le crime lui-même, se sont longuement interrogés sur la nature de l'arme employée. Le milieu privilégiait le poison, le « trois dégouttes » et autres recettes secrètement concoctées et gardées sous scellés. Pourquoi un fusil à pompe ? La famille de la jeune femme accusa Sosthènes. La police ne retint pas cette hypothèse. Plusieurs témoins, qui n'étaient pas des farceurs, certifièrent sous serment l'avoir vu ce dimanche-là, à l'heure du crime, se promener tranquillement à bicyclette du côté de la Ravine, envoyant ici et là des « fions », des fleurs aux belles paysannes qui, la jupe relevée jusqu'à la taille, traversaient la rivière, leurs couffins de paille en équilibre sur la tête. Malgré cet alibi, le doute persista. Sosthènes, à la nouvelle de la fin tragique d'Elvire, dansa la farandole. L'affaire qui n'en était pas une d'État fut vite classée, oubliée, effacée. L'imaginaire est comme une houle à marée basse ; quand elle roule et ne trouve point d'ancrage, elle tombe. Toutefois, les vieilles questions qu'on croit enterrer ont une propension à refaire surface, parées de nouveaux atours. La mort de Léonie Brentano fit renaître les braises d'une cendre qu'on croyait refroidie. Les langues qui ont de la langue rouvrirent cet énigmatique dossier. L'assassin avait utilisé la même arme dans des circonstances à peu près identiques. On s'interrogea : Sosthènes avait-il frappé de nouveau ? La police fouilla sa maison, mit à sac sa pharmacie, remua la terre du carré de son jardin en friche. Vainement. Nulle trace de cheval, ni de cagoule, ni de fusil à pompe. Aux jeux de la vie, le hasard distribue toujours de nouvelles cartes. Rodolphe Soliman, transféré d'urgence à l'étranger où il devait être opéré, ne revint jamais dans la ville. Le roman noir de l'occupation américaine recouvrit le pays d'un fleuve de larmes. On oublia jusqu'à l'existence de Rodolphe Soliman. Il n'assista pas aux obsèques de ses tantes. Le notaire chargé de régler les questions d'héritage apprit qu'il s'était remarié et que sa seconde femme lui avait donné un fils.

11

« PUIS, m'sieu Sosthènes, est-ce vrai que vous vous êtes
retrouvé le bec à l'eau ? » Sosthènes accueillait
cette question avec bonhomie. Les badauds d'hier étaient
aujourd'hui des adultes et les nouveaux ne savaient pas de
quoi ils se moquaient. La réaction de Sosthènes eut tôt fait
de refroidir leur ardeur. Un beau jour, à la manière du
magicien sortant un lapin de sa manche, Sosthènes
ramena une chérubine. Elle s'appelait Julie Lovelasse,
venait de Kolumé, la ville voisine, où Sosthènes avait
ouvert une succursale et écoulait, avec succès, ses inventions pharmaceutiques. Elle gardait enfoui, dans les tiroirs
de son passé, un drame aux couleurs cramoisies. Les yeux
fouineurs le débusquèrent. Son fiancé avait perdu la vie
quelques jours avant ses noces au cours d'un affrontement
entre résistants et forces d'occupation. Il la laissait, son
trousseau achevé, les bans publiés, les cadeaux déballés.
Julie gardait de ce drame l'impression d'un mauvais rêve.
Sosthènes et elle, deux chats échaudés, décidèrent d'unir
leur solitude. Ils se marièrent sans le tralala traditionnel.
Les blessures de l'occupation n'en finissaient pas de se
cicatriser. La ville avait gardé un goût âcre de cet ordre
blanc chez ces « sauvages qui n'ont inventé ni la roue, ni
la poudre à canon, ni l'écriture, ni le calcul, ni la narration
historique ». Elle adopta d'emblée la nouvelle mariée,

exploit que Sosthènes n'avait pas su réaliser en plus de quarante ans. On multiplia en son honneur réception, bal et ripaille, on la fit danser jusqu'au vertige. On veilla à ce qu'elle ne connût point l'ennui. On lui susurra toutes sortes de promesses : « Vous verrez, cette région est idéale, chose rare en ce bas monde ! Admirez le paysage ! On le comparerait à Miami, Tahiti, la Côte d'Azur si on ajoutait quelques gratte-ciel le long du rivage. » Au bout de dix-huit mois de mariage, une bombe éclata : la femme de Bec à l'eau qu'on savait, de source certaine, impuissant, était enceinte. Elle mit au monde une fille, Renata (de quelles cendres ?), Reine pour les intimes. Sosthènes, s'il fut déçu que ce ne soit point un garçon, ne le montra guère. La réception du baptême revêtit une splendeur rarement vue. Un an plus tard naissait une deuxième fille. Elle fut prénommée Simone, Mona pour les intimes. Vingt-deux mois après, Julie accoucha d'une troisième fille, Ariane (de quel amour blessé ?), ce fut le désespoir. Sosthènes maudit le Ciel et sa femme, se laissa aller à la colère, au délire. Il avait investi toute sa fortune, hypothéqué son avenir et s'était procuré une fabrique qui ne savait produire qu'une marchandise fragile, vite obsolète. Lui, Sosthènes, voulait assurer sa succession ; il voulait un héritier mâle. Évidemment, une femme marquée par un grand deuil, qui accueillait en amis le songe et la rêverie, en faisait sans crainte son séjour, sa demeure, une femme fantasque, qui naviguait dans un mélange de rêve et de fantaisie, ne pouvait reproduire que des êtres qui lui ressemblaient, des faibles créatures. La soixantaine proche, lui fallait-il renoncer à ce rêve si tendrement caressé d'avoir un fils ? Julie Lovelasse, face à tant d'injustice, connut le fond du désespoir, se situa hors du temps ou, plus exactement, en dehors du temps, s'enfonça dans les eaux boueuses de la neurasthénie. On vit de plus en plus souvent Sosthènes « Au Jardin parfumé ». On lui prêta des maîtresses. Julie Lovelasse alors se réveilla, laissa tomber les paravents de sa détresse, déploya tous les arcanes de la féminité, reconquit un mari qui la délaissait. Quatre ans plus tard, après d'ultimes efforts, au bout d'une période prodigue en attente, angoisse, vœux, neuvaines et prières, Julie donna naissance à une quatrième fille, Caroline. Tandis que la sage-femme s'occupait du bébé qui avait du mal à respirer, elle vit la tête de Julie s'incliner doucement sur sa poitrine et crut qu'elle s'était endormie. Le travail avait été particulièrement long et les tranchées douloureuses. La fatigue, l'émotion, la déception l'avaient épuisée. Le bébé nettoyé, débarrassé des mucosités qui encombraient ses voies respiratoires, la sage-femme voulut le remettre à sa mère ; elle la secoua, lui tapota la joue. Peine perdue : Julie était morte. C'est connu, ici, on ne meurt jamais de mort naturelle. Les choses se présentent toujours avec un avers et un revers. C'est ainsi qu'il faut comprendre ce fonctionnement des esprits, leurs pirouettes, les efforts pathétiques qu'ils déploient afin de trouver un équilibre entre la protection de la vie et le scandale de sa phase finale, entre la transparence d'une mort naturelle et le secret des mystères occultes. Ce que l'on ignore est toujours plus grand que soi. Julie Lovelasse n'a pas survécu à un accouchement difficile. Ce serait une interprétation logique. Cette disparition trop soudaine ne pouvait souffrir qu'on la retienne. Le voisinage colporta une histoire invraisemblable qui, petit à petit, recouvrit la ville. Une histoire d'étranger de passage qui aurait proposé gloire et prospérité à Sosthènes. Cela se passait bien avant le temps où on l'appelait « Bekkalo ». Un étranger de passage, beau, aimable, riche ? Le diable seul répondait à une telle description. Naturellement, la proposition est assortie de condition. On le sait, la condition est plus glissante qu'une couleuvre. On n'a jamais fini de la remplir. Ce n'était pas une affaire de chrétien !

Du jour au lendemain, Sosthènes condamna sa porte, devint étrangement chimérique, tourna le dos au monde, à ses vices, à ses vanités et à ses passions. Les domestiques qui sucent toute la moelle de la vie privée colportèrent l'écho des souffrances de Sosthènes, de ses gémissements, de ses supplices. Certes, il désirait ardemment un garçon qui aurait pris sa succession et il en voulait à Julie de ne lui avoir donné que des filles, mais il lui en voulait par-dessus tout de lui en laisser l'éducation. Il ne supportait pas l'idée de redevenir la risée de la ville. « Le veinard ! Avoir en main un brelan d'as ! Cultiver un jardin où d'autres viendront récolter ! » L'idée de connaître l'ultime humiliation de voir ses filles tomber entre les mains d'hommes de qualités douteuses lui était insupportable. Et la domesticité de raconter à voix basse : Sosthènes avait pris un engagement d'une telle puissance que Belzébuth lui-même, désormais, ne voudrait point de ses quatre filles. Il les avait mariées à une divinité qui faisait d'elles des servantes exclusives et sans partage. Objets d'amour, tentatrices, fournaises ardentes, pécheresses, elles devenaient semblables au scorpion. Personne ne pourrait cueillir une rose de leur jardin.

Les trois aînées atteignirent successivement leurs vingt ans, célibataires. Elles virent passer les années des « lèvres douces et sucrées », la saison des « Je t'écris, en rouge sang, la flamme de mon cœur », l'époque des noces accompagnées de cuivres et de cymbales. Non qu'elles aient été repoussées ou que nul homme ne les eût désirées. Les plus mal foutues parviennent à trouver chaussure à leur pied. Beaucoup d'hommes auraient rivalisé pour les épouser, aucun n'osait les approcher ; la fluidité, la beauté, l'attirance que les filles exerçaient sur tous ceux qui les entouraient constituaient une preuve du talisman qui les protégeait contre la rapacité des prédateurs. « Elles ne sont pas des femmes. » Un professeur du lycée, un étranger, était tombé follement amoureux de Reine. Il confia à un de ses intimes qu'une fois ils s'étaient trouvés seuls sur une plage ; il avait voulu en profiter : « J'ai vu cette divinité mystérieuse, mercenaire des ténèbres, s'entreposer entre elle et moi, réclamant que je l'épouse aussi. Heureusement que le fer coupe le fer ! » Il montra un scapulaire dissimulé sous sa chemisette rouge. N'était-ce pas là propos d'amant éconduit ?

Reine coiffa Sainte-Catherine l'année où l'épidémie de fièvre maligne décima les porcs de l'île. On traça des croix d'indigo sur les galeries ; on suspendit, à l'entrée des cases, des tresses d'ail, afin que mauvais airs, malheurs et infortunes passent leur chemin ; on orna les portes d'épis de maïs frais pourvus de longs cheveux, destinés à rappeler la chance ; on lança du sel aux quatre coins cardinaux ; on fit brûler des cœurs de bœuf ; on sacrifia des coqs de Guinée. Rien n'arriva à conjurer le mal. Sosthènes fut appelé à la rescousse. Il trouverait sûrement quelque médicament pouvant guérir les bêtes. Il passa neuf jours enfermé dans son laboratoire. Un soir, il en ressortit : plus un cheveu sur son crâne déjà passablement dégarni, une longue barbe blanche, en broussaille. Il gagna sa chambre sans adresser la parole à ses filles. Au cours de la nuit, il se mit à beugler des sons gutturaux, des hurlements d'épouvante, des cris aigus inhumains. Les filles et la domesticité accourues, ahuries, entendirent des mots incompréhensibles, vocabulaire d'une langue impossible à décrypter, qui explosaient de sa bouche distendue. Il tenait, serrée dans sa main droite, une touffe de poils blancs, une neige duveteuse, qui provenait de son pubis complètement chauve. Sosthènes appelait à l'aide, les bras tendus vers le miroir. Qu'y voyait-il ? Voisins, curieux, badauds qui avaient immédiatement envahi la maison, consternés à la vue de ce spectacle, racontèrent des versions les unes plus invraisemblables que les autres. D'abord de simples conjectures qui ne tardèrent pas à se changer en certitudes. Sosthènes était rentré chez lui, le visage chiffonné d'insomnie, bouffi, la barbe hirsute. Il avait jeté un coup d'œil sur le miroir et l'image que celui-ci lui renvoya le fit trembler d'effroi. On prétendit qu'il y vit un reste d'après-mort qui ne cessait de le regarder ; on affirma qu'il eut le sentiment d'être exilé de lui-même, d'être devenu un étranger, un cadavre ; on allégua que la glace ne lui renvoya que la moitié de son visage, l'autre moitié était remplacée par une chose hideuse à voir : la paupière inférieure de l'œil gauche godait, la joue était flasque, dépourvue de maxillaires ; avec des gestes d'une ampleur tragique, l'infortuné implorait pitié, hurlait repentance.

Le docteur Albert Dumornay avait été demandé d'urgence. C'était un curieux personnage, aux formes graciles, au visage anguleux. Il arborait une moustache en guidon de bicyclette qui le faisait paraître plus vieux que son âge et chaussait des besicles concaves à double foyer à cause d'une myopie de taupe. Le foulard de soie, qu'il nouait autour de son long cou de héron, accentuait l'impression de maigreur et de fragilité. Il ne marchait pas, il glissait ; on eût dit un Pierrot dansant sur un tréteau de saltimbanque. Il tenait toujours sa trousse contenant stéthoscope et autres instruments de premiers soins fermement sous son aisselle droite. Si elle avait contenu de la fine porcelaine ou de la nitroglycérine, il n'en aurait pas été autrement. Généraliste de profession, il se prétendait aussi spécialiste des maladies infectieuses. Les douteurs de tout, sceptiques radicaux et hâbleurs, pensaient qu'il n'était diplômé d'aucune faculté de médecine et ajoutaient que Dumornay guérissait ; il guérissait si bien les maux que celui qui avait l'imprudence de servir de cobaye à ses innovations thérapeutiques s'enlevait toute chance de contempler longtemps la lumière du jour. Les sœurs Monsanto, elles, vénéraient le docteur Dumornay. Ses manières affables, le sourire réconfortant qu'il arborait en passant le seuil de la chambre de ses malades, les caresses et bonnes paroles qu'il leur prodiguait, suffisaient à alléger les maux dont ils souffraient. La moindre migraine valait une auscultation des pieds à la tête. Il faisait résonner les ventres en tambour assotor, tressauter les jambes et les bras. Cela amusait les sœurs qui se demandaient, fascinées, comment cet homme pouvait détecter les maladies en grattant les pieds et en percutant les tendons. Ennemi de l'huile de ricin, du calomel, des piqûres intraveineuses, il charroyait une panoplie de sucettes, de dragées, de sirops, concoctés dans les laboratoires de Sosthènes. Il les distribuait à ses malades, faisant ainsi le bonheur des enfants, des vieillards et des femmes. Il recommandait souvent des diètes lactées et, chaque fois, répétait sa blague devenue classique du patient qui lui avait demandé, en quittant son cabinet, s'il devait prendre son verre de lait avant ou après les repas.

Albert Dumornay n'a pas vécu très vieux. Son frère trouva son corps, un matin, au fond du trou qu'il creusait à l'arrière de sa maison. Il le voulait assez profond ; le manguier à transplanter avait de grosses racines. Après sa mort, la famille publia l'abondante production de notes, d'études qu'Albert Dumornay avait abandonnées à la critique rongeuse des souris. Deux ouvrages que, depuis, des éditeurs pirates n'ont cessé de rééditer, qui servent de bible aux éducateurs et mères de famille : un essai, *Étude clinique morale et pastorale* ; un journal, *De la santé de ma ville*, dans lequel il avait consigné une foule de détails sur maintes maladies inconnues de l'Académie dont la « bisquette tombée » en est un célèbre exemple. Homme des Lumières, il milita contre les dogmes de l'époque, en faveur de la vaccination contre la variole, ridiculisa ses confrères qu'il appelait « mes con-frères », habiles à construire des théories sur des témoignages de deuxième main sans jamais vérifier leurs sources. Il fustigea les curés qui prêchaient contre les excès de la chair, fit l'éloge tous azimuts de la masturbation et du coït car le sperme, écrivait-il, sorte de quintessence de l'énergie vitale, devait être évacué régulièrement de l'organisme, quelle que soit la façon dont on s'y prenait, l'éjaculation étant essentielle au bon fonctionnement de l'organisme. Un de ses mémorables articles, intitulé « La dent d'or », mit fin à un raffut qui voulait que la boucherie Osso Buco vende de la viande humaine. Une dame montra une dent d'or trouvée alors qu'elle dégustait une tête de veau achetée à cette boucherie. Bien que les écrits d'Albert Dumornay soient une compilation indigeste de remarques, on lui doit, au moins au grand dam des animistes qui voient l'œuvre du Malin partout, une tout autre vision de la santé du corps.

La description clinique que le docteur Dumornay fournit du cas de Sosthènes convainquit les plus incrédules qu'il ne s'agissait pas d'une maladie de chrétiens vivants. Avec plus de fureur lyrique que de rigueur scientifique, il décrivit l'état dans lequel il trouva Sosthènes. « Je trouvai moins un être humain qu'une larve gisant nue sur un lit à baldaquin ; il était là, recroquevillé sur lui-même, maigre, pâle, sale, répandant une odeur infecte, incapable de se mouvoir. Il pissait du sang par le nez, par la bouche, un liquide rougeâtre, aqueux. Il évacuait des selles nauséabondes ; le flux de semence était continuel ; ses yeux chassieux, troubles, éteints, n'avaient plus la faculté de voir ; le pouls était extrêmement faible, la respiration sifflante. Ses pieds qu'il avait démesurément grands, naturellement, avaient triplé de volume sous l'effet d'un œdème inflammatoire et remplissaient le lit. Dans son esprit, la confusion était telle qu'il ne parvenait plus à reconnaître ceux qui se pressaient autour de son lit. »

Toute la science d'Albert Dumornay ne put sauver « son ami et frère » Sosthènes. Ses remèdes se révélèrent aussi efficaces qu'un cautère sur une jambe de bois. Il appela en consultation les plus illustres médecins. Aucun ne parvint à déterminer la nature de la maladie ni à y porter remède. Sosthènes passa la nuit à trembler et à gémir. Quand au petit matin on fit venir le curé, le voisinage resta surpris. D'où venait cette assurance expéditive de Dumornay qui n'attendait pas les résultats de cette batterie d'analyses demandées par ses confrères ? Le curé, à qui on raconta, par le menu, la nuit de Sosthènes, conclut qu'il existait des maléfices aux effets si puissants que la Sainte Eglise admettait son incompétence face à eux. Sosthènes était, sans doute possible, ensorcelé. Le mal était si profond qu'aucun exorcisme n'aurait pu l'extirper.

Sosthènes ne vit pas les lueurs du crépuscule. On ne se cassa pas la tête. On connaissait ce mal qui, dare-dare, l'avait fait passer de vie à trépas : on savait qu'il était inutile de vouloir démêler de tels nœuds gordiens. Au cimetière de la ville, une pierre tombale portant une épitaphe surprenante marque la complexité de l'homme : « Ici reposent côte à côte, leurs deux âmes unies, plus qu'elles ne le furent pendant leur passage dans cette vallée de larmes, Sosthènes Monsanto et Julie, sa femme ; elle fut une épouse trop parfaite. Puissent les bénédictions du Ciel se répandre sur eux. » On apprit qu'elle avait été, de son vivant, commandée par Sosthènes lui-même au graveur. Il y avait fait inscrire sa date de naissance et celle de sa mort. Memento, homo, quia pulvis es.

Même troué de zones d'ombre, le récit de Zeth avait eu le don de faire surgir, de façon sensible, le cœur de la ville, sa chair, son grain, sa texture. La bouteille de rhum était vide et l'esprit embrumé d'Adrien ne parvenait pas à démêler tous les fils, à retrouver le bout qui lui permettrait d'élucider l'énigme de la mort de Sam. Il s'agissait bien d'un assassinat. Il avait vu les quatre hommes épauler et tirer. Quelle importance devait-il accorder à cette extravagante histoire d'ensorcellement ?

Les yeux infatigables

« La plénitude de l'amour humain, c'est d'être capable de lui demander : " Quel est ton tourment ? "... Pour cela il est suffisant, mais indispensable, de savoir poser sur lui un certain regard. »

Simone WEIL

12

DES gens ont envahi la maison des sœurs Monsanto : gens honorables, gens de peu, voisins et parentèle étendue furieusement jacasseurs. Des voix partout dans la maison se croisent et se décroisent, tressant un ruban d'émois. « Que vont-elles devenir maintenant qu'elles sont des brebis sans pasteur ? » Adrien est frappé par l'humeur inconsistante de cette société. Une nouvelle chasse l'autre. Qu'on leur annonce que la terre a tremblé, que les crues de la Ravine ont fait des dégâts importants, que le pont nouvellement construit a été emporté et que le tonnerre a foudroyé des vivants : stupéfaction. L'instant d'après, que l'aveugle mendiant devant le salon de Zag a recouvré la vue, que demain passe la comète de Halley : émerveillement. L'assassinat de Sam Soliman transformant les sœurs Monsanto en une chorale de lamentations, toujours entre le zist et le zest, la nouvelle provoque un déferlement d'effervescence, de cris, de gémissements. Puis, à l'agitation succède l'émollient : « Pas d'omelette sans œufs cassés. Sam Soliman vivait dans un monde précaire, il n'avait qu'à en prendre acte. » Est-ce la fatigue des combats, l'amertume des défaites qui nourrissent les bouches ? Des décennies de nuits troublées par la sécheresse des rafales d'armes automatiques et les lourds coups de mortier, les crissements d'essieux des cabrouets de la mort auraient-ils à ce point exténué l'esprit et le corps qu'ils n'exhalent plus que des vapeurs de l'insouciance?

Le corps refroidi de Sam est placé sur le grand lit à baldaquin. C'est là qu'on le veillera. On y avait exposé Julie d'abord, puis Sosthènes et après Mona. Le visage n'est pas défiguré ni les traits altérés; les rafales avaient atteint ses organes vitaux. On devine à peine sous le drap qui la cache la poitrine défoncée. Au chevet de Sam, les sœurs Monsanto, tableau classique que maints grands maîtres se sont échinés à peindre. Le regard de Renata dont l'impassibilité glace! La voix imperturbable de Renata : « Sur la vie et la mort de Sam, l'histoire sera seule juge. » Les accents stridents de Caroline, lionne en furie. « Sam oh! » Elle lance mille imprécations et s'adresse au cadavre avec ressentiment. La blessure muette et nue d'Ariane. Il y a dans ce visage naufragé quelque chose de poignant : la ligne impeccable d'une voile d'extrême avant dans la tempête. Aucun signe de chagrin sur le visage plissé, chiffonné de Sô Tiya. Depuis le petit jour, elle est là, en faction derrière le battant ouvert de la porte d'entrée. Sa robe de carabella déteinte, fripée, une véritable injure à la fraîcheur, à l'élégance et au sentibon pavanant sa compassion devant la circonstance douloureuse à souhait.

« Attention à la marche! » dit Sô Tiya à cette chair opulente, qui débarque tout un attirail de dentelle, de mantilles, de tulle noir. Dame Mayotte tient, dans le beau quartier des Alluvions, un atelier de couture auquel elle a greffé un magasin d'accessoires de mode. Les sœurs Monsanto comptent parmi ses clientes les plus assidues. Dame Mayotte, une solide réputation jointe à un incontestable mérite. Trois coups de ciseaux, une faufilure, elle vous concocte une toilette digne des plus grands défilés de mode. La couturière est suivie d'une aide au nom exotique

de Venise qui trimballe sur sa tête des caisses en carton.
Elle a tout le mal du monde à les faire passer par le battant
ouvert de la double porte d'entrée. « Venise, aide-moi, ma
jupe s'est accrochée au pêne. » Avec un talent d'acrobate,
Venise réussit à libérer ses mains et à voler au secours de
sa patronne. « Quelle horrible nouvelle ! » dit dame
Mayotte, en pénétrant dans le salon où les trois sœurs et
quelques amis, à l'annonce de son arrivée, sont descendus.
Venise dépose les caisses, les ouvre. Dame Mayotte pépie
en canari, dégage une énergie vitale à réveiller un mort.
Elle exhibe les vêtements de deuil : voilettes destinées à
masquer les chagrins ; transparences de tulles qui embru-
ment le regard et revêtent la souffrance d'une indicible
élégance ; corsets et bustiers baleinés capables d'empri-
sonner les flancs, de retenir avec pudibonderie les débordements de la chair ; jupons à volants de dentelle, robes
noires au col et aux manches agrémentés de guipure. Tour
à tour, les sœurs se livrent au rituel de l'essayage et des
retouches. « Le noir vous va bien, mesdames ! » Dame
Mayotte se baisse, se lève, fouille sous les robes, redresse
les gaines, prend du recul, se baisse de nouveau, ajuste les
plis, rectifie les ourlets. D'une des boîtes, elle fait surgir
des bas de soie, de longs gants noirs, des bottillons noirs
aussi : « C'est ce qui se porte actuellement à Paris. » Elle
les lace et les délace aux pieds des sœurs jusqu'à obtenir
des nœuds parfaitement équilibrés. Elles seront prêtes,
demain, sans rien perdre de leur chic coutumier. Les
funérailles auront lieu à quatre heures.

« Toc, toc, toc. » À la porte, un homme plutôt jeune. La
chemise rayée, largement déboutonnée, qu'il porte sous
une veste à carreaux, exhibe les mailles dorées d'une
chaîne. La main à couper, elle est en chrysocale. Il se
présente : Urcel Bouzzy, conseiller à La Prévoyance, le
salon nouvellement implanté. On lui ferait subir la
question qu'il n'utiliserait pas le terme funérarium. « Une

nécessité, n'est-ce pas ? Notre métier est de vous aider dans ce genre d'imprévu. La devise de la maison ? Fermez les yeux, nous nous occupons du reste. » En quelques minutes, on apprend que les Bouzzy sont spécialistes des conséquences pratiques et juridiques qu'entraîne un départ, de père en fils. On le menacerait de lui arracher les ongles, sans anesthésie, qu'il ne prononcerait pas le mot décès. Il a été formé par les grands maîtres des établissements les plus réputés de New York et de Chicago. Il est au fait des derniers développements concernant sa spécialité. Il dépose sur la table un volumineux catalogue présentant les modèles « dernier cri, confort garanti ». Il vante les mérites de l'acajou, du chêne, exprime maintes réserves sur l'imputrescibilité du pin. Reine feuillette le catalogue : « Rien n'est trop beau pour ceux qu'on aime, n'est-ce pas ? » Reine hoche la tête. Enhardi par cette marque d'intérêt, le jeune homme glousse. Sa voix est maintenant claire et son débit assuré. « La maison peut tout prendre en charge. Vous savez, les rituels sont importants. » Il déploie la gamme des services spéciaux qu'offre La Prévoyance, devant l'assistance ahurie. « La maison s'est adaptée aux nouvelles demandes d'une société de plus en plus diversifiée. Nous sommes dotés maintenant de chapelles œcuméniques et nous célébrons diverses formes de cérémonie. Que vous soyez franc-maçon, adventiste du septième jour, vaudouisant, charismatique, nous pouvons vous accommoder. À propos, vous êtes catholiques, je présume ? » Les trois sœurs acquiescèrent d'un signe de tête. « Vous savez, cette question n'est pas dérisoire. Nous voulons respecter les exigences spirituelles de chacun et l'évolution des mœurs : ah ! le pluralisme, le pluralisme... Évidemment, nous avons encore quelques petits problèmes de gestion ; vous savez, le voisinage provoque l'intolérance. Il y a des gens qui ne supportent pas l'odeur de l'encens, d'autres de l'assa fœtida. » Il pousse un soupir en roulant ses gros yeux jusqu'au ciel. « Ce ne sont évidemment que des problèmes mineurs dont nos futures installations tiendront compte. Que disais-je ? » Il chercha un instant le fil de sa pensée. « Nous avons des jardins commémoratifs qui offrent l'atmosphère de boisés fleuris. » On le menacerait de lui couper la langue qu'il ne prononcerait pas les expressions salon mortuaire, parloir funéraire. « La nuit, nous baissons la température ambiante à un degré voisin du point de congélation. Ainsi, nos clients peuvent attendre les " actuellement ". » Devant les regards interrogatifs, il comprend que son trait d'humour ne passe pas. « Excusez-moi, c'est le nom que nous donnons aux parents vivant à l'étranger. Vous avez sûrement déjà entendu des annonces à la radio présentant les sympathies à X ou à Y actuellement à Boston, à Miami ou au diable vauvert ? » Il ne peut réprimer un fou rire. Il bat le tambour et le danse en même temps. « Oh ! excusez... Que disais-je encore ? Ah oui ! Est-ce que je vous réserve une chapelle ? » Il n'attend pas la réponse, enchaîne : « La Prévoyance, moyennant un léger supplément, peut fournir un hommage personnalisé : récital de poèmes, chœur. Aimez-vous Vivaldi ou les chants grégoriens ? » Reine tente de lui couper la parole, de lui expliquer que la famille désirait accompagner Sam dans la plus grande simplicité. Mais les offres de Bouzzy tombent de plus en plus drues : des cortèges d'enfants, des pleureuses, des haut-parleurs qui diffuseraient de « la musique planante », du Tino Rossi : *Plaisirs d'amour*, du Gainsbourg : *La Javanaise*, du Jean Ferrat : *Que serais-je sans toi*, du rara, du rabordaille, pour la couleur locale. Alliant le geste à la parole, il se lève, fredonne quelques mesures, ébauche un léger déhanchement. Quel que soit l'effet attendu, il ne l'a pas atteint. Il s'en rend compte, reprend son sérieux, son air d'employé de pompes funèbres, propose le « service après-vente ». Les études de marché leur ont permis d'observer qu'il se produit, chaque dix ans, un départ dans une famille.

« Notre objectif est de fidéliser nos clients. Pour un maigre supplément, nous entretenons la demeure. » On le supplicierait au chalumeau qu'il ne prononcerait pas les mots tombe, caveau. Il vante le talent de ses employés, experts de haut niveau dans le sarclage, l'émondage et la chasse aux chiendents. « Et quoi encore ? Ah ! les fleurs, des massifs toujours entretenus, et fleurissant aux anniversaires. Vous savez, nous avons instauré une charmante coutume. Le matin du 2 novembre, les enfants trouvent des friandises (que nous fournissons), les adultes des cadeaux substantiels que le cher absent laisse sous l'oreiller, un peu à la manière du père Noël. Ainsi, la mémoire... » Le seuil de tolérance est atteint. Léopold Seurat prend Bouzzy par le bras, l'informe que les sœurs Monsanto ne retiendront que le cercueil et le service de corbillard. Sans désemparer, Bouzzy argumente : « S'il s'agit d'une affaire de facture, vous savez, La Prévoyance propose des contrats avantageux, à long terme. » Les sœurs veulent garder Sam à la maison ; quant au reste, arrangements étaient déjà pris. Beau joueur, Bouzzy arbore un large sourire : « Parfait... » Il sort de la poche de sa veste à carreaux un lot de cartes d'affaires et des feuillets publicitaires. « À votre service, mesdames, messieurs. La Prévoyance peut vous faire penser à toutes les questions que vous ne vous êtes jamais posées devant l'inévitable. Pour de plus amples renseignements, remplissez le coupon-réponse. Et n'oubliez pas, soyez prévoyants ! »

13

Du balcon de la maison des sœurs Monsanto, rien ne masque le spectacle de la vaste baie qui naît ici même, en dessinant un croissant. Accoudé à la balustrade, Adrien regarde la mer. Au loin, les vagues se soulèvent en gigantesques montagnes triangulaires, s'inclinent à quelque distance de la plage et déferlent lentement en un bouillonnement d'écumes ; violence quotidienne de la mer du Sud. Cinq mois depuis qu'Estelle et lui étaient revenus. Dix-neuf mois depuis la grande liesse de février. Ils avaient décidé qu'il était temps de revoir ce lieu où ils étaient nés. Ils avaient choisi la dernière ville où la méringue se cadence dans une danse que l'on danse quand on voudrait gémir, une danse que l'on danse en riant au lieu de pleurer. Ils avaient choisi la dernière terre où les maux de tête décampent encore devant une compresse d'huile palma-christi, où le ratafia de verveine réchauffe le sang après un saisissement, où des feuilles de loup-garou infusées assomment l'hypertension. Il était grand temps de retrouver la gloire du soleil, la ripaille matinale des guêpes sur les sapotilliers en fleur, l'âcre goût des raisins de mer, le crissement des coquillages abandonnés sur la grève, sous la plante des pieds nus, et cette odeur de bave marine qui pénètre les enclos bordés de bois d'orme gris, au cœur même de la terre. Grand temps de retrouver tout ce joli monde grouillant d'intimités, d'amitiés, d'inimitiés, d'invectives. Les camps se regardent de travers depuis des lustres. Lors de la dernière révolution qui, pourtant, n'avait pas fait couler de sang, ils en étaient venus aux mains : un banal incident entre deux jeunes fut la goutte d'eau qui fit déborder le vase. Les deux clans sortirent de dessous les matelas, des hauteurs des galetas, fusils, canons artisanaux et, clairon en tête, se ruèrent l'un sur l'autre. Bilan : un mort, vingt blessés. Peu de gens savent que ce drame n'était que la répétition d'un autre encore plus sanglant. Cela s'était passé dans le temps de l'antan, au temps de l'Empire et des baïonnettes.

Au début de son séjour, Adrien avait connu quelques ennuis de santé. Il pensait avoir un estomac de béton, capable de digérer des pierres. Malgré les avertissements de l'Agence et d'Estelle, il avait bu l'eau non distillée, mangé, à même les bacs de fritailles au coin des rues, poissons, griots, bananes pesées, avalé, avec gloutonnerie, des jus de toute succulence. Il resta cloué au lit, durant une bonne semaine. Une diarrhée dont une tonne de nitrate de bismuth n'avait pas réussi à endiguer le flux diluvien. Et cette colique tord-boyaux qui augmentait à chaque poussée de fièvre. Et cette humiliation, cette douloureuse humiliation de devoir si souvent baisser et remonter son pantalon. Vingt, trente attaques par jour qui l'ont obligé à autant d'allers et retours aux toilettes. Sous la moustiquaire, il se sentait ballotté par le vent qui, dehors, n'arrêtait pas de souffler. Mais d'où venait-il, ce vent ? Les nuages aqueux effaçaient le ciel ; le vent voilait la ville, recouvrait les feuilles des plantes d'une couche de suie. On suffoquait sous l'épaisseur de cette suie qui pénétrait jusque sous les vêtements, encroûtait de noir le visage et les mains. Le vent faisait nager dans la brume et, quand les rayons d'un soleil fugitif passaient à travers les volets fermés des persiennes, Adrien voyait les particules de poussière se déplacer. À la diète, il n'ingurgitait que de la tisane. Il se promettait de commencer le repérage des lieux où seraient enfouis les trésors du mercenaire allemand, de débuter les fouilles une fois qu'il aurait repris des forces, recommencé à s'alimenter. Désormais, il ferait attention à ce qu'il mangerait et boirait. Survinrent alors une suite d'événements. Il en déduisit que ce n'était ni le temps ni le moment de se promener, muni de cartes, de pioches et de pelles en compagnie de jeunes gens valides. Il pourrait y avoir confusion entre ses modestes prétentions d'archéologue et les brigandages des bandes armées qui semaient la terreur, la panique et la mort, en toute impunité. Aussi préféra-t-il adopter l'attitude du spectateur qui regarde tourner la roue, défiler les godets, les uns pleins, les autres vides. Ses projets furent remis sine die.

Il y eut d'abord, chaque matin, les cadavres. Le bruit courut qu'on en voulait aux jeunes des quartiers populaires. Les casernes, le corps des Léopards ou le Bureau des investigations criminelles instiguaient ces bonnes œuvres. Il y eut aussi les cambriolages. Cela commença par des ouï-dire : on connaissait quelqu'un qui connaissait quelqu'un dont une parente éloignée, une voisine, a été retrouvée ligotée, enfermée dans un placard par des voleurs, alors qu'elle vivait seule ou qu'on avait soudoyé la bonne. Au fur et à mesure, les nouvelles se précisèrent. Telle famille, en train de dîner au rez-de chaussée, se faisait dévaliser à l'étage. Telle commerçante, tel citoyen avaient été cambriolés, molestés. Chaque jour, on signalait une recrudescence d'actes de pilleries perpétrés en plein milieu de la matinée, de l'après-midi, au crépuscule, en pleine nuit ou au petit matin. À deux heures de l'aprèsmidi, le docteur Beausoleil, à l'heure de la sieste, un rituel sacré, fut réveillé par trois coups secs frappés à la porte de son domicile. « Qui est là ? » demanda-t-il entre deux bâillements. Il s'entendit répondre : « Voleurs, ouvrez ! »

Trois hommes cagoulés enfoncèrent la porte. Le docteur leur fit remarquer que, la période de carnaval passée, il ne voyait, à son avis, aucune nécessité de se déguiser. L'un des hommes rétorqua qu'il se trompait ; le pays vivait, en permanence, le carnaval. Il lui logea, « d'une main professionnelle », assura sa femme, une balle entre les deux yeux.

La population, horrifiée et désemparée, organisa des brigades de vigilance. Le chef de la police et le ministre de l'Intérieur désapprouvèrent cette initiative, menacèrent les membres de sanctions exemplaires. « Pas de corps parallèles », stipulait clairement un communiqué. On recourut aux chiens. Les pillards les empoisonnèrent à la saucisse et redoublèrent d'audace. Face à l'inertie, à la complaisance des pouvoirs établis, les familles s'équipèrent de systèmes antivol ; il y eut d'abord le bas de gamme : des tessons de bouteille incrustés dans le ciment au haut des murs sur tout le périmètre des propriétés ; vinrent ensuite les grilles métalliques à pointes en fer de lance capables d'empaler tout imprudent, les rouleaux de barbelés électrifiés. Ceux qui, pour affaires ou agrément, allaient à Miami ou à New York, en rapportaient des systèmes ultrasophistiqués munis de sirènes d'alarme, de circuits vidéo qui prenaient en chasse les « chevaliers de nuit » dès qu'ils violaient l'enceinte de leur villa.

Un matin, l'aube d'août s'accompagna d'une grande effervescence. Adrien s'habilla en toute hâte et se dirigea vers les bas quartiers d'où semblait venir cet amas confus de bruits et de fureur, cette manifestation de colère. Quand il arriva sur les lieux, la police avait barricadé la rue. Tous parlaient de l'affreux assassinat de Lucie Despin. Adrien trouva un prétexte et put, à la faveur de la mêlée, franchir le cordon de police. Il emprunta le long corridor qui menait à la masure où vivait Lucie Despin.

Arrivé devant la maison, Adrien ne vit d'abord qu'une
massive porte à deux battants, de celles qui ferment les
guildiveries, les distilleries ou les dépôts de café. En
s'approchant, il découvrit, percée dans l'épaisseur du bois,
une large fente par laquelle il passa la tête. À gauche, au
premier plan, une chaise cannée renversée près d'une
table ronde, massive, aux pieds d'acajou travaillé. Au
centre, un napperon brodé en points de croix, de motifs à
losanges ; les mêmes motifs se répétaient sur le papier
peint de piètre qualité, collé sur le mur éclaboussé de sang.
Au plafond, une lampe à pendeloques de cristal, beaucoup
trop imposante pour le décor. Une fenêtre haute et étroite
éclairait faiblement la pièce ; les façades nues et hideuses
d'immeubles à loyers modiques s'y encadraient. Au fond
de la pièce, le corps de Lucie Despin, la moitié du corps nu
de Lucie Despin, environ jusqu'à la taille, était jeté en
travers d'un lit aux montants et barreaux en laiton. Les
jambes écartées, exagérément écartées, la droite légèrement repliée, dans la position de l'offrande, sont gainées
de bas noirs retenus par une jarretière en dentelle. Ce
détail oblige le regard à plonger vers la partie de ce corps
la plus fortement éclairée : le sexe, glabre, épilé à la
manière dont les anciens rasaient les cheveux de la jeune
mariée, lisse, montrait la protubérance d'un pubis sans
trace de fente. Le ventre n'était qu'une béance sombre et
sanguinolente, saccagé sans doute par une lame impé-
tueuse. Lucie Despin avait manifestement été poignardée.
Une rigole de sang suivait l'arrondi du corps et s'étalait en
une mare mi-coagulée au milieu de la pièce. Le buste
pendait en dehors du lit. Le sein gauche lézardé, strié de
déchirures bizarres, n'avait plus de téton. Le droit était
recouvert d'un drap lacéré pendouillant, maculé. La tête
touchait le sol. Des lignes brunâtres souillaient le front :
du sang qui a dû s'écouler du nez, de la bouche, déformée,
tordue, poussant encore un grand cri muet et des yeux
révulsés, ouverts. Le corps ravagé de Lucie Despin

s'offrait au regard d'Adrien, brisé. Et puis soudain, tu fus saisi d'un irrépressible effroi, d'une horreur glaciale : on avait tenté de la décapiter. L'instinct destructeur avait franchi l'extrême limite de la violence. As-tu retraversé le cordon de police ? Qu'as-tu répondu aux questions pressantes qu'ici et là, on te posait ?

Estelle attendait le retour d'Adrien devant une tasse de café, en compagnie de leur hôtesse. Zeth avait bien connu Lucie Despin, une ancienne camarade de classe. Elle lui traça le profil de la jeune femme qu'avait été Lucie Despin, ses traits puissants, ses lèvres pulpeuses, ses cheveux crépus coiffés en bandeau descendant bas sur le front. Elle avait fait vœu de chasteté et de pauvreté et laissé à ses sœurs et frères l'entière jouissance des sommes pharaoniques amassées par ses parents, dans le commerce de détail des glosses d'huile, du hareng en barrique et de la pâte de tomate. Elle avait, à vingt ans, choisi d'habiter ce quartier modeste, troqué sa dégaine de ravissante jeune fille contre la silhouette d'une femme austère, imposant le respect. Elle entretenait, avec Sam Soliman, une amitié si particulière que le doute s'installa : Sam aurait-il fait sa maîtresse de cette fée Carabosse ?

À la vérité, Lucie Despin était une femme instruite, l'une des premières de sa génération à avoir poursuivi ses études jusqu'à l'obtention de ses deux bacs. Sam avait souvent recours à son infaillible jugement. Elle lui corrigeait les épreuves d'un texte qu'il rédigeait, une somme, retraçant les grands moments de la ville depuis les périodes reculées de l'esclavage. Ces derniers temps, on chuchotait, dans certaines officines, que Sam préparait un pamphlet virulent, dénonçant, preuves à l'appui, les malfaiteurs et narcotrafiquants responsables du climat d'insécurité. On murmurait que cette publication aurait l'effet d'une bombe et ruinerait le capital de crédibilité, déjà fort maigre, de membres influents du gouvernement. Outre l'estime que nourrissaient ces deux êtres l'un pour l'autre, Zeth avait acquis la certitude absolue que la présence fréquente, assidue de Sam Soliman chez Lucie Despin n'avait d'autre but que la correction de ce texte, une véritable course contre la montre puisqu'il devait paraître avant les élections. La date en avait été fixée au 29 novembre. Les sœurs Monsanto lui avaient affirmé que Sam se levait aux aurores et restait, de longues heures, penché sur un manuscrit dont elles ignoraient le contenu. Vers onze heures, il prenait quelques minutes de repos, effectuait une courte promenade, emportant avec lui ses papiers qu'il ne laissait jamais traîner, enfermés dans une serviette. Il rentrait à l'heure du déjeuner, faisait une courte sieste et, dès quinze heures, il retrouvait Lucie Despin sous sa tonnelle. Ils passaient l'après-midi, jusqu'à l'angélus du soir, courbés sur le manuscrit, discutant, à voix basse, exaltés. Aux sœurs Monsanto qui voulaient savoir s'il se déciderait à publier ces textes qu'il concoctait depuis longtemps, Sam répondait que dans l'état actuel des esprits, sa *Recherche sur Races et Hybrides*, tel était le titre provisoire de l'ouvrage, serait incomprise. Plus tard, le lecteur de bonne foi, loin des passions que le temps recouvrira de ses cendres, s'apercevra que Lucie et lui avaient laissé une œuvre importante, capable d'aider les historiens de demain à retracer les filières impures de certaines fortunes. Il ajoutait que le texte venait bien sous sa plume alerte. Cependant, il avait encore tant de choses à dire. Il se sentait une détermination égale à celle de ce savant japonais qui avait écrit une encyclopédie sur les végétaux : « Il est mort très vieux, à quatre-vingt-seize ans, je crois. Son projet l'avait maintenu en vie. »

L'assassinat de Lucie Despin plongea les citadins dans un abîme d'inquiétudes. Chacun comprit qu'il n'y avait plus d'alternative : il fallait se barricader entre les quatre murs de sa propre maison transformée en forteresse inexpugnable. À chaque révolution du soleil, quand la fatigue obligeait à affronter les songes, les habitants savaient qu'ils s'exposaient aux coups de boutoir de la mort. Dès l'angélus du soir, la nuit s'embrasait de fusées éclairantes, résonnait du crépitement des armes mortelles, bruissait de balles sifflantes. Un enfer de feux roulants. Et, au petit matin, l'asphalte était jonché de décombres, de ruines, de cadavres. Ainsi donc, marcher devenait une activité à haut risque. Rester chez soi aussi. Chaque demeure, une prison. Celui qui n'était pas prisonnier de la nécessité l'était de la peur ; celui qui avait quelque chose, si peu que ce soit, se sentait menacé, appréhendait une prochaine agression ; celui qui possédait beaucoup vivait cloîtré, habitait des châteaux fortifiés et défendus par des murailles de pierres, des gardes armés, des donjons de guet. Pour que le tableau soit complet, il ne manquait que le pont-levis enjambant des douves où pataugeraient, dans une mare d'eau boueuse et chaude, des crocodiles vagissants, faméliques. À défaut de crocodiles, on importa des chiens d'une rare férocité, si bien nourris qu'ils restaient indifférents aux saucisses. Ils pouvaient avaler, tout cru, n'importe quel chrétien vivant, étranger à la demeure des maîtres, qui s'approcherait de la barrière. Zag disait, avec son sens particulier de l'humour, qu'on avait inventé un principe inédit de gouvernement : la sécurité du pouvoir reposait sur l'insécurité des citoyens.

14

« MAM'ZELLE Reine ne fera sûrement pas, aujour-
d'hui, sa promenade ? » La voix féminine te
parvient d'en bas, mariée au vacarme des vagues déferlant
sur la plage. Elle interroge une fillette qui roule un cerceau
sur le trottoir. Elle fait allusion à un rite que Reine observe
religieusement depuis l'âge de dix-huit ans. La promenade
de Reine rythme le quotidien des habitants du quartier.
Selon un rituel inchangé, à trois heures elle prend la rue.
Ni l'âge, ni l'embonpoint, ni les caprices de la mode, ni le
vent de libération qui avait soufflé sur le vêtement féminin
n'avaient pu avoir raison de l'image d'Épinal de femme
romantique que Reine s'était fabriquée à partir de ses
lectures : Lamartine, la comtesse de Ségur, du Veuzit,
Delly, *Intimité*, *Nous Deux*... Vêtue avec éclat d'une robe de
mousseline blanche, elle arborait, posé au sommet de la
tête, juste au-dessus de la natte soigneusement enroulée en
chignon, un impertinent chapeau tartine, piqué d'une
aigrette. Chef-d'œuvre d'un ancien cri, les élégantes
locales l'avaient adopté un temps, puis remisé au fond des
malles aux vieilleries. Reine le faisait confectionner par un
habile chapelier.

« Tiens ! il est trois heures », disaient les trieuses de café
qui la reconnaissaient de loin et les travailleurs du port qui

s'obstinaient à la saluer, « Bonsoir, mam'zelle Reine », même si elle ne répondait pas à leur salut. Depuis plus d'un quart de siècle, Reine prend ainsi la rue à trois heures. Elle marche jusqu'à la jetée, cette longue digue de pierres grises qui s'avance dans la Caraïbe, en plein milieu du port. Pendant de longues minutes, elle déambule, scrutant, les mains en visière, d'un long regard circulaire, les lointains noyés de brume. Des enfants, ceux qui n'avaient jamais vu une salle de classe, qui préféraient la rue aux taudis où ils vivaient agglutinés, entassés les uns sur les autres, couraient à ses trousses. Et la ville attendait, avec effroi, le jour où, cessant d'être intimidés par la majesté de son maintien, ils oseraient les premières moqueries, et elle, agacée, leur lancerait des pierres. Les bactériologistes de l'âme, les spectateurs ricaneurs des affaires d'autrui, les spécialistes en effraction des sanctuaires intimes savent qu'elle se fait belle ainsi pour accueillir un amant imaginaire qui lui viendrait de la mer. Elle l'avait vu en songe.

Reine, elle, prétendait que cette promenade n'avait qu'un but : la recherche de l'oxygène pur du grand large. L'assaut conjugué des passions, de la laideur, de l'indigne vilenie des âmes provoquait, chez elle, un haut-le-cœur. L'argument de Reine ne convainquait personne. Nul n'ignorait ce que guettait Reine depuis tant d'années. Elle n'a jamais fait de confidences ; pourtant, même les pierres de la Ravine le savent. C'était au temps où les activités du port transformaient la cité en foire perpétuelle. Elle avait rêvé que, d'un bateau battant pavillon hollandais, était descendu un homme comme elle n'en avait jamais rencontré, n'avait même jamais imaginé qu'il puisse en exister de pareil : un corps athlétique ceint d'une tunique bleu marine au col blanc brodé d'oiseaux de mer rouges ; sur le torse, à droite, deux ancres bleues sur fond jaune étaient épinglées. Sous la casquette ornée elle aussi d'une ancre, un visage imberbe, des yeux transparents, liquides, irisés, de la vraie faïence, un visage buriné par le soleil et l'air marin. Il l'avait prise par la main et, au son d'une valse de Strauss que jouait un orchestre invisible, ils avaient tourné jusqu'au vertige.

Cet homme-là, Reine l'attend sur le quai depuis des années. Le jour où il viendra, elle le reconnaîtra, grand, robuste, les traits portant les griffures des mers sur lesquelles il aura bourlingué, des contrées qu'il aura traversées. Alors, enfin, elle pourra bâiller paillette à tous, se pavaner au bras de cet homme qui aura visité les grands ports du monde : Amsterdam, Gênes, Hawaii, Valparaiso... Elle qui n'avait jamais été plus loin que la Croix-des-Quatre-Chemins, elle qui, en matière de dépaysement et d'exotisme, n'avait connu que des paysages de cartes postales choisies sur catalogue. Elle les commandait, en même temps que les cartes de vœux, par la pharmacie et en faisait collection, s'imaginant qu'elles lui parvenaient de lieux différents du monde, expédiées par son homme au regard de faïence. Elle les collectionnait comme d'autres les timbres-poste, la monnaie ou les écussons, persuadée d'être courtisée, aimée, elle qu'aucun homme n'avait jamais embrassée, elle dont aucune bouche n'avait jamais pris la sienne, abandonnée à une bienséante et végétale existence. Elle vivait son rêve à la pointe de cette jetée, à l'abri sous son ombrelle. À travers le léger tissu de mousseline, elle pouvait sentir, projetée qu'elle était dans une sorte de vertigineux maelström, déferler au bas de son ventre une vague sauvage, couler, entre ses deux cuisses, un liquide doux comme du sirop d'orgeat, qui l'inondait, là, sur cette courbure sombre de la jetée alors que rien ne venait à l'horizon, qu'il ne passait rien et qu'il n'y avait rien à voir !

Le port n'est plus qu'une immense crique déserte entourée de docks parfaitement vides. Sur le quai, les grues achèvent de rouiller ; l'eau est si sale (la saleté des alluvions), si boueuse qu'elle ne garde plus, depuis des lustres, le souvenir des fonds et ne reflète plus leur image. La première fois qu'Estelle et Adrien s'y étaient promenés, un rameur solitaire avait traversé la ligne d'horizon à grands coups d'aviron. Il revint à Estelle, surgie du fin fond de sa mémoire, la clameur des régates que des jeunes — depuis, ils avaient bien vieilli — disputaient avec des camarades des bourgades avoisinantes ! Le port en garde-t-il souvenance ? Reine se tient droite, l'après-midi, à l'extrême avancée de la jetée, vêtue de sa robe de mousseline qui danse au vent, silhouette immobile au regard rivé à la ligne d'horizon. N'était le geste des mains en visière, on eût dit un mémorial dédié aux marins péris en mer, une figure de légende. Quand la brise fait vaciller son ombre, le corps de la femme debout sur la jetée prend une attitude presque provocante. La légère robe de mousseline dévoile davantage qu'elle ne dissimule.

Tu revois ta première rencontre avec Reine, ce lendemain de ton arrivée. Estelle et toi aviez marché jusqu'à l'entrée du beau quartier des Alluvions, sans pause. « Est-elle encore loin, la maison de Reine ? » avais-tu demandé en te retournant, question d'évaluer la distance parcourue. Le marché, le bord de mer, la place des Canons n'étaient plus en vue. « Regarder en arrière est futile, il ne reste que des brumes éparpillées. » Estelle t'avait alors chuchoté d'une voix mouillée, légèrement enrouée : « Cela dépend de la qualité des brumes, le regard peut alors devenir fertile. » Voulut-elle rompre l'émotion de cet instant ? Elle parla vite, très vite d'une histoire de bonheur paisible, d'une histoire ordinaire.

15

UNE bouffée de vent porta les nouvelles jusqu'aux oreilles de ceux qui épiaient chaque geste de Sam depuis son arrivée. Marié à l'immariable Mona, il avait élu domicile chez les Monsanto. Sam s'était révélé un être commode à vivre. Il se levait chaque jour à six heures, quelle que fût l'heure à laquelle il s'était couché la veille. Il récupérait vite ses forces, n'avait pas besoin de longues heures de sommeil, ni de profonde sieste l'après-midi. Un appétit raisonnable, un bon goût éprouvé, une humeur égale et des actes empreints de chaleur, d'aménité et de tendresse, les traits sculptés au burin d'un visage à l'ovale marqué, la chevelure noire, abondante, la luxuriante fraîcheur du teint de l'homme avaient charmé les trois autres sœurs. Son intelligence, sa conversation, sa grande connaissance des êtres et des choses enflammaient la maison. La bouche charnue découvrant, quand il souriait, des gencives violettes et une dentition intacte les transportait aux anges. Parfois, les sœurs avaient des communications de pensée ; absorbées par leurs tâches respectives, elles s'arrêtaient brusquement, relevaient la tête en même temps. Chacune des sœurs comprenait que l'autre songeait à ce rêve tombé chez elles. Et quand l'une d'elles transgressait sa pudeur et exprimait l'objet de sa préoccupation, invariablement, c'était Sam : à quelle heure rentre-t-il ? À treize heures, répondaient en chœur les deux autres. Dialogue inutile, Sam rentrait toujours à la même heure. Mona alitée, les accès de migraine devenant de plus en plus fréquents et insupportables, les trois sœurs veillaient sur Sam, un bien commun que chacune considérait le sien propre. Elles avaient à cœur son élégance, prenaient soin de ses vêtements : tous les jours, une chemise au col impeccable, sans un faux pli ; un pantalon amidonné et escampé ; des chaussures si brillantes qu'on aurait pu s'y mirer.

Sam trouva donc chez les demoiselles Monsanto une famille. Imaginez le bonheur de l'orphelin : une superbe maison coloniale, l'amour de ses belles-sœurs, des fées de lumière, jeunes, charmantes, rafraîchissantes, une table garnie trois fois par jour de mets recherchés : foie gras et galantines ; petits légumes frais, selon la saison ; riz au porc maigre ou gras, selon l'arrivage ; feuilleté de gambas, de langoustines ou de crabes, selon le vent ; cailles aux raisins de mer, ramiers à la noix d'acajou ou pintadeaux aux cerises du pays, selon les humeurs. Et surtout les douceurs ! Toutes les variétés, toutes les couleurs, toutes les matières, en constante métamorphose, chaque élément empruntant les caractéristiques de l'autre : flan au lait d'amande ou de coco mordoré à souhait ; gâteau de patate douce ou de maïs gras fleurant l'humus de la plaine ; carrés de dame ; doucelettes à la vanille. Le sommet était atteint par d'impudiques collines de profiteroles au chocolat que Sam emportait pour les déguster sur la terrasse, juste avant l'instant de la sieste. La main chaude de Zag, barbier à domicile, sur son front, sur ses joues, sur son cou. Et, l'après-midi, après la séance de lecture, Sam couché dans un hamac, lorgnant en cachette la jeune et belle servante qui l'épilait ou lui grattait le dos avec cette lenteur pétrie de patience et de tendresse, jusqu'à ce que le *cabicha* de la sieste vienne lui apporter des rêves qui

expulsent du corps les spectres agités qui l'habitent ; et le
ronron des ailes du ventilateur chassant chaleur et
insectes ; et le thé de citronnelle, dans le grand lit à
baldaquin, sous la moustiquaire qui le protégeait de la
férocité des maringouins, devant lui assurer un repos
bercé par le chant des grillons. Sam planait, aux anges !

« Tel père, tel fils ! » Sam, répétait-on à dix lieues à la
ronde, tirait sur toute jupe qui bougeait. On lui prêtait les
filles les plus appétissantes. On racontait qu'il couchait
avec la femme du préfet et que celui-ci, le sachant, ne lui
cherchait pourtant point noise ; il préférait les jeunes
éphèbes, se désintéressait des femmes et, à plus forte
raison, de la sienne. On prétendit que le jour où la préfète
réalisa que Sam affichait envers elle une attitude distante,
manière élégante de lui signifier son congé, elle abandonna sa grande maison adossée à l'archevêché, loua, rue
des Remparts-de-l'Éternité, une modeste chambre. Ainsi,
elle pourrait satisfaire son vœu le plus cher : lapider le
cercueil de Sam au passage. Cela ne saurait trop tarder,
compte tenu de ce que tous savaient. Elle pourrait alors
l'embaumer dans sa mémoire, le conjuguer au passé. Las !
Elle est morte avant lui.

À la même époque, les maux de tête de Mona,
accompagnés de nausées et de vomissements, atteignirent
un paroxysme. Elle commençait, disait-on, à perdre la
raison. En proie à d'intenses douleurs, elle déclarait sentir,
tantôt à côté d'elle et tantôt en elle, une présence plus
personnelle, plus certaine, plus réelle que celle d'un être
humain. Le nom de Dieu, celui du Christ son fils unique,
se mêlaient, de façon permanente, à son délire. Puis, un
soir d'avril, alors que les cloches annonçaient le *Te Deum*
de la fête du Travail, Sam la trouva inconsciente, étendue
sur le plancher de la chambre à coucher. Le jeune
spécialiste, frais émoulu de la fac, qui avait remplacé le

docteur Dumornay, appelé en consultation, diagnostiqua d'un air grave un cancer du cerveau. Le mal s'aggravait d'une forme bénigne de tuberculose, Mona refusant, depuis des mois, de s'alimenter. Elle arborait un faciès amaigri d'anorexique, le physique ravagé par sa trop longue maladie. « Docteur, demanda Reine, il doit bien exister un traitement ? » Le spécialiste laissa tomber un « Aucun » sec et coupant.

Mona déclina lentement. Sam et les sœurs assistaient impuissants au flétrissement de sa chair. Ses mains frêles, fiévreuses arboraient une teinte bleuâtre tandis qu'une immobilité cataleptique envahissait jour après jour son être d'où se dégageaient des fragrances pestilentielles. La mort triomphante la savourait frénétiquement. Une nuit de décembre, au milieu de la canonnade marquant un énième coup d'État, son agonie commença. La cage thoracique se creusait en un long et pénible mouvement d'inspiration et des secondes interminables s'écoulaient avant que les poumons n'expulsent l'air. À l'aube, le sifflement sinistre cessa. L'époque était devenue brusquement incertaine, encombrée de certitudes défaites, de victoires précaires. Les guerres de clans avaient repris, les haines de castes refleurissaient et, avec elles, l'angoisse. Le prêtre mandé, dans cette ambiance d'état d'urgence et de routes peu sûres, ne vint pas lui administrer les derniers sacrements.

Les gens de la ville eurent tôt fait de mythifier Mona. On rappela sa personnalité, son caractère, la mélancolie qui baignait son visage. Dès sa naissance, elle avait porté, inscrite sur son front, une amère sentence. On loua sa bonté, une bonté vraie mais qui, après sa mort, atteignit des sommets inaccessibles. On louangea sa résignation à un sort toujours adverse. Mona était morte au seuil de la trentaine. Son corps fané, plus blafard que la lumière des bougies qui l'éclairait, fut étendu sur le grand lit à baldaquin de la chambre principale. Sam, les derniers jours de sa maladie, lui avait coupé les cheveux ; cela facilitait la propreté du corps. Il les avait réunis en une natte. L'air humide aurait pu favoriser l'éclosion des vermines, délaver son noir de jais. Il avait eu cette idée naïve, attendrissante, de la mettre sous verre et de l'accrocher au salon, telle une relique. Chaque matin, les trois sœurs et lui honoraient cette tresse interrompue, chaîne brisée, câble sauvé du naufrage. La tresse, malgré les années, malgré les vapeurs salines, n'avait jamais pâli. Après la mort de Mona, on brûla ses draps, ses vêtements et autres effets personnels. On décrocha les anciens rideaux, accrocha des neufs ; on débarrassa les meubles de leur housse, ce que l'on ne faisait qu'à la période des fêtes de fin d'année ; on gratta les murs, appliqua une nouvelle couche de chaux vive, posa de nouvelles fenêtres, de nouvelles portes. On refit même le plancher de peur que la maladie de Mona, dans l'ambiance de terreur contagieuse que vivait la famille, ne laisse une souillure tenace, indélébile. Pourquoi elle ? Quelle dette occulte l'innocente avait-elle remboursée ? Pourquoi elle ? Gloses et radotages occupèrent les sismographes des sentiments, les mécaniciens des affaires des autres. On s'étonna que, selon le « point » de Sosthènes, ce ne fût pas le mari qui ait payé. En panne d'explication, on conclut que le diable capricieux déjoue parfois les attentes. Puis les esprits voguèrent vers d'autres préoccupations, d'autres hébétudes, d'autres turpitudes. L'oubli recouvrit le souvenir de Mona. Sam, après la mort de son épouse, ne changea pas de domicile. Le voisinage colporta les échos d'une étrange rivalité qui se développait entre les demoiselles Monsanto. Elles se disputaient Sam, vivaient dans l'espoir qu'il épouserait l'une d'elles. Chacune avait des raisons sérieuses de le croire.

Reine alléguait que, depuis la mort de Julie et de Sosthènes, la maladie et le décès de Mona, elle jouait le rôle de maîtresse de maison. Elle est une cérébrale, Reine ; c'est elle qui fait marcher la maison. Elle est une femme de devoir, Reine, une femme de tête. Sam aurait dû, devrait l'épouser par reconnaissance puisque, durant toutes ces années, elle en avait pris soin, l'avait mis aux petits soins.

Ariane ne ratait pas une occasion de mettre les points sur les *i*. Elle disait que l'économie de la maison reposait sur ses épaules, faisait allusion à l'erreur de sa vie, cette malencontreuse idée, à la mort de Sosthènes, de transformer la pharmacie en papeterie-quincaillerie-mercerie-épicerie où on pouvait trouver pêle-mêle dés et fils à coudre, muscade, lait concentré, mèche pour lampe à huile, cartes à jouer, cartes de vœux, papier à lettres, clous, vis, pilons... Elle gâchait sa vie au milieu de ce méli-mélo, de ce bric-à-brac. Elle avait espéré que Sam reprendrait la pharmacie qui retrouverait sa prospérité d'antan ; elle lui aurait servi d'assistante. Espoirs vite déçus, Sam ne s'intéressait qu'à la musique et aux compilations historiques.

Sam l'épousera, elle, Caroline, en souvenir de Mona à qui elle ressemble, en bien mieux. « Je suis Caroline aux yeux de tamarin, taillée, sculptée en vue de devenir la femme de Sam... Je ne suis pas d'ici, je suis d'Égypte. Sam m'épousera bientôt, nous irons habiter sous d'autres cieux, j'aurai des serviteurs qui m'apporteront, dans des timbales d'argent, des vins de palme et d'orgeat, des servantes qui me tendront mes bijoux sur des coussins de soie écarlate. » Reine renversait immanquablement le sceau à glace. « Tais-toi, grande folle ! » disait-elle en grimaçant tandis qu'Ariane soupirait : « Comment est-ce possible qu'une Créole joue à la princesse, puisse rêver d'Égypte au milieu de tant de désolations ? » « Y a-t-il un moyen de vivre loin de ces deux hystériques ? » minaudait alors Caroline. Sam, patiemment, laissait tomber l'humeur querelleuse des sœurs, attendait que reviennent des cieux plus sereins. Son œil exercé savait que cette rivalité n'avait pas de consistance. Tout cela n'était que trompeuse apparence, et l'exaspération qu'elles manifestaient était peu redoutable.

Elles étaient trois : la Grande Ourse, la Lionne et la Vierge, un triangle d'étoiles, une constellation. Elles formaient, à elles trois, un anneau magique et elles avaient placé Sam au centre. Il fallait les voir, l'après-midi, à l'heure de la sieste, quand l'air de la terrasse couverte était léger, agrémenté de senteurs de rose, de jasmin, d'ilang-ilang, de fleurs de corossoliers et que la *Neuvième Symphonie* de Mahler, en sourdine, égrenait ses notes fuyantes, insaisissables et que Sam leur faisait la lecture. À la vérité, Reine participait rarement à ces séances, uniquement les jours de pluie, car elle n'avait pas le don d'ubiquité et le rituel de sa promenade était sacré.

Ariane, incarnation d'une héroïne échappée d'un roman, avec son bandeau blanc retenant ses cheveux tressés en petites nattes, sa jupette à fleurs ; une jeune gazelle fantasque et sage. Sous d'autres cieux et à une autre époque, elle évoquerait des princes charmants, des clavecins et de la mousse au chocolat. Sous les tropiques, elle convoquait une vision de fleurs, de libellules, d'oiseaux. Quel diablotin ne serait pas pris du désir fou de dévorer cette canne créole, de l'avaler tout entière, d'agrémenter, de sa jeunesse, son antre triste et vide ? Le visage d'Ariane dégageait une lumière qui mettait en relief le léger tremblement de ses lèvres.

Caroline avait le don de mettre ses sœurs au comble de la rage quand elle arrivait, après la sieste, fraîche, fourreau décolleté, ouvert sur la cuisse, cheveux décrêpés, répandus sur les épaules en cascade, aguichante comme pas possible ! Elle était incapable d'entendre la voix de Sam sans se tortiller, se contorsionner sur sa chaise longue. Elle semblait patauger dans un état de semi-ivresse. Elle avouait que le style des sœurs Brontë (mais à la vérité, c'était la voix de Sam, lisant *Les Hauts de Hurlevent*) la laissait « suave, pleine de douceur » et, dans un bourdonnement lointain, la berçait d'une langueur exquise. En écoutant le récit des amours d'Emma Bovary, elle disait sentir voyager une main délicate sur son corps, une main qui la caressait, la palpait.

16

L A maison des sœurs Monsanto donne sur deux rues.
Côté cour, un mur au portail entrouvert depuis
longtemps ; les gonds qui le retiennent aux pilastres
surmontés d'urnes sont rongés de rouille. Par l'entrebâille-
ment, Estelle et Adrien découvrent la vaste cour. Des
plates-bandes où poussent des tomates, des concombres,
de la menthe, du basilic, s'étagent jusqu'à un plateau
bordé de touffes de cannaie et de bananiers. Des palmiers
et des cocotiers obséquieux, dont les feuilles épanouies
s'ouvrent en milliers de doigts, protègent, de leur ombre,
des arbres fruitiers : corossoliers, cerisiers, pommes-cannelles. Le vert des feuilles de manguiers rivalise avec celui
des avocatiers. Aux murs de clôture s'agrippent des
philodendrons dont les feuilles charnues bougent à la
moindre caresse du vent. Au centre du jardin, un bassin
bordé de fleurs lilas que survolent des papillons de la
Saint-Jean. Des allées de pierres mangées serpentent,
suivant les courbes des massifs de roses, de pétunias,
d'œillets, de lauriers. On aurait dit que le vœu le plus
ardent du paysagiste fantasque avait été d'illustrer une
anthologie de la flore caraïbéenne. Au-dessus de la masse
de verdure et de fleurs, juchée sur un monticule, la
maison. De la barrière, on en voit l'arrière : quatre portes-
fenêtres ouvrant sur une vaste véranda au rez-de-chaus-

sée ; au premier étage, cinq fenêtres, avec des persiennes identiques, peintes en blanc ; une maison paisible, l'air suranné, un peu délabrée. Estelle et Adrien font le tour, l'entrée principale étant située sur l'autre rue parallèle.

À l'angle, assis à même le sol, quatre hommes disputent en silence une partie de cartes qui pourrait bien avoir débuté un siècle auparavant. Ils sont vêtus de chemise bleu zéphyr, de pantalons gros bleu ; aux pieds, des savates grossières. Leurs grandes mains, leurs bras nus portent ostensiblement les marques du travail, de l'effort quotidien. Par à-coups, un d'entre eux laisse tomber une carte. Les trois autres l'ont-ils vue ? Ils semblent perdus dans leurs pensées. Un vieil ivrogne obèse, soutenu par deux péquenots, probablement des compagnons de lubricité, observe le jeu. Presque nu, la chemisette en lambeaux, sans pantalon, il offre le spectacle de son membre flasque, non circoncis. « La maison des sœurs Monsanto ? » leur demande Estelle. Des index, en même temps, pointent la galerie surmontée d'un balcon : une maison coloniale d'un modèle commun aux Caraïbes. La façade est d'un vert-gris, délavé. Quatre portes en arches ouvrent sur la galerie. La maison paraît inhabitée avec ses volets de bois clos. « Elles sont sorties ? » Regards étonnés, silence des joueurs. Ils viennent d'entendre la pire des incongruités. « Suivez-moi », dit un homme bien mis, après avoir embrassé Estelle avec effusion ; elle ne le reconnaît pas. Il lui dit s'appeler Simon, l'avoir connue alors qu'elle n'était qu'une folle gamine et lui demande, sans transition, un peu d'argent. Estelle fouille son sac à main, ne trouve que de la menue monnaie. Elle avait emporté deux sommes d'argent. L'une plus importante qu'elle avait laissée à l'hôtel, destinée à régler le montant de la pension et à acheter éventuellement une voiture d'occasion. L'autre devait être consacrée aux menues dépenses ; elle la traînait partout avec elle et l'avait, sans s'en rendre compte, entièrement distribuée le long de son parcours. Simon, en habitué, pousse l'une des portes-persiennes, s'efface et laisse passer Estelle et Adrien. « Asseyez-vous, Reine ne tardera pas à descendre. »

De la maison, ce jour-là, ils ne verront que la galerie et cette grande pièce rectangulaire. Bien qu'elle fût passablement délabrée, elle avait encore grand air avec son plafond en plâtre moulé. Des angelots batifolaient aux quatre coins, entourés de guirlandes et d'arabesques. Adrien admira l'élégance serpentine des drapés, l'abondance des motifs floraux traités en volutes et guirlandes, certaines poses où les dignités divines se tempéraient d'un rien d'afféterie. La peinture çà et là écaillée ajoutait, s'il en était besoin, un indéniable accent d'authenticité. Il y avait aussi ce côté Belle Époque évoqué par d'étonnantes photographies de famille qui dataient du temps où cette maison était un manoir. Sosthènes l'avait acquise au moment de l'essor des Alluvions quand, après la mort du propriétaire, les héritiers avaient décidé de la vendre et de morceler le domaine. Une partie des meubles, des tableaux et des photos de famille étaient tombés aux mains de Sosthènes, dernier enchérisseur, quand le marteau du commissaire-priseur heurta la table. Sur le mur latéral droit, un enfant juché sur un tricycle, un homme en tenue de chasse campé sur son cheval, l'étonnant portrait en pied d'une femme vêtue d'une ample jupe en organdi blanc, soutenue par un jupon amidonné dont la dentelle dépassait ; on pouvait contempler l'arrondi des épaules nues sous le châle de guipure. Seul, sur le mur du fond, dans un cadre en cuivre massif, le portrait d'un officier du temps des généraux de l'Indépendance : un visage sanguin, une moustache en forme de guidon de bicyclette, une redingote d'alpaga soutachée, d'énormes épaulettes, la poitrine bardée de médailles, un tricorne. Sur le mur latéral droit, des gravures extravagantes de violence sarcastique et de liberté représentaient une humanité en folie. Des filles de joie vêtues de froufrous et de dentelles grimacent des sourires canailles ; des marins ivres éructent ; un paysage sinistre où des vers grouillent sur des entrailles en putréfaction, des lambeaux d'entrailles, accrochés aux barbelés et aux branches.

Outre ces portraits et tableaux, la pièce contenait des chaises, des douzaines de chaises pliantes, empilées, adossées au mur du fond, sous le portrait du général. Les sœurs Monsanto entretenaient-elles un commerce de chaises, approvisionnaient-elles en chaises baptêmes, premières communions, mariages, réceptions mondaines, veillées ? demanda à voix basse Adrien. Il exprima aussi sa surprise de voir une si belle salle servir de dépôt. « Erreur, répondit Estelle amusée, ces chaises attendent des visiteurs. Chaque après-midi à partir de cinq heures, depuis toujours, Reine reçoit sur sa galerie. » Adrien n'eut alors plus qu'une hâte : que passent les minutes et que viennent s'asseoir sur ces chaises les connaissances de Reine. Il voyait déjà défiler fonctionnaires et militaires de haut rang, philanthropes, prêteurs sur gages, juges de tribunaux et autres dignitaires de la place. Et surtout, que viennent s'installer, sur ces chaises, les ineffables sommets de la beauté, de la grâce et de l'élégance qu'il n'avait pas encore eu l'heur de rencontrer.

Zag te dira que les femmes qui fréquentent la galerie de Reine sont incapables d'expliquer précisément leur attachement à ce lieu. Trois générations de femmes : grand-mères, mères, filles, petites-filles s'y retrouvaient, sans se donner rendez-vous. Les plus jeunes avaient d'elles-mêmes découvert ce lieu où se mettaient à jour les secrets de la vie. Sur la galerie de Reine s'échangeaient toutes informations utiles : comment réussir un soufflé, une marquise au chocolat, des boutures de géraniums, d'hibiscus, d'azalées ; comment retenir un mari volage, se débarrasser d'une maîtresse encombrante. Sur la galerie de Reine, on se laissait aller, et parfois, sans retenue. Là, les élans que le cœur, le sang ou l'humeur soufflaient à l'oreille, semblaient ne pouvoir être contrariés. Sur la galerie de Reine, on narrait le feuilleton des malheurs qui avaient valu à ce pays de passer du rang de « Perle des Antilles » au statut de « dépotoir des Caraïbes » ; on parlait de robes, de chapeaux, d'économie, surtout d'économie domestique, de problèmes ménagers, de diète, de poids et de mensurations et, par-dessus tout, on mangeait avec appétit du prochain, plat fastueux que servaient, à voix basse, une kyrielle de femmes décrépites à force d'avoir plié les jambes de l'aube jusqu'aux heures canoniales, à force de génuflexions et d'accroupissements sous la routine des matines, laudes et autres offices dédiés au Saint-Nom de Dieu et à sa Sainte Église. Rita Poridge, d'ascendance jamaïquaine, était la représentante locale des sous-vêtements Petit Bateau. Mme du Deffaut qui regrettait le temps où la mode contraignait les hommes à porter des pantalons étroitement ajustés « parce qu'en ce temps-là, on pouvait savoir ce qu'ils pensaient, si on peut appeler cela penser, lorsqu'ils déclaraient leur belle flamme ». Antoinette Seurat, brodeuse de sous-vêtements : aucune jeune fille digne de ce nom ne pouvait se marier sans des dessous et un trousseau brodés par elle. Les demoiselles Pigeon, des jumelles, choristes à l'église, bavardes, merles cancanières et potinières. Précieuse Macala, gouvernante à l'archevêché, une femme d'un âge incertain qui paraissait trente ans : la tignasse toujours en désordre, une petite bouche en anneau fendue d'une moue permanente, des yeux féroces tout autour de la tête, toujours porteuse de mauvaises nouvelles. Reine rendait hommage à sa bienveillance, mais elle redoutait ses visites. Yolande Jean, maîtresse d'ombre du directeur du lycée, un grand échalas aux allures de saint Sébastien martyrisé et criblé de flèches ; ci-devant pécheresse, elle avait déjà serpenté les lisières de l'asphalte, connaissait l'humus gras où les sept péchés capitaux s'épanouissaient avec délice. Une meurtrière de réputation, absolument vulgaire et faiseuse d'embarras, la langue d'une telle longueur qu'à sa mort il faudra fabriquer un second cercueil pour l'y loger. Il vaut mieux cependant l'avoir tout contre soi plutôt que contre. Mme Couteliz, oisive et élégante ; du matin jusqu'au soir, toute la sainte journée, elle gratte et sent ; une vieille raseuse, d'apparence modeste et réservée, une vipère qu'il faut craindre d'introduire chez soi, traître et concurrente malhonnête. « Ces femmes, si elles arrivent à l'improviste quand tu manges, même si le plat est brûlant, assieds-toi dessus. À bon entendeur, salut ! »

Le premier des visiteurs de Reine arriva à cinq heures pile : « Colonel Jean Phénol Morland, pour vous servir. » Zeth leur en tracera un portrait où se mélangeaient l'horrible et le burlesque, où alternaient cauchemars et bouffonneries, où s'amalgamait un alliage inédit de faits rocambolesques et de racontars extravagants. Au portail sud, Jean Phénol Morland, alors caporal, possédait un restaurant qui ne respectait en rien les désirs des clients. Le menu indiquait des plats alléchants : pintade à la mode de Bressan, cailles aux raisins en sarcophage, porc braisé à l'orange amère... Tout cela n'était que fiction, les gens du quartier l'avaient appris à leurs dépens, et même tenaillés par la faim, ils évitaient ce repaire de flibustiers. Il vint un jour, diable ! on ne sait d'où, un client aguiché par cette carte aux noms de plats prometteurs ; il s'assit et commanda. Quelle ne fut sa surprise de se voir servir une assiette de millet pâteux où nageaient quelques pois congo ! Il protesta énergiquement et voulut partir. Le canon d'une mitraillette enfoncé entre ses côtes l'immobilisa. Derrière lui, la voix menaçante de Morland : « Ce n'est pas aux chiens que nous destinons notre cuisine ; le petit mil, c'est la nourriture de Dieu ! Asseyez-vous et mangez. » Par-devant quel tribunal devrait-il déposer une plainte ? Le supplice du petit mil ne figurait pas sur la liste des violations des droits humains.

Commandant du département, Jean Phénol Morland habitait la ville depuis le jour où il fut promu lieutenant, il y avait de cela près de trente ans. Quoique fabriqué d'un métal réfractaire à la fusion, on avait fini par oublier qu'il venait d'ailleurs ; il faisait partie du décor. Il se disait non pas natif natal mais natif fondamental, signifiant par là qu'il était un fils authentique de cette nation, sans le moindre mélange de sang. Le colonel suscitait, derrière son dos évidemment, la risée, à cause de sa « diction bossale ». Il s'exprimait dans une langue ardue, rugueuse dont Zeth ne saurait dire si c'était du créole ou du français, le tout assaisonné d'un accent qui appuyait, avec une application exagérée, sur les finales en *r* de peur de les escamoter. À l'opposé, cette lettre, au milieu d'un mot, ne se prononçait pas, et gouvernement devenait gouvênement et enterrement entêment. Par on ne sait quel mouvement de la luette, il changeait aussi l'articulation de certains mots ; il disait par exemple Lui au lieu de Louis. La façon de parler du colonel était si célèbre, qu'oubliant souvent son nom on ne le désignait plus que sous le sobriquet de « commandant Bouche-Surette ». Il ponctuait ses points de vue d'une formule tout aussi réputée que sa manière de prononcer : « Parlons peu mais parlons bien ! »

Le colonel était un de ces hommes à qui il ne suffisait pas d'être craint, d'inspirer, chez tous les citoyens, de la peur. Il lui fallait aussi être respecté, honoré. Et parce qu'on le craignait, tous ceux dont le chemin croisait le sien le saluaient, certains même avec ostentation. Il vivait seul, assumait ses devoirs de policier, exerçait l'autorité d'un magistrat, envoyait des hommes à la mort, assistait à leur exécution, les exécutait lui-même à l'occasion, accomplissait les tâches sans fin et inépuisablement fastidieuses de la « Révolution ». Il disait avoir fait une découverte pour laquelle, s'il n'était pas un nègre, on lui aurait décerné un Nobel : le chromosome de la conspiratite. Il était indispensable de maintenir la population sous un strict contrôle. Il censurait aussi bien les adultes que les enfants : « Que le tonnerre m'écrase, il y a des conspirateurs de nature ! Avant d'être des adultes, ils ont été des enfants. » Il avait tissé une maille de surveillance qui enclosait les citoyens jusque dans leurs retranchements les plus intimes. Non satisfait d'avoir placé des sbires aux quatre coins cardinaux, le colonel poussait sa manie de vouloir tout savoir jusqu'à envoyer au cimetière des oreilles écornifleuses ; camouflées, à l'abri des regards, elles écoutaient les confessions que les vivants faisaient à leurs morts. Le colonel ainsi renseigné sur les noms de personnes susceptibles de commettre des crimes, des délits, des infractions, tenu au courant des lieux de leurs éventuels forfaits et des dates, pouvait alors plus aisément extorquer la vérité aux interpellés, soumis à d'interminables séances de torture. « N'oubliez pas que la vérité, en cette circonstance, consiste toujours en une liste de noms. »

Morland avait poussé cette passion de l'espionnage jusqu'à créer, au Bureau de la police, un Département des rêves, l'institution la plus secrète et la plus redoutée du pays. Une armée de fonctionnaires, chaque matin, recueillaient d'espions (domestiques, voisins, amis, parents, il fallait se méfier de tous !) la matière réputée insaisissable des rêves, des cauchemars, des hallucinations. Ils les recontextualisaient, leur donnaient cohérence en les plaçant loin du monde des chimères. Là où tout esprit léger,

« entendez raisonnable », aurait tendance à reconnaître un imaginaire débridé, les fonctionnaires trouvaient matière à suspicion. Ils départageaient les rêves, les sélectionnaient, les classaient : rêves de crise économique, de coup d'État, de massacres, de jeux politiques, d'intrigues de palais. Sur la base d'un parti pris méthodique d'une extrême rigueur, l'excès des rêves, le surnaturel, situés au-delà de la parole et de l'écrit, n'étaient jamais traités de bizarreries ou d'accès de folie. Morland prétendait que ces manifestations de l'âme, ayant des supports de réalités, recelaient des cristaux d'informations dont le décryptage était indispensable à la stabilité et à la sécurité de l'État. À cette époque, la peur atteignit des limites inimaginables. Les citoyens terrifiés (admettez qu'il y avait de quoi !) refusaient avec obstination de dormir. Des nuits blanches sans fin ; une attente épuisante et stupide de l'aube. Le somnambulisme sévissait à l'état endémique. Morland se mit en rage contre cette insomnie collective. Comment la combattre ? On vit apparaître, sur les murs, des panneaux publicitaires faisant la promotion du rêve ; on entendit, sur les ondes des radios, des messages prônant les bienfaits des somnifères. Des fonctionnaires pénétraient dans les foyers avec ordre de dresser des courbes de sommeil et, chaque premier vendredi du mois, le colonel, au cours d'une cérémonie solennelle où l'hymne national réaménagé était chanté : « Pour le pays pour la patrie, dormir est beau », remettait, à grands éclats de cuivre et de percussions, une médaille d'honneur à celles et à ceux qui avaient fait les meilleurs rêves. Ses sbires les détaillaient, les commentaient puis, levant le coude, hurlaient : « Vive la République ! »

Le colonel cachait son œil gauche sous la visière de sa casquette. Au début, on avait cru qu'il s'agissait d'un style, d'un look particulier. Interrogé sur cette coquetterie, il rétorquait par une boutade : « Je vois trop clair. Je suis obligé de me crever un œil afin que ma vie ne soit point transformée en un désert », ou encore il évoquait ce qu'il appelait la « dérisoire terrestitude ». En ce royaume d'aveugles, les borgnes sont des voyants extralucides. Les enfants n'ont pas mémoire du passé ni conscience du danger imminent. Malignement, ils faisaient allusion au port de la casquette, à l'œil caché. Le colonel imitait le loup et leur répliquait : « C'est pour mieux devenir maître des apparences, mes enfants. » Tout tournait autour de l'œil et de sa puissance. Sur la galerie de Reine, des débats houleux, oiseux, mobilisaient tant de passions qu'on en venait parfois aux mains. Une référence attribuée à Anatole France plutôt qu'à Buffon, une date historique erronée, une discussion sur la nature du gaz (est-il oui ou non une matière ?), sur les qualifications du président Lescot qui se prétendait diplômé de la Sorbonne, et l'on renvoyait l'autre aux parties intimes de sa mère. Les voix s'élevaient, les divergences prenaient un tour si violent qu'elles ne laissaient pas indifférents les chiens en attente de restes. Ils se battaient jusqu'au sang, s'entre-dévoraient. Le colonel se plaçait en arbitre : « Parlons peu mais parlons bien ! Je ne suis qu'un œil... » Et querelleurs de s'apaiser, car ils avaient mémoire du passé. Le colonel n'était qu'un œil, oui ! Mais quel œil !

À l'entrée principale de la ville, Jean Phénol Morland avait fait ériger un monument grandiose, figurant deux cercles concentriques, brillant d'un éclat de métal en fusion sous la lumière solaire. Au moindre souffle de vent, ils effectuaient, autour d'une bougie éternellement allumée qui leur servait d'axe, des mouvements giratoires. Juché sur ce piédestal, un oiseau noir et rouge, une pintade aux ailes étendues et au bec effilé. La parfaite précision formelle de l'ensemble en augmentait le caractère énigmatique. Les citoyens comprirent très vite que le colonel voulait symboliser ainsi sa visibilité absolue. Ce

monument était l'emblème du pouvoir vers lequel conver-
geaient tous les regards, le miroir où chacun était regardé,
épié. Ainsi dominé (ça, c'est l'opinion de Zag), on
éprouvait, à tout instant, l'étrange impression qu'une
bulle de cristal, un œil sphérique, irisé, un œil menaçant
vous emprisonnait mieux que ne le ferait une camisole de
force, vous retournait à l'envers comme un doigt de gant.
Cet œil de Caïn vous poursuivait partout, nuit et jour.
Entrez dans une banque, une épicerie, un magasin, vous
êtes regardé. Essayez un vêtement dans une cabine bien
close, l'œil vous regarde à travers le miroir sans tain. L'œil
partout fourre son œil, fouille-au pot jusque dans les
vagins et les utérus. Partout. Lors des événements de
février, le monument fut déchouqué, la bougie s'est éteinte
et le socle est devenu une place à crachats : crachat de la
jeunesse frondeuse et rebelle, crachat giclant par la fente
de deux incisives d'une bouche charnue crachant le
mépris, crachat de tuberculeux frappés d'interminables
quintes de toux, crachat de pisseurs qui passent. Ah !
Enfin ! l'ultime jouissance de pisser à la belle étoile en
s'appuyant contre le monument du colonel et de ponctuer
chaque jet de pisse d'un jet de crachat.

À vouloir n'être qu'un œil, le colonel connut (on le sait
maintenant : tout finit par se savoir) de sérieux problèmes
de vision. Un matin, le miroir de sa chambre à coucher ne
lui renvoya qu'un reflet affaibli de lui-même, presque
indistinct, alors qu'au contraire les meubles qui l'entouraient lui apparaissaient gigantesques, éclatants, aveuglants de lumière. Il écarquilla les yeux et ne vit plus
l'image de son visage mais celle d'un dos tatoué de signes
inintelligibles : un champ de cactus infesté de pythons et
de crotales prêts à piquer, à verser leur venin. Vers la fin
de la journée, il fut atteint d'une cécité complète. La cause
en demeure, jusqu'au moment où je vous parle, inconnue,
inexpliquée. Désespoir du colonel qui comprit tout de

suite l'inutilité de recourir aux services d'un ophtalmologiste. Il manda de préférence une prêtresse mambo. Après force cérémonies, compresses de feuilles vertes et mixtures, le colonel recouvra miraculeusement la vue. Non, la moitié de la vue ; l'œil droit, jamais plus, ne contempla la lumière du jour. Ce qui n'était que jeu, activité ludique et sadique, avait pris la consistance de la réalité.

Le colonel était un habitué de la galerie de Reine. Il s'était amouraché d'elle, l'avait, dit-on, à maintes reprises, suppliée, à genoux, de l'épouser. Craignant de s'attirer l'inimitié du colonel, Reine avait toujours prétexté que le mariage, à ses yeux, représentait une sorte de prostitution légale, un acte de déchéance, le lit conjugal équivalant à la tombe. Non qu'elle n'eût la tentation, certaines fois, de s'abandonner, de se laisser envahir par toute la gamme, de passer de piano en octaves. Toutefois, elle ne voulait pas vivre, les yeux baissés, se livrant à de stupides démonstrations d'éternelles fidélités. En amour, elle était irrémédiablement analphabète, n'arriverait jamais à lire le répertoire des divers rôles alloués à l'amour conjugal. Elle soutenait qu'il y avait deux sortes de mariage : celui où la fille s'aperçoit qu'elle s'est trompée d'homme en allant à l'autel ; celui où elle s'en aperçoit en revenant. Et puis, ce quotidien qui ne peut que dégrader les relations. Très peu pour elle ! Les idées originales de Reine sur le mariage amusaient le colonel.

17

CE dimanche après-midi d'été où Estelle et Adrien rencontrèrent le colonel, il était en tenue militaire, flanqué de son ordonnance, son ombre : un grand échalas qui le suivait partout et dont le rôle devait équivaloir à celui du perroquet puisqu'il parlait en écho, répétant mécaniquement les derniers mots des propos du colonel. Il les ponctuait inévitablement d'un « oui, mon colonel ». Estelle et Adrien n'eurent pas à décliner leur identité ; le colonel la connaissait déjà : « On me dit que vous êtes un amateur de vieilles pierres, de monnaies et de bijoux anciens, de tombeaux et d'ossements humains. N'est-ce pas, Jacob ? » « Ossements humains, oui, mon colonel. » L'échalas faisait à la fois office de garde du corps, de chauffeur, de secrétaire à tout faire. Du coffre de la voiture, il sortit, sur un claquement de doigts du colonel, une table basse sur laquelle il posa une bouteille de rhum et des verres. « Vous êtes mes invités. » Le consentement d'Estelle et Adrien était superflu ; le perroquet leur versa une bonne lampée de Réserve du Domaine. Le colonel se leva, claqua des talons, cria : « Vive la République ! », fit cul sec, esquissa une grimace de dégoût : « Imbuvable, ce jus de canne ! Mais qu'est-ce que vous nous avez servi là ? Misérable ! Hypocrite ! Cocu ! Voulez-vous m'empoisonner ? » Le chauffeur semblait avoir l'habitude de cette scène. Il esquissa un sourire, versa une autre bonne rasade. Le colonel la lapa. « Mon père disait qu'il faut donner de la chair à l'alcool, sinon l'alcool se nourrit de ta propre chair. » Il intima l'ordre à l'échalas de courir au restaurant du coin, d'y rapporter une fricassée de lambi et un plat d'aubergines gratinées : « Allez, ouste, idiot ! » Pendant qu'Estelle et Adrien regardaient l'ordonnance détaler à toute vitesse, ses godillots jaune kaki aux épaisses semelles de caoutchouc lui bottant les fesses, ils entendirent le colonel maugréer qu'il n'avait pas d'appétit, se lamenter sur son état de santé, déplorer qu'il était obligé de suivre un régime, affirmer qu'il ne supportait plus l'alcool, qu'il avait pratiquement arrêté de boire, un ulcère à l'estomac, certainement, un cancer même peut-être, s'affliger sur son foie foutu, ses reins cloutés de calculs. Il se versait de bonnes rasades de rhum et les avalait d'un trait. Le niveau de la bouteille diminuait à vue d'œil.

« L'air salin, ce climat impitoyable détériorent chaque jour, un peu plus, l'état de ce plafond ! » Cliquetis de talons sur le carrelage. Bruit de volets qui s'ouvrent et se referment. Reine, l'étonnante luminosité d'une présence ! La tête haute, le buste droit, une démarche altière, une silhouette de héron, grave et fière. « Ah ! vous étiez là, mon cher ! » Elle tend la main droite au colonel. Reine, une femme sans âge : une grande sérénité, un charme particulier émanent de son regard. De longs cils ombrent ses grands yeux noirs. Et ce sourire étonnant, à la fois ironique, indulgent et distant qui illumine son visage d'ébène ! La blancheur des dents, l'ovale du visage, la grâce farouche du maintien impressionnent. La narine et la lèvre supérieure percées d'anneaux, elle ressemblerait à ces déesses de la grande Égypte auxquelles elle fait penser irrésistiblement. Elle porte de nombreux bijoux : colliers, bracelets, bagues, boucles d'oreilles. Adrien admire la noble finesse des mains, l'élégance du drapé de la jupe mi-

longue, s'arrêtant au-dessus des chevilles. Reine la souveraine ! Elle ouvre ses deux bras à Estelle et Adrien : « Sô
Tiya m'a annoncé votre arrivée. » Elle excelle dans l'art
délicat de la courtoisie. Elle inspire le respect ; toute
agressivité s'évanouit à son contact. Le colonel la révère,
la contemple d'un œil déférent.

A cette heure du jour, le soleil, coursier fou que l'aiguillon
de midi avait emballé, dégringole, s'écrase, fait scintiller
l'asphalte et retaille au vif les jeux guerriers de la lumière.
La Ravine qu'aucun pont n'enjambe de ce côté tranche la
ville en deux. Ses sautes d'humeur sont célèbres d'un bout à
l'autre de l'île. Les ravinades envahissent la galerie,
inondent les conversations des habitués de Reine. Leur
entrée, une mise en œuvre réglée depuis la nuit des temps.

> *Ô temps dévastateur !*
> *Et je ne suis plus rien*
> *Qu'un fantôme*
> *Qui court après l'ombre d'un bien !*

Un panama blanc à large bord délibérément incliné
avec un air canaille, une barbe courte, en collier, la
chemise largement déboutonnée sur un tricot de flanelle,
la main gauche enfoncée dans la poche du pantalon, le
poing droit sur les hanches, le visage empreint d'une
expression mi-rêveuse, sur les lèvres, un demi-sourire,
Léopold Seurat, l'expression d'une nonchalante et énigmatique difficulté de vivre, grimpe lentement les marches
du perron. Long baisemain.

> *Hommage, ma Reine ! Et nous, faunes voraces,*
> *Sommes tes uniques sujets.*

Arrivent le préfet négligemment appuyé sur sa canne de
bois d'ébène à pommeau sculpté, le directeur des contri-

butions avec son attitude d'homme en prière, un ex-directeur de la banque, chétif, vieux, usé par les ans, l'actuel, une face rubiconde de « Je vends au comptant ». Ils font tous plus ou moins la cour à Reine. C'est la règle du jeu. Les chaises sortent, se déplient. Et les voix de femmes ! Mielleuses : « Tu es resplendissante, ma chère, tu reviens de la mer ? » Moqueuses : « Tu as grossi depuis que je ne t'ai vue ? Cela te va très bien ! » Les charmes du bracelet de Reine tintent agressivement : elle n'a pas gagné un iota. Tout ce beau monde se congratule, discute, se dispute. Il passe des adolescentes, bras dessus bras dessous, coquettes, la coquetterie du dimanche. Leurs amples jupes, soutenues par des jupons bouffants, virevoltent. Elles parlent à voix basse et rient sous cape tout en coulant des regards vers la galerie de Reine. Elles s'en vont retrouver d'autres jeunes de leur âge. La place des Canons accueille, les dimanches après-midi, filles et garçons. L'air s'emplit de leurs rires, de leurs criailleries, de leurs amusements. Les plus jeunes jouent au ballon, en criant et en se chamaillant, lâchent leurs cerfs-volants qui s'élèvent, superbes, jusqu'au ciel, en ondulant leurs queues étincelantes de verroterie, roulent leurs cerceaux qui font mille roues, montent, redescendent, sont repris par des manches agiles. Les plus âgés se promènent en se donnant la main, bavardent, nonchalamment assis sur les bancs de pierre. Quelques effrontés s'embrassent sous les applaudissements et les bobards de gamins voyeurs. Reine, en louve inquiète de ses mamelons, s'enquiert de leurs nouvelles, de celles de leurs parents. Elle dit qu'elle ouvre les yeux. Protégée par la balustrade de sa galerie, Reine voit sans regarder : elle a une manière, à elle, bien personnelle, de regarder la ville.

Une jeune fille, mûre à point, porte, dans l'après-midi avancé, une robe jaune soleil qui la moule, laisse deviner, sous la cotonnelle, la turgescence des seins, l'étroitesse des hanches ; la robe droite et courte met en relief le galbe des jambes. Reine ne connaît pas son nom. Elle l'interpelle : « Hé ! Viens ici. » La fille prestement gravit les marches de la galerie : « Bonsoir, mam'zelle Reine », dit-elle d'un ton respectueux et timide. « Jeune fille, dit Reine, tu as quel âge au juste ? » Elle sourit, coquette ; elle a dix-huit ans. « Quand on a ton âge, ces jolies robes, on ne les gaspille pas à les porter dans cette ville de trou-du-cul ; tu perds ton temps. » Les effluves de décennies de rancœur flottent. « Oh ! Reine, tu es trop sévère ! Le monde d'ici mérite quand même quelques égards. » L'une des jumelles Pigeon, la maigrichonne, dit cela avec une expression empreinte d'un zeste d'aigreur. Cette manière de donner à entendre qu'il fallait avoir des égards en manquait précisément. Sous son ironie percent aigreur, ressenti-ment, rancœur. Une rancœur identique à celle que Reine nourrit à l'égard des hommes coiffés de panamas, de chapeaux de paille tressée, grisés et repus, qui défilent depuis des lustres, sur sa galerie, qui l'ont regardée sans la voir. Elle qui aurait tant aimé qu'ils la voient même si elle feignait de ne pas les regarder. C'était sa manière à elle de regarder ces hommes, ceux, mariés, qui lui avaient préféré d'autres bien moins garnies, bien moins appétissantes ; ceux, bons vivants, qui lui préféraient les courtisanes du bord de mer et l'alcool de canne. Que de fois, Reine, par les fentes des jalousies, à l'heure où les mouettes blanches et maigres, fatiguées de tournoyer au-dessus de la mer en furie, se juchaient sur les palmiers de la baie, et qu'au loin des tapées de maringouins submergeaient, jusqu'à disso-lution, les maisons en bois, que de fois elle a guetté le retour agité des hommes revenant des bordels. Ils forment un petit groupe bruyant. Ils marchent en bande, tête nue et la calebasse de leur crâne rasé reflète le scintillement phosphorescent des constellations, ou ils portent une casquette et, sous la visière, leurs yeux perçants explorent les alentours. Ils se frayent un chemin de clarté jusqu'à la jetée, jusqu'au port ensablé. Leurs clameurs simulent l'ivresse. Ils improvisent des sérénades au clair de lune, fredonnent en sourdine des mélopées tirées de flûtes de bambou et de guitares éraillées, qu'ils s'efforcent d'accorder avec leurs chants d'ivrogne. Qu'elle avait envié les putes fatiguées de tous les hommes infirmes de tendresse qui ont dû se déhancher aux rythmes de charleston, de méringue, de pachanga et de cha-cha-cha endiablés ! Elle a même jalousé leur indéchiffrable angoisse quand, au petit matin, baleines agonisant sur une ultime plage, elle les a vus tituber d'ivresse et d'épuisement sous sa fenêtre. Que de fois, Reine, au petit matin, s'est effondrée en larmes, maudissant la rumeur qui l'a condamnée à être Marie et Madeleine à la fois.

Comment tant d'hommes ont-ils pu ne pas voir cette femme lumineuse ? Ils disent qu'elle est un objet précieux semblable à ceux qu'on contemple sous verre, à la vitrine d'un joaillier. Leur possession comblerait de bonheur mais on les imagine inaccessibles parce que trop coûteux. Reine aurait dû susciter toutes les convoitises ; au contraire, les hommes disent que ses attributs lui confèrent une aura d'invulnérabilité. Pas une graine, même pas un de ces oisifs, bohémiens, aventuriers profiteurs n'a jeté son dévolu sur Reine, sauf le colonel. Ils prétextent qu'elle attend le retour d'un bel officier de marine sur la jetée. La disproportion entre l'appétit coutumier de ces hommes, garçons portant pantalon à sept boutons, hommes, complètement hommes, mâles membrés à mort, et leur réserve vis-à-vis de Reine ajoute un trait de plus à la malédiction dont on dit les sœurs Monsanto frappées. Ils préfèrent, à la manière des enfants de la rue, la suivre à distance quand elle s'en va vers cette longue pointe grise qui s'enfonce dans la mer et assister, émerveillés, au seul spectacle qu'ils peuvent impunément se payer. Ils regardent Reine comme ils regardent le soleil se coucher sur la mer : le disque dégringole sur le grand écran du ciel et on pense, chaque fois, que le soleil se couche et ne se lèvera plus. Image tous les soirs répétée, imprimée sur la bande magnétique de leurs pupilles. Ils l'ont regardée, ne l'ont jamais vue. C'était leur manière à eux de regarder. Les hommes, ici, ceux bien nantis, fréquentent les bordels du bord de mer aux vastes patios où sont disposées, en ordre, des tables basses sur lesquelles des filles dansent nues. Les bouteilles de rhum circulent entre hommes de bonne compagnie. Les clochards, les va-nu-pieds sont tapis à l'ombre des palmiers et des palétuviers, fuyant les lumières de la piste de danse qui résonne de méringues, d'airs de jazz et de clameurs de tambours ; eux, personne ne les regarde, ni les putes ni les notables qui s'abandonnent à quelques déhanchements circonstanciés, en dansant collé-serré. Tapis derrière les arbres, ils regardent les grosses gommes, les gros chabraques, les gros zouzounes. Personne ne les voit les regarder, ils n'ont pas à montrer qu'ils les regardent ; c'est leur manière à eux de regarder.

Fin d'après-midi rythmée par le bruit des chaises qui se déplient et se replient. Caroline fait une entrée remarquée en compagnie d'Ariane. Elle est vêtue d'une robe de coton fleuri, largement décolletée, dont la ligne met en évidence son corps légèrement replet, ses cheveux sont retenus sur la nuque par un large ruban assorti à la robe ; personne ne lui donnerait son âge véritable. Elle paraît avoir moins de trente ans. À côté d'elle, Ariane semble terne. À l'observer cependant, on ne peut pas ne pas être frappé par sa finesse, son élégante distinction, son long cou gracile de cygne. Les deux sœurs saluent l'assistance, déplient leur chaise et se mêlent à la conversation avec l'aisance que donne une longue pratique. Les trois sœurs, trois fruits amenés à une merveilleuse maturité. Elles ne se ressemblent pas ; Reine, très grande, bien en chair ; Caroline plutôt petite, un peu boulotte ; Ariane, une liane flexible qu'aucune tempête ne semble pouvoir rompre.

Les vêpres chantées, arrivent des dames patronnesses en mantille de dentelle et toilettes des grands jours. Crissement d'essieux. « Voilà tante Miche ! » dit Reine. Adrien apprend que Michel, fils unique d'un spéculateur de café de la région, ne se déplaçait plus qu'en fauteuil roulant depuis qu'il avait eu la colonne vertébrale fracturée à la suite d'une affaire de bilinguisme. Vocable précieux qui, sur les lèvres de Reine, signifie que Michel est à voile et à vapeur.

Reine, souveraine, trône sur ce petit monde. Personne n'a autant de mémoire qu'elle. Assise sur sa galerie, elle engrange les naissances, les décès, les dates d'événements anciens ou récents. Assise sur sa galerie, elle récite l'histoire comme on regarde la chaussée après l'averse ou une toile d'araignée accrochée à un treillis, déchirée, balancée par le vent. Florilège de commentaires sur les lèvres de Reine. Elle condamne le départ sans chute « puisque les mêmes sont encore au pouvoir, que seule la piétaille avait été pourchassée par la populace armée de gourdins ». Jaillissement de souvenirs telle une leçon apprise par cœur. Elle relate les épisodes de la dernière épidémie. À cette époque, les malheurs se produisaient en série, si bien qu'on ne parlait plus que de ça et que chacun se demandait, terrifié, qui serait la prochaine victime. Tout avait commencé quand, sur le terrain vague derrière le cimetière, des camions, venus on ne sait d'où, avaient déchargé des caissons métalliques hermétiquement scellés. À la tombée de la nuit, des gamins qui avaient assisté au débarquement, dissimulés derrière les tombes, ont ouvert à coups de pierre les tonneaux et trouvé des tubes en métal et des plaques de pierre qui luisaient d'un éclat phosphorescent. Le cimetière en était aussi embrasé que la mer au soleil couchant. Enchantés par cette découverte, les gamins supputèrent les gains substantiels que leur procurerait la vente de ces pierres. Se gardant bien d'en indiquer la provenance, ils en offrirent à leurs parents, en vendirent au marché, aux habitants des quartiers dépourvus d'électricité et aux campagnards, consentirent même des rabais aux voisins et amis. Bientôt, les pierres remplacèrent les lampes tête-gridape.

Et il souffla une tempête d'épidémies. D'abord une épidémie de fatigue. Des pans entiers de la population se plaignirent de fatigue. À l'aube, ils se réveillaient plus fatigués que la veille. Des écoles communales et rurales, des usines d'assemblage, des cours de trieuses de café, unies dans une commune fatigue qui ne respectait ni âges, ni générations, ni sexes. Des passants ingambes, tout à coup, s'assoupissaient. Là où ils se trouvaient, assis ou debout, ils se mettaient à dormir, à ronfler à grand bruit. Images bouleversantes d'assemblées de gens fatigués, de centaines de gens endormis sur place, d'un peuple éreinté à qui tout goût de vivre avait été enlevé. Les maisons, des déserts de tristesse. Commerces, épiceries, magasins, cinémas, banques de borlette, bordels, tout semblait endormi. On crut que cet état de fatigue allait durer jusqu'à la fin des temps. Et les gens commencèrent à maigrir. La ville, un damier de squelettiques, toussotant, crachant leurs poumons. Il y avait des gens si maigres qu'il leur arrivait d'être emportés par le vent. Il fallait se lester les poches de pierres ou ne se déplacer que par deux ou trois liés ensemble. On voyait passer des familles entières, ficelées. Plus rien ne roulait. Et la population entière ne cessait de cligner des yeux, des yeux pleins de sucre candi. Chaque matin, on était obligé de décoller de force les paupières pour les ouvrir à la lumière du soleil. Plusieurs exhibaient un pansement sur la tête, un bandeau sur un œil, d'autres cachaient sous des verres fumés leurs yeux tuméfiés.

157

Puis l'hôpital enregistra de nombreux cas de vomissements et diarrhées profuses. Les services d'hygiène impu-
tèrent cette dysenterie à l'insalubrité de l'eau ; il fallait la
bouillir avant de la boire. Rien à faire, les températures
augmentaient, les ventres enflaient, les tripes se tordaient.
Un feu intérieur incendiait les organes, détruisait le foie,
les reins, et les gens mouraient dans des souffrances
atroces. Les autorités politiques et médicales s'efforcèrent
de banaliser l'épidémie, soulignèrent qu'elles n'avaient
relevé que des cas isolés, imposèrent la loi du silence :
interdiction formelle de déclarer les nouveaux cas, d'infor-
mer la population sur la progression de la maladie. Une
chape de plomb recouvrit le mal jusqu'au jour où le
Morbidity and Mortality Record publia un bulletin épidémio-
logique qui dénombrait plus d'un millier de morts et
d'atteints. Cette révélation ralentit considérablement les
activités touristiques. Les bouches grincèrent, exhalèrent
des odeurs âcres et amères. Un climat d'agitation
s'installa. L'ampleur du fléau, sa brutalité, son caractère
spectaculaire ne permettaient plus d'observer le silence.
On mobilisa alors tout ce que le pays comptait de
compétence : médecins, propriétaires de laboratoires
d'analyses, familiers des bacilles de Koch. Les agences de
produits pharmaceutiques promirent, incessamment, un
vaccin. La découverte tardait. Et le mal, la maladie, la
Bête, frappait. Tout le monde la redoutait à cause du
caractère humiliant des symptômes : coliques, diarrhées,
vomissements qui faisaient ressortir, à l'avance, l'horreur
et la décomposition physique post mortem. En un jour, en
une nuit, en quelques heures, une déshydratation radicale
transformait l'homme le plus costaud, la femme la plus
replète en une créature ratatinée. La peau prenait une
teinte jaunâtre, les traits du visage se métamorphosaient,
l'individu n'étant plus qu'une caricature honteuse de lui-
même, un corps ruiné, répugnant, à la peau tavelée. La

mort survenait peu après. L'épidémie foudroyait également les bêtes. Par-delà les mornes, on pouvait entendre, orchestré en notes de tambour, un chant monotone ponctué par le hennissement d'un cheval en agonie, le braiment d'un âne qui souffrait, loin, par-delà les déblais de pierres et de gravats. La notion du temps se perdait.

On ferma les écoles, les bains publics, les bordels ; on mit en quarantaine des quartiers où le mal sévissait de façon endémique. Rien n'y fit. Un arsenal de remèdes braques circulaient : bains de feuilles de loup-garou, saignées, sangsues, frictions d'alcool camphré mêlé d'assa fœtida, applications répétées de fer chaud sur la colonne vertébrale, infusions d'argile. Ils se révélèrent aussi inefficaces que les injections de solutions salines par voie intraveineuse et les absorptions d'antibiotiques puissants. L'archevêché, afin de juguler ce fléau (manifestation de la colère divine contre ceux qui ne respectaient pas les règles du jeûne et de l'abstinence), y consacra les grandes prières du dimanche, retransmises par la radio. Le gratin des Alluvions lui-même fut gagné par la panique. Des diarrhées, suivies de déshydratation sévère, terrassaient chaque jour un nombre grandissant de victimes. Le spectre d'un bacille agressif hantait la population

Le pouvoir inversa les responsabilités, répandit, sur les ondes de « La Voix de la République » et les colonnes du journal *L'Union*, qu'il n'y avait pas d'épidémie, que cette rumeur persistante émanait d'habiles provocateurs voulant déstabiliser le gouvernement. Les quelques cas de décès enregistrés étaient amplifiés par des misérables pêcheurs en eaux troubles, acoquinés à des médecins et des prêtres des ti-léglises, agitateurs en soutane. On avait d'ailleurs arrêté un homme qui, muni d'une poudre blanche, avait conçu l'infâme dessein d'empoisonner les réserves d'eau et de créer ainsi un climat de peur, de panique. Il devint dangereux de faire les cent pas dans l'attente d'un rendez-vous galant. Cette posture était frappée de suspicion. Un individu fut roué de coups, un autre abattu parce qu'ils s'étaient attardés devant une borne-fontaine. Un étudiant en médecine fut poignardé, son cadavre jeté à la Ravine parce qu'il avait attribué aux déchets radio-actifs certains symptômes relevés chez des malades. Le cas le plus célèbre fut l'attentat dont a été victime le docteur Benjamin Dutil, à la sortie d'une conférence où, en termes non voilés, il avait confirmé la réalité de la maladie, loué le dévouement des médecins et critiqué sévèrement l'irresponsabilité du gouvernement. Reine, une mine d'informations sur la petite histoire !

« Et comment va, mam'zelle Reine ? » s'informent, avec politesse, ceux qui n'ont pas leur place sur la galerie de Reine. Ils s'arrêtent, le temps d'un bonjour, au pied du perron. Reine soupire : « Nap gadé sans pran. » Le vent de violence qui soufflait éloignait d'elle chaque jour la saisie intelligente de cette époque troublée. Regarder sans prendre, te dira Zag, ce n'est pas seulement se protéger, faire attention, être sur ses gardes ; c'est, à chaque instant, marcher, aller droit devant soi, sans tourner la tête, car le risque est grand d'être changé en statue de sel. Et comment vérifier qu'on n'est pas suivi, menacé ? Regarder est devenu une habileté, un savoir-faire ; c'est cultiver la parade, pratiquer la sauvegarde ; bref, c'est une somme de connaissances, de pratiques, de ruses patiemment élaborées devant ce défi de vivre sans mettre, à chaque minute, en jeu sa vie dans ce lieu de poussière où les chemins grimpent sur les collines en y laissant une cicatrice toute blanche. La vie est à l'image de cette terre, de cette mâchoire de caïman se dorant au soleil ; elle est accroupie devant une mer qui la submerge quand bon lui semble. Regarder sans prendre, c'est tenir là (en disant ces mots, Zag se martèlera la poitrine du poing droit), profond comme au fond d'un puits, le secret de la survie. En cette époque de haute insécurité où vivre est une lutte incessante, un jeu permanent de hasard, un risque, une mise dont on ne connaît pas l'enjeu, puisque perte et gain ne sont que différences passagères, toute désapprobation ne peut être que silence, mutisme criard à moins que l'on n'accepte de mourir. Malgré tout, ce comportement n'est que jeu d'enfant s'amusant avec la flamme d'une allumette, déjouant l'aveuglement du vent, esquivant quantité de rumeurs qui attisent le feu. Tant de rancœurs couvent sous la paille des longs jours que les flammes risquent de s'élever au moment où l'on s'y attend le moins.

18

VINGT heures, l'heure du dîner. L'instant se dématéria-
lise, devient bulle, vent, nuage, fumée. Un à un, les
amis du cercle de Reine se sont dissipés. Il ne reste plus
que le poète Léopold Seurat. « Sam n'est pas rentré »,
constate Ariane. « Qui sait où il est allé encore courail-
ler ? » remarque Caroline d'une voix haut perchée. Reine
lance de biais un regard meurtrier à sa sœur. Sur la galerie
de Reine, si les secrets d'autrui sont étalés au grand jour,
on ne débat pas des affaires de famille devant les
étrangers. Estelle et Adrien quittent la galerie, à la demie
de huit heures. Ils ne veulent pas rentrer tout de suite à la
pension ; ils iront se promener sur le wharf. Léopold
Seurat propose de faire un bout de route en leur compagnie. La journée meurt doucement. Devant leur porte, des
femmes, en se dodelinant, profitent d'un reliquat de
lumière. À la terrasse des cafés, des hommes achèvent une
beuverie de plusieurs heures ; le moment est venu de
quitter les débits de boissons et de regagner péniblement
le logis. Sur la place des Canons, l'ombre engloutit les
négoces frileux : quelques baraques de poulet grillé sur feu
de bois. Sur le gazon mal entretenu, un carrousel délabré
tourne à toute vitesse dans un vacarme de ferraille,
entraîné par des gamins agrippés tout autour. Plus loin,
un albinos commente des diapositives qu'il projette

devant une maigre assistance. Il annonce que bientôt arrivera un camion de pompiers, don des fils partis gagner leur vie sous d'autres cieux, restés cependant patriotes jusqu'à la moelle. Applaudissements. « Avez-vous vu ces demeurés ? » Estelle et Adrien demandent, interloqués : « Des demeurés ? » Léopold Seurat désigne d'un geste large et méprisant, englobant les gamins, la petite masse de spectateurs : « Ils sont nés imbéciles, imbéciles ils mourront. »

Tout naturellement, ils en vinrent à parler de Sam ; Adrien et Estelle ne l'avaient pas vu de l'après-midi. Avec beaucoup de réserve, Léopold Seurat leur dit qu'après la mort de sa femme, petit à petit, Sam avait commencé à passer de longues heures d'affilée dehors, sans que les sœurs réussissent à savoir où il pouvait bien être et avec qui. Qu'elles avaient été longues et pénibles les premières attentes, les sœurs tourmentées par l'anxiété, la crainte d'un nouveau malheur, la suspicion. Leurs discussions s'enflammaient. Caroline croyait qu'il avait une maîtresse, qu'il fréquentait des personnes indignes ; elle avait décelé des relents de parfum sur ses vêtements. Ariane croyait qu'il faisait de la politique. Elle l'avait aperçu en compagnie de personnes insolites, pêcheurs en eaux troubles, de jeunes lycéens, Reine leur fit remarquer qu'après tout Sam était un adulte. « Nous ne sommes pas sa mère. » À l'heure des repas, presque par enchantement, on le voyait apparaître avec une ponctualité digne d'éloges. Si elles se hasardaient à poser des questions sur son emploi du temps, ses réponses imprécises, évasives les déconcertaient. Reine, quant à elle, avait pris le parti de se décharger de toute responsabilité face à ce veuf adulte et vacciné.

Leurs pas les conduisent sur la jetée à la place même où chaque après-midi Reine imperturbable, la main en visière devant ses yeux, fixe le lointain, guettant l'apparition d'un mythique bateau. À leurs pieds, le brasillement des écumes. Sur la ligne d'horizon, à peine décelable sous la lumière blafarde de la lune, la silhouette de l'Ile-à-Vaches. « Reine attend-elle toujours son officier de marine ? » s'enquit Estelle. « La rumeur tue », soupira Léopold Seurat. Personne n'a jamais vraiment cru en cette histoire. Elle arrange ceux qui n'osent parler ouvertement de sa réputation de mante religieuse. Les sœurs Monsanto sont démonisées par la rumeur ; elles sont des meurtrières en puissance, mieux, elles provoquent le suicide par contamination.

« La vérité fuit et nous échappe. » Il y a de cela de très nombreuses années, Sam n'avait pas encore épousé Mona, il était arrivé un nouveau directeur à l'usine sucrière fermée depuis deux ans. Cette fermeture avait plongé, du jour au lendemain, plusieurs familles dans la misère. Une série de catastrophes s'ensuivirent. Un ouvrier provoqua un épouvantable accident : ivre, au volant de son camion inutile puisqu'il n'y avait plus de canne à charroyer, il avait heurté un bus chargé de marchandises et de passagers : une cinquantaine de morts et de blessés graves. Fait divers ailleurs, catastrophe dans un endroit, somme toute, assez tranquille. Fou de découragement, de désespoir, un autre avait assassiné sa femme et ses enfants. Des gens qui égorgeaient leur famille, cela ne faisait pas partie des mœurs. Les gens d'ici font confiance aux êtres magiques qui peuplent les mapous et les savanes. Ils sont nourris de contes et de légendes qui viennent de très loin. Reine, elle, crut au destin quand elle vit Mathias Jolivet.

On se rappelle ce matin de mars et cette foule frissonnante qui gardait les yeux fixés sur le ruban bicolore entourant une caisse métallique. Un silence religieux. Après une douloureuse demi-heure d'attente, on vit arriver Mathias Jolivet. Il prononça des paroles de délivrance : l'usine sucrière rouvrirait dès l'installation de ce nouveau moteur d'une puissance supérieure à l'ancien. On lui tendit une paire de ciseaux et, la minute d'après, le ruban fut coupé. La foule poussa des cris de joie. Revenait la liesse, résurgence des jours de quiétude du passé ; se réveillait la passion, folie de vivre que l'on croyait définitivement assouvie ; toutes les rancunes étaient oubliées. Mathias Jolivet devint vite un habitué de la galerie de Reine qui, oubliant sa réserve coutumière, manifestait, envers lui, un intérêt évident. C'était un grand et bel homme, au seuil de la quarantaine, des yeux de braise ardente sous un front haut, indiquant un début de calvitie. Un homme d'excellente compagnie, de bonne éducation, d'une énergie remarquable. La ville l'avait adopté d'emblée. On plaignait un tel homme d'être encombré d'une femme bruyante et hypocondriaque. On racontait qu'il trouvait, en rentrant le soir, un logis sans grâce et malodorant, une épouse acariâtre qui le traitait d'imbécile et de niais parce qu'il refusait de confondre les finances de l'usine sucrière et les siennes : « Tu finiras grabataire », lui prédisait-elle.

Puis des chenapans que Reine avait surpris dévalisant ses fruits, qu'elle avait chassés de sa cour à coups de balai, firent circuler une nouvelle insolite. Attirés par les mangues odorantes, mûres à souhait, appétissantes qui se balançaient au bout des branches dans le jardin des sœurs Monsanto, ils avaient escaladé le mur arrière. Confortablement installés sur les branches du manguier, ils dégustaient les fruits lorsque des soupirs de volupté retinrent leur attention. Lorgnant par la fente des volets clos, ils virent Mam'zelle Reine, cette sainte-nitouche, cette femme pieuse et chaste qui portait la croix et la bannière de la vertu orgueilleuse, en compagnie de Mathias Jolivet. Ils l'ont vu défaire la ceinture de sa robe

165

de chambre, la lui arracher. Reine nue se jeta sur le directeur avec une vigueur indescriptible, se mit à lécher son membre avec plus de ferveur que Marie-Madeleine les pieds du Seigneur. Puis elle se mit à califourchon sur lui en poussant des cris de jument folle tout en donnant des coups de rein violents. À la fin, leurs deux corps nus se soudèrent, une étreinte d'escargots fondus dans l'humidité de leur chair, jaillie de leur coquille.

Le tort fait à Reine fut irréparable. Cette histoire remua des vagues : les langues toujours disertes s'en emparèrent. Elle parvint jusqu'aux oreilles de la femme du directeur. On ne revit plus Mathias Jolivet sur la galerie de Reine. Six mois après, l'usine sucrière n'avait pas rouvert ses portes. On disait le directeur malade. Mathias Jolivet avait développé un truc de cheval qui s'allongeait, pendant, entre ses jambes. Il ne marchait plus maintenant qu'en se balançant de droite à gauche ; cette troisième jambe compromettait son équilibre. Un matin, un gamin tout essoufflé, bien qu'il fût à bicyclette, grimpa précipitamment le perron et annonça aux sœurs que le directeur de l'usine sucrière qu'on avait vu partir très tard du « Jardin parfumé », d'un pas lourd, raclant bruyamment le pavé, s'était suicidé. Arrivé chez lui ivre, sa femme lui avait coulé un bain de feuilles vertes et s'en était retournée se coucher. Inquiétée par le bruit d'une détonation, elle avait ouvert la porte et trouvé Mathias Jolivet, la gueule béante, immobile. L'écume verte tournait au violet. Il respirait encore. Elle le sortit de l'eau, l'allongea sur le lit et envoya chercher le médecin ; il arriva trop tard. Les bouches, d'habitude bavardes, se signèrent d'une croix muette quand, en ce matin de soleil levant, à l'heure où les criquets, après avoir chanté toute la nuit, se taisent, la détonation éclata au milieu du silence d'un univers déserté par Dieu. Une brève pluie diluvienne suivie d'une éclatante embellie et d'une formation serrée d'oiseaux, dans la terne lumière de l'aube, purifia la terre caraïbéenne des péchés d'Israël, glosèrent les radoteurs qui virent là un signe du ciel. À un certain point de la vie, dit-on, ce n'est pas l'espoir qui est le dernier à mourir, mais la mort qui est le dernier espoir. Reine soupira en apprenant que Mathias Jolivet avait passé de vie à trépas. On commenta interminablement le sens de ce soupir. Les choses sont ce que les hommes qui s'agitent pensent qu'elles sont : la rumeur avait accolé à Reine le nom du directeur de l'usine sucrière. Il sera difficile de faire croire que la malédiction n'avait pas joué, que le pacte n'avait pas joué bien que, soit dit en passant, on n'en sût jamais la nature exacte. C'est bien là le fait d'un pays où la parole est le lieu des absences, des présentations en creux, des pointes piquantes et des allusions venimeuses, où la parole furète dans les royaumes de l'ellipse, où toute conversation se développe autour d'un trou initial. Léopold Seurat plaignait ces naïfs qui croient n'importe quoi, n'enlèvent jamais la peau des choses, ne dépiautent jamais rien. Face aux prédateurs, les animaux s'enfuient tandis que les plantes régénèrent leurs parties détruites, s'épanouissent de nouveau. Les sœurs Monsanto sont pareilles aux méristèmes, elles engendrent d'autres tissus, donnent naissance à d'autres racines, d'autres tiges, d'autres bourgeons et refleurissent.

19

MIDI. Le soleil, conscient que ce n'est pas un jour ordinaire, flâne une heure de plus au haut d'un ciel qui affiche, sans vergogne, un bleu assassin, implacable, intemporel. Le soleil, sans faiblesse, embrase l'air qui vibre du bourdonnement des mouches. Au crépuscule, les anophèles et les criquets prendront la relève. En ce lendemain de la mort de Sam, le rythme de la maison est perturbé. L'heure alerte de midi est particulièrement appesantie par l'absence de mouvement qui accompagne d'ordinaire les préparations du repas. Aucun branle-bas ; pas de bruit de verres et de vaisselle s'entrechoquant, pas de tintement d'argenterie. Reine n'annoncera pas, aujourd'hui vendredi, les rougets frits ou la dorade au court-bouillon dont la marchande lui aurait garanti la fraîcheur ; on n'entendra pas Caroline rappeler que hier on avait servi du cresson et de l'avocat et qu'il faudrait une salade d'épinards, question de varier le menu. Ariane ne rapportera pas le grand panier de fruits achetés devant la porte de la pharmacie : un monument de grenadines, parce que c'est la saison ; de caïmites parce que, cette année, leur succulence est un vrai péché ; de cachimans cœur-bœuf dont Sam qui ne devrait pas tarder à entrer raffole. On n'entendra point les exclamations exprimant la satisfaction de Sam et les gloussements des sœurs Monsanto entrecoupés d'une litanie d'exhortations des marchés de plein vent, d'hosannas pour les produits qui sentent la terre, de suppliques en faveur du cuit longtemps à petit feu, de tollés contre le surgelé en provenance de Miami, de dégoûts face aux brocolis, aux choux de Bruxelles, au dindonneau et à la salade vendue en sachets de plastique : halte au massacre ! leurs prières afin que survivent longtemps haricots tendres, pois de France, laitues de Boston, lambis et chevreaux de lait. Aujourd'hui est jour de silence, jour de deuil. Dans la rue, sous les amandiers, aux encoignures des portes, au pied des balustrades, les passants ont échangé leurs bonjours et leurs adieux. Une torpeur résignée appesantit l'entourage. Sans joie, presque sans espoir, les voisins avaient rentré chaises et dodines, fermé les portes-persiennes et baissé les jalousies sur une atmosphère torride et morte.

Un crissement de pneus fit sursauter Adrien. Une Jeep kaki tourna le coin de la rue. La Jeep freina, s'arrêta. Léopold Seurat avait entamé une de ses tirades sur la stupidité des êtres. La phrase que le poète s'apprêtait à prononcer gela raide morte sur ses lèvres. Le colonel Morland descendit de la Jeep, avança vers eux d'un pas lent, tranquille, qui trahissait cependant un zeste de nervosité. La façon dont il frappait ses guêtres de son stick, avec des gestes saccadés, rappelait les battements d'ailes d'un insecte pris au piège. Un silence que même les mouches imitèrent, sevrant, d'un coup sec, la création de leur musique monocorde et millénaire, s'installa sur la galerie. Le colonel fixait Léopold Seurat et Adrien. Il avait une drôle de façon de les regarder : les narines dilatées par l'attention, l'œil, une conque dure, un gouffre de ténèbres menaçantes. Ce regard automatiquement scrutateur, posé sur quelqu'un, provoquait inévitablement chez le regardé un sentiment d'autant plus automatique que cette fixation n'était pas le fruit du hasard et risquait d'être le point de

169

départ de quantités de désagréments. Adrien, n'ignorant pas les sentiments que le colonel nourrissait envers lui, traduisait ce regard en indice de suspicion et d'hostilité.

Morland gravit avec lenteur les trois marches de la galerie et, d'un geste brusque, jeta son cigare à peine entamé, l'écrasa du bout du pied, consulta sa montre-bracelet, et enfonça plus profondément son képi sur son œil droit. « Messieurs, vous avez fini de comploter ? » dit-il d'un ton mi-ironique, mi-sérieux. Sans attendre leur réponse, il s'esquinta à faire quelques facéties qui laissèrent les deux hommes aussi cois que des momies. Léopold ne lâcha même pas un pet dont le colonel aurait pu sentir l'odeur et s'en contenter en guise de réponse. « Reine est-elle là ? » Il venait assurer les sœurs Monsanto qu'elles pouvaient compter sur son aide matérielle et morale. Il claqua les talons, franchit le seuil du salon d'un pas assuré, referma la porte-persienne derrière lui. Qu'est-ce qui avait changé dans l'attitude de Jean Phénol Morland ? « Pour qui se prend-il ? Qui lui a demandé quelque chose ? » explosa Léopold Seurat. Avait-il, lui aussi, perçu le changement de comportement du colonel ?

20

« L E monde s'use, il s'use au fur et à mesure qu'il croît
en âge. La mer se dépeuple, les rougets-barbarins
sont en danger, les langoustes victimes de génocide.
Évidemment, les araignées à crabe, les tarentules, les
scorpions se portent bien. À cela, rien d'anormal, ce sont
espèces prolifiques. » Léopold Seurat, Léo pour les
intimes, était coutumier de propos sentencieux. En ce bas
monde, à part quelques miraculés de la biologie qui ont pu
devenir de grands esprits parmi lesquels il avait l'immo-
destie de se compter, il ne voyait « dans ce foutu pays, que
des putains et des ânes ». Léopold Seurat, qui n'avait pas
taquiné la muse depuis quatre décennies, gardait une
auréole, un prestige de grand écrivain, de poète. Il avait
publié, à la sortie de l'adolescence, une plaquette de vers,
maigre recueil de poèmes indigénistes, dans lequel il avait
chanté ces « terres finement peignées sur les flancs des
collines, au fil des caféiers », célébré ces « champs tachetés
de pommes cajous, ces huttes et ajoupas arrondis que
semble dessiner une main d'enfant ». Toute sa vie, il a
attendu une reconnaissance caraïbéenne qui n'est pas
venue. Cette reconnaissance aurait pris la forme d'un
poste d'attaché culturel, sinon en France ou en Belgique,
du moins au Mexique ou au Venezuela. Ainsi, il serait
sorti de la petite histoire, entré dans la grande, par la

grande porte. Les clichés de l'époque montrent un homme épanoui, éclatant de bonheur, étincelant de joie de vivre. Malheureusement, le candidat pour qui il avait appelé à voter aux élections de 1946 avait été défait et, deux fois de suite, il n'avait pas eu plus de chance aux urnes. Sa célébrité se bornait à quelques poèmes qu'un orchestre de jazz avait mis en chanson, des couplets naïfs, légers, reflétant la candeur de l'enfance. Avec le sens de l'exagération qui le caractérisait, il prétendait ne pas faire partie intégrante de la société dans laquelle il vivait : ni tout à fait avec le peuple, ni tout à fait parmi ces gens de l'élite, « ces parvenus et pets-en-cul » auxquels il préférait les féodaux. Jamais atrabilaire n'avait pourtant développé un tel sentiment d'appartenance.

Les jugements de Léopold Seurat étaient irrévocables. Il ne voyait pas pourquoi on « allumait tout ce boucan » autour de telle œuvre, l'auteur étant un alcoolique et un dégénéré. Il considérait telle autre œuvre « un fleuve qui descend après une lavasse, charriant des scories, des détritus, des fatras ». La seule évocation de « l'École de l'Harmonie » en art avait la vertu de provoquer chez lui une colère rentrée, une de ces bouderies d'enfant qui ne duraient pas longtemps. Il éclatait dès qu'on louangeait le talent d'un poète en particulier. « Il confond ellipse et rétention éjaculatoire. » Il était frappé d'une extinction de voix en présence de Jean Phénol Morland qu'il « méprisait souverainement ». À ses yeux, il n'était qu'un « ignare », « un béotien ». « Cet être qui prend plaisir à défiler en rang, au son d'une musique guerrière, ne m'inspire que dégoût. C'est par erreur qu'il a reçu un cerveau ; sa moelle épinière lui aurait amplement suffi. » Cette aversion date de ce dimanche où, sur la galerie de Reine, le colonel avait vanté le génie du présidentpoète, génie plus grand, plus perspicace que Césaire et Senghor. Le colonel vouait un amour idolâtre à cet homme, auteur des plus beaux vers de la littérature :

Et le noir de ma peau d'ébène
Se confondit avec les ombres de la nuit

Ce dimanche-là, la galerie de Reine trembla d'effroi. Léopold Seurat souligna à grands traits de voix les mots noir, ébène, ombres, nuit et, d'une moue dédaigneuse, nota cette saturation du sème « noir » dans ces vers. « Si vous n'étiez pas une bande d'analphabètes enculés, vous auriez vu à qui vous aviez affaire : au plus grand des obscurantistes de tous les temps. » Le colonel resta de glace, fit celui qui n'avait pas compris. Vers neuf heures, ce même soir, à la tête d'une troupe, il se présenta au domicile de Léopold Seurat. Sa sœur Antoinette, avec qui il vivait, ignorait tout du différend entre les deux hommes. Elle fut ahurie d'apprendre que son frère était l'âme, le chef d'un complot contre la sûreté de l'État. Il n'était pas chez lui. Le colonel posta ses sbires autour de la maison et lui-même s'embusqua derrière une haie d'hibiscus. Au moment où Léopold Seurat mit la main sur la poignée de la porte, il se vit encerclé. Il dut à l'intervention de Reine de n'avoir pas laissé sa vie au cours de l'interrogatoire musclé qui suivit son arrestation.

Homme aux conclusions lapidaires, Léopold Seurat avait fini par prendre son parti des malheurs de son temps : « Les araignées ne tissent-elles pas leurs rets en vue de capturer leur proie ? » Il nourrissait envers ses compatriotes un profond mépris. « Ils ne pensent qu'à boire, à danser et à forniquer. Savent-ils seulement s'ils sont éveillés ou endormis ? On ne peut même pas les comparer aux chenilles qui produisent du fil de soie sans savoir à quoi leur travail est destiné. » La colère chez lui, une grande marée qui montait à l'improviste, submergeait la grève, puis se retirait, se faisait oublier. Paraphrasant Picabia, il soupirait alors : « Quand mes concitoyens parlent, leur mâchoire inférieure me fait honte et j'ajouterais que plus je les regarde, plus j'aime mon chien. » Il s'emportait à chaque fois qu'il évoquait ces trente dernières années. Il se faisait un point d'honneur de clamer n'avoir jamais plié les genoux. « Aujourd'hui, je peux affirmer que j'ai vécu honorablement, j'ai nourri les miens dans la dignité et je défie quiconque de nous montrer du doigt et de dire : voici des enfants de salaud. » Et c'était vérité sur le tambour.

Homme rude, dur à la peine, laboureur de la mer et du vent, il n'avait jamais trouvé une situation digne de lui. Il glissait vite vers une violence verbale sèche, s'était sculpté un visage unique qu'il promenait dans le microclimat de ses relations. On s'amusait de ses bons mots : « Le macoute n'est pas un être humain ; les commerçants du bord de mer, tous des rastaquouères ; messieurs les politiciens, une bande d'homoncules qui veulent enculer un éléphant. » Cet homme, irascible certes, était cependant vigoureusement attachant. Un être piégé par l'Histoire et par son histoire. Toute sa vie, il avait voulu rester fidèle au passé dont il était l'héritier sans testament, au présent dont il se voulait un spectateur et, quant à l'avenir, quoique le Créateur l'eût fait intelligent et solitaire, il le maudissait d'avoir permis que la nasse de la guigne (« quelle plus grande déveine que de naître dans ce trou du cul ? ») se soit refermée sur lui. Il fustigeait la surenchère de la parole, l'esprit d'intolérance, le manque de professionnalisme des journalistes, l'irresponsabilité des coupables de l'effondrement des grandes institutions, la prolifération des groupements et partis, le « saucissonnage » des esprits (un mot qu'il avait formé en condensant saucisson et scission).

« Lorsqu'une nation baigne dans l'apocalypse collective, populacière, inculte, barbare, qui inspire des manières de vivre, de survivre, de juger, on est proche de la désintégration. » Pourtant, ce même homme (a priori, ce n'aurait pas dû être le même) croit que « nous sommes un peuple au destin différé et que viendra le temps où chacun devra affronter son propre regard et admettre qu'il doit tout recommencer. Évidemment, quand arrivera ce jour, mes os ne seront même plus bons à faire des boutons ». Il s'apprêtait à abandonner le spectacle de la « dérive universelle » avec sa farandole échevelée de tribulations, mais provisoirement il lui fallait trouver de quoi combler l'attente, l'occuper. Alors, il céda lui aussi à la frénésie de regroupement, créa une association, l'ANCDU, qu'il prononçait « la haine c'est dû » : Association Nationale Contre la Débilité Universelle, qui réunirait les quelques êtres intelligents sauvés du naufrage de la bêtise. « Chez moi, disait-il, c'est un besoin. » Il en était le seul membre et arborait fièrement un badge brodé par sa sœur Antoinette, qu'il avait accroché à la poche droite de sa veste élimée. On pouvait y lire : « Au secours ! Les ânes nous ont cernés. » La situation était grave, selon lui, l'espèce menacée. L'ânerie s'est glissée en chacun de nous. Jadis, on reconnaissait les ânes à ce qu'ils disaient ; de nos jours, tout le monde s'y est mis, même le pape. Cela se passe insidieusement. On commence par quelques propos balourds, puis on lâche des stupidités, et de conneries en conneries, un jour on se surprend à proférer des âneries. « J'ai dépassé mon seuil de tolérance. J'ai donc décidé après mûre réflexion de me protéger en créant une association.

À le voir assis là à côté de lui, maigre, décharné, désenchanté, isolé, un pied au bord de la tombe, Adrien fut pris de compassion. Il avait devant lui l'exemple d'un destin. Il comprenait les tenants et les aboutissants de cette déchéance. Le contexte où s'était vécue cette expérience humaine et littéraire : le repli politique et culturel, les déchirements, la stagnation sans débouchés apparents avaient voué irrémédiablement idéaux et espérances au dépérissement et à la corruption. Il y avait aussi l'histoire personnelle de cet homme issu d'un milieu de petits boutiquiers, de petits artisans. Une constitution fragile, des années d'études ardues, des conditions économiques précaires, la somme d'inhibitions, d'incompréhensions, de révoltes que tout cela avait entraînée avaient fait, de cet homme, une victime. Il jouait avec les mots et, à force de jouer avec eux, ils ont échappé si bien à son contrôle qu'ils ont fini par le noyer, l'entraînant dans un abîme sans fond. À regarder de près, cette colère, cette armature qu'il s'était soigneusement forgées n'étaient que parades qu'il lançait à la face de la comédie humaine dont il avait, par ailleurs, sondé le dérisoire.

Le déploiement de cette existence somptueusement manquée avait servi de matériau à son œuvre poétique. De là, ces vers qui égrènent « le long silence d'un corps dépourvu d'émois sensuels, ces quatrains qui égrappent la litanie de l'échec, ces âcres tercets au goût de bicarbonate de soude (la plus belle découverte de l'homme, disait-il pompeusement) qui véhiculent la déception d'un fils dépossédé des rêves de ses ancêtres ». Léopold Seurat, seul, sans attente, face à l'infini muet, avait choisi l'exil intérieur, ne cherchant plus désormais qu'à se tenir (et c'était là son plus grand mérite) au plus près de sa vérité. Mais, chacun le sait, la vérité avance masquée, contradictoire, ambiguë. Trahi par l'existence, il ne lui restait que la parole et l'écrit. Il tentait ainsi de conjurer le destin, son destin, fait de répétitions obstinées, de retours du même à l'identique. Sa vie n'a été que la poursuite ironique et monocorde d'un rôle sans cesse rejoué sur le même

théâtre. Pitoyable, cette vie qui se mordait la queue!
Inacceptable, encombrante, cette rigidité qui prenait la
forme intransigeante d'un académisme sans concession!
L'amour-propre blessé d'une âme nostalgique.

21

« IL existe une banalité de l'atroce, de la cruauté, de la souffrance ; il en a toujours été ainsi, mais jamais elle ne s'est montrée aussi envahissante et saturante que de nos jours. » Léopold Seurat, le visage défait, l'allure d'un saint Sébastien criblé de flèches, manifestait, de façon limpide, sa douleur et son chagrin. C'était la première fois qu'Adrien le voyait dans un tel état, lui qui rappelait par moments ces capitaines de légende sirotant un dernier drink à bord de leur navire en train de couler à pic, lui qui soutenait avoir, depuis longtemps, fait son deuil d'un quelconque espoir de changement. « Ce pays est abandonné à l'animalité prédatrice ! » Adrien s'étonnait de voir que la mort de Sam avait atterré le poète, lui qui se targuait d'avoir la couenne dure. Son cynisme s'était volatilisé sous le choc de la perte d'un ami. La mort de Sam lui avait enlevé le sommeil. Il pensait sans cesse à cet homme discret, mais par-dessus tout pugnace. Il incarnait, à ses yeux, après tant d'années d'embarras et de silence trop souvent complice, le nouveau visage d'un pays qui se réveillait d'une longue léthargie. Sam n'était pas un héros, simplement un homme ordinaire qui en cette vie de la male-vie s'appliquait, à sa façon, à affaiblir les racines de la médiocrité, à éradiquer cette culture de la peur et de la mort qu'avait si bien stigmatisée le pape (et ce n'est pas peu dire sur des lèvres qui ont l'habitude de bénir les fascistes) au cours de sa visite, l'an dernier. Il avait exhorté l'Église et les communautés de base à se battre sans fléchir, en première ligne. « Il faut que quelque chose change ici », avait-il déclaré. Sam n'avait pas hésité à lancer, à plusieurs reprises, l'anathème contre la violence carnassière. Il avait prononcé, en public, quelques paroles excessives. On a voulu le faire taire. Ces derniers temps, il s'était impliqué davantage à côté des jeunes. Les gens bien-pensants (ceux qui considèrent que la charité bien ordonnée, le catholicisme commencent et se terminent par leur sécurité personnelle) le désapprouvaient, ne réalisant pas que leur lâcheté équivaut à une agonie sans rémission. La mort, à plus ou moins brève échéance, est l'issue de leur couardise. Le Dieu qu'ils honorent se nomme Peur. Ce scepticisme qu'ils affichent, cette méfiance instinctive ne traduisent qu'une phobie du changement. Leur défense des sacro-saints principes de l'Église, leur avarice embellie de modestie, la splendeur économe de leur humilité, on s'y tromperait si on ne savait pas que tout cela prend sa source dans le regret de ne plus disposer, à volonté, du fumet des viandes rôties et des pétillants mousseux débordant de flûtes à pied en cristal, cerclées d'or fin, de serviteurs et de servantes à qui ils commandaient esse-esse, le lavement des pieds, les bains parfumés, le frottage d'ustensiles en argent incrustés de pierreries. Ils ne veulent pas admettre que tout cela appartient à un temps révolu, qu'une autre page d'histoire s'écrit. Aveuglés par leur individualisme, ils ne voient pas, préfèrent ne pas voir, censures, concussions, exactions, assassinats. Cette crainte du changement, une force qui les travaille de l'intérieur, corrosive.

Adrien avait le souci de ne point heurter Léo. En même temps, comment ne pas saisir l'occasion d'interroger un ami proche de la famille ? Qui mieux que Léo pouvait le

179

renseigner ? Il avait soupiré pendant des années après les faveurs de Mona. Le fait est connu : les vieilles liaisons, même empreintes de frustrations sublimées, ont quelque chose de la douceur et de la force des affections de famille. Quatre yeux se rencontrent, le mensonge met les voiles ; les yeux de Léo fixant les siens seraient incapables de tromperie. « Quelle force démoniaque avait travaillé contre lui ? Sam ne semblait pas homme à taquiner la chance, à parier sa vie sur un coup de dés, à se jeter, tête baissée, dans l'aventure. Qu'est-ce qui lui aurait échappé ? Que n'a-t-il pas su voir ? » Le poète piqué, croyant qu'Adrien faisait allusion à la prétendue malédiction dont seraient frappées les sœurs Monsanto, se leva d'un bond. « Je les connais, mes concitoyens, ils sont cyniques, hypocrites ; ils sont capables de te rentrer un couteau, un poignard, un sabre, que sais-je encore, dans le dos. » Jusque-là, Léo s'était toujours montré discret. En ce jour de malheur, la compassion lui déliait la langue.

Ami de longue date de la famille Monsanto, soutien moral, compagnon de solitude, il connaissait les pensées les plus refoulées des sœurs Monsanto, les plaies de leur beauté, le frémissement de leur être, la béance de leur douleur. Veuf très tôt, il avait passionnément aimé Mona encore adolescente ; elle avait préféré en épouser un autre, à son grand désespoir. Il avoue avoir nourri un zeste de jalousie envers Sam quand il apprit le mariage de Mona : en ces temps de mésalliance où les femmes émancipées se liaient à moins qu'elles, Sam partait gagnant. Il épousait Mona, une femme à la personnalité raffinée, douée d'esprit critique. Pianiste émérite, lectrice passionnée, femme autonome, intelligente, assez sûre d'elle-même et, par surcroît, belle, avec ses grands yeux noirs. Elle dégageait, si on savait la regarder, sous ses accoutrements, ses cheveux coiffés à la diable, un charme fascinant, presque magique. Il est vrai que ses migraines lui

prêtaient un visage émacié aux joues creuses, lui donnaient un teint livide, légèrement terreux, des yeux
profondément enfoncés dans leurs orbites, et ce regard
fixe, hagard, parfois désespéré, un regard qui faisait de la
nuit son royaume, une nuit intérieure, un monde clos, un
monde de silence. À la place de Sam, il aurait passé toutes
ses journées à savourer le plaisir d'être avec Mona, de
l'accompagner partout et, le soir venu, de se rouler en
boule à côté d'elle, et de s'endormir d'un sommeil
tranquille. Après son décès, il avait reporté son affection
sur les autres sœurs, une affection fraternelle.

Témoin de l'arrivée du couple, il se souvient encore de
ce jour. Mona était revenue coiffée à la garçonne, à la
mode des femmes émancipées de l'époque. Elle portait
une robe-sac à grands carreaux, aux manches évasées, qui
soulignait la sveltesse extrême de son corps. Des tons
froids y dominaient, un mélange de bleu et de blanc
assorti de nuances plus ou moins orangées. Il se dégageait
d'elle une aura, un mélange d'ombre et de lumière, autour
d'elle une auréole. Elle incarnait, et sa fragilité intensifiait
cette impression, cette génération qui se consumait sauvagement, se méfiant de tous les refoulements et de toutes les
sublimations, et voulait, à tout prix, vivre tout jusqu'au
bout. L'époque avait, hélas ! son propre langage, ses
propres codes. Sam et Mona, un beau couple, débordant
d'optimisme, à l'abri des soucis, rayonnant d'amour
inconscient. Ils filaient comment dire... le parfait bonheur.
Derrière ce qui se dévoilait (le diagnostiquer n'exigeait
point d'être un grand disséqueur de l'âme), il y avait un
mal secret qui rongeait Mona. Ses nouvelles excentricités
masquaient une muette lassitude de vivre.

Partie suivre des traitements neurologiques, Mona
donnait rarement de ses nouvelles, de courtes missives du
genre : « Je vous écris de la salle d'attente de la clinique, le

181

médecin a une heure de retard, je pense à vous plus souvent que je ne vous écris ; je vous embrasse. » Les sœurs commençaient à s'inquiéter lorsqu'elles reçurent une lettre annonçant que Mona revenait au bercail avec un mari. Ce fut tout de suite l'embellie. La joie de ce retour ensevelissait l'inquiétude qui, par à-coups, les traversait : Mona revenait avec qui ? Les sœurs disaient qu'elles ne seraient jamais prêtes. Elles se préparaient à commander les mets les plus fins, avaient acheté les liqueurs les plus fines. La date du retour fut devancée, on ne sut pourquoi : l'échec d'un projet, l'insistance de Mona, un ennui dépressif, l'appel des racines ? Les sœurs pelaient des chadèques quand le couple débarqua. Éblouies par l'homme qu'elles virent, elles se coupèrent toutes les trois, instantanément. Elles avaient imaginé un jeune homme maigre et boutonneux, et il leur était arrivé un homme tel qu'il n'en existait pas à des kilomètres à la ronde : ce profil de médaille, ce nez légèrement recourbé, ce sillon au bas du menton, ce regard mélancolique et sulfureux. Vêtu, à la dernière mode, d'un complet ajusté, il portait un panama blanc à large bord. Il les salua chacune d'un long baisemain, geste inédit dans leur entourage, tout à fait inhabituel. Elles craignaient que ce mariage n'éloignât Mona à jamais d'elles. Et ce fut le moment le plus heureux de la plus heureuse des heures, du plus heureux des jours de toute leur vie. Une seule obsession les habitait : qu'il passe trop vite, sans qu'elles aient le temps d'en prendre la mesure.

Léo insistait, en s'excusant auprès d'Adrien, de lui rabâcher les oreilles. C'était important si on voulait comprendre la douleur des sœurs. Elles ont certainement éprouvé, les jours qui suivirent l'arrivée de Sam, un sentiment qui ressemblait au bonheur. Des années plus tard, même si l'écume est depuis longtemps retombée, même si beaucoup de témoins sont aujourd'hui disparus,

l'enchantement de ce jour demeure. Elles ont certainement oublié pourquoi ce moment les avait rendues si
heureuses mais elles ressentent encore cette joie immense
au souvenir de cet après-midi où Sam et Mona débarquè-
rent, véritables cadeaux du ciel. Elles furent séduites par
son allure de dandy, ses cheveux gominés, ses costumes de
style américain, ses chaussures vernies. Elles conclurent,
sans tergiverser, que la vulgarité avait campé loin de ce
« monsieur ».

Leur vie changea du jour au lendemain. Elles n'avaient
jamais dansé et voilà qu'il les faisait danser et qu'elles
songeaient maintenant à participer à cette frénésie de
concours de danse qui s'était emparée du pays depuis que
l'occupation avait amené tous les airs d'Amérique, le jazz,
le charleston qui venaient se mêler au tango, à la
méringue, au pachanga et autres cadences des Caraïbes.
Elles ressemblaient à ces naines brunes, vous savez, ces
étoiles ratées qui n'ont jamais pu s'illuminer ; et voilà
qu'elles brûlaient de mille soleils, avalaient goulûment
tout ce qui était à la mode. Elles pénétrèrent, par les livres,
un monde enchanté : les rois, les régicides, les clowns, les
maris assassinés ou qui assassinent, les costumes de
velours, la tour de Nesle, le pont des Soupirs, les soldats de
garde, les vigiles. Que n'ont-elles pas rêvé ? Et comment !
Sam avait pris en main leur vie. Que n'ont-elles pas vu :
Laurel et Hardy, *Si Versailles m'était conté ;* Fred Astaire et
Ginger Rogers, les Compagnons de la chanson, *Les Temps
modernes,* Charlie Chaplin, maigrichon et miteux, cet
homme au grand cœur et aux yeux si tristes. Elles n'ont
raté aucune des sept représentations de la troupe Bar-
rault-Renaud en tournée. Ah ! *Le Soulier de satin, Hamlet !*
Les décors d'Elseneur ! À six heures, tous les soirs,
religieusement, elles écoutaient les feuilletons radiophoniques : les voix inoubliables d'Adeline Périgord et de
Denise Pétrus dans *Linda et ses premières amours.* Un monde

magique d'images et de sons. Les interminables séances de thé où l'on sirotait des drinks à la Riclès de menthe ; l'envoûtement de la musique classique dispensée par le gramophone en acajou qu'avait apporté le couple : Bach, Verdi, Mozart et surtout Mahler que Sam appréciait tant. Ah ! *La Résurrection,* cette symphonie qui résout le problème de la vie et de la mort ! Sam, de l'or en barre. Ce qu'elles étaient, elles ? Des anges. Elles s'élevaient au ciel, en plein jour, délivrées de la pesanteur de ce bled de merde et de la noirceur des nuits sans électricité.

« Croyez-vous, Adrien, aux sursauts, aux grands moments, aux séismes intérieurs, aux vols planés de l'extase ? » À écouter Léo, l'arrivée de Sam dédoubla la vie des sœurs Monsanto. Celle-ci avait désormais perdu son unité. Il y avait un temps passé et un temps présent : le premier irréel, ennuyeux, pénible ; le second, vivace, enrichi, palpitant. Un miracle s'était produit et elles prenaient garde d'en abuser. Auraient-elles appris, par quelque divinateur, que Sam, un midi de novembre, serait enlevé brutalement à leur affection, l'eussent-elles su par quelque Pythie, Sibylle ou autres diseuses de malheur, que cela n'aurait rien changé tant elles étaient sourdes aux mauvais augures. Le présent englobait toute leur vie, atrophiait leur imagination, incapable de prévision. Auraient-elles été informées par un prophète infaillible, elles l'auraient entendu mais cela n'aurait rien changé à la coulée du quotidien.

Les sœurs Monsanto n'étaient pas les seules à avoir succombé au charme de Samuel Soliman. La ville entière tomba en pâmoison devant son élégance stylée, le raffinement de ses goûts. L'homme avait tant de facettes en lui, tant d'aspect divers. L'époque affectionna le mondain, le dilettante qui se promenait une inévitable cigarette au coin des lèvres. On apprécia sans réserve l'homme aux idées larges et profondes. Son affabilité, un moyen à la fois de se cacher et de se dévoiler. Dans un monde où la destinée est tributaire de la fama publica, où nul n'est à l'abri d'un ramassis de ragots et de commérages, où la plus banale histoire de cul met en jeu l'État et la Nation, les sœurs Monsanto bénissaient le ciel de ne pas être les victimes de choix des Judas mal parlants qui accusaient, pour un oui pour un non, de conduites « déshonnêtes » les femmes seules où les épouses séparées de leur mari (même avec l'accord de celui-ci et de leurs parents). Après la mort de Mona, elles vouèrent à Sam une reconnaissance éternelle d'être en santé, en vie, en chair et en os. Le fait qu'il continuait à vivre avec elles les sortait de la marginalité. « Malheur à ceux qui dansent à côté de la ronde. » Elles étaient à l'abri des palabreurs malfaisants, fouilleurs de merde, mouches à bouse qui, maniant la parole à la manière des gladiateurs, peuvent en deux temps trois mouvements vous tailler un bonnet et vous livrer à la vindicte collective. En cela, elles avaient raison, elles qui ont été acculées à garder leurs distances au point de s'en tenir à leur socle, à un territoire délimité, à suivre une règle stricte : ne pas aimer, ne pas se donner, regarder sans prendre et ainsi sauver leur part maudite de vertus virginales. Maintenant qu'elles sont seules, qui les préservera des prédateurs ?

Pourquoi avait-on tué Sam ? L'affaire restait ténébreuse. Bien malin celui capable de la débrouiller. Léopold Seurat n'avait pas de certitude mais une intime conviction. Adrien ferma les yeux. L'espace d'une seconde, il eut l'impression de revoir le colonel, son œil rusé, sa nervosité, son empressement à rejoindre Reine. Cette attitude contrastait avec son absence de la veille sur les lieux du crime. Savait-il ce qui s'était tramé ? En était-il l'instigateur ?

Ariane, tout à coup, debout devant eux. Une vision ne dispose jamais simplement de notre regard ; elle dispose de notre être tout entier. Elle avait la figure de la douleur quand la douleur se déploie en un invisible lacet qui étrangle lentement. Elle tenait à la main un plateau, une cafetière, des tasses et leur offrait un café. Elle n'avait probablement pas fermé l'œil la nuit dernière ; on lisait sur son visage des traces de fatigue. Malgré sa tenue négligée, Ariane, un pur diamant noir, glacée, lézardée par le chagrin, ce chagrin qui, lorsqu'il touche les êtres de ses doigts conquérants et insensibles, signe presque leur arrêt de vie. Léopold Seurat la suivit des yeux jusqu'à ce qu'elle disparaisse. « Elle est maintenant deux fois veuve. Elle a toujours vécu entre deux hommes, Sam et Carvalho. » Le propos était d'une exceptionnelle gravité. Des trois sœurs, Ariane lui paraissait la plus mystérieuse. Adrien avait essayé ici et là de glaner quelques renseignements sur elle. Tous ceux qui lui en avaient parlé, qui de près ou de loin l'avaient côtoyée, au gré des circonstances, en véhiculaient des images qui ne coïncidaient pas toujours. Adrien se trouvait devant plusieurs couches de sédiments accumulés depuis plusieurs décennies, souvenirs obscurs, anecdotes enjolivées, faux témoignages. Parvenir à démêler ces fils aurait exigé qu'il se livrât à un véritable travail d'archéologue. Qui était ce Carvalho ? Léopold Seurat ne semblait pas disposé à en dire plus ; il se leva. Il voulait se reposer avant l'heure de la veillée. Et puis, Antoinette devait commencer à s'inquiéter de sa longue absence.

Voyageur blessé
quittant une mer en flammes

« Voie lactée ô sœur lumineuse
Des blancs ruisseaux de Chanaan
Et des corps blancs des amoureuses
Nageurs morts suivrons-nous d'ahan
Ton cours vers d'autres nébuleuses. »

Guillaume APOLLINAIRE

22

En cette fin d'après-midi, l'air était encore chaud et le soleil inondait les rues désertes de l'éclat de ses derniers rayons. Quelques femmes revenaient du marché. Poussant devant elles leur maigre bourrique, elles transportaient, sur leur tête, leurs globuleux paniers de palmes tressées, lestés des produits qu'elles avaient pu écouler, et ramenaient les surplus d'où émanait une senteur de girofle mêlée à celle de fruits blets et de légumes que la chaleur avait prématurément fanés. Bien avant de franchir la porte du salon de Zag, Adrien entendit des vociférations. Les vendredis, à partir de quatre heures, la section locale de la société des hâbleurs tenait réunion au salon du coiffeur. Avec le sens particulier de l'humour qui le caractérisait, Zag s'était étonné qu'Adrien n'ait jamais entendu parler de cette société internationale qui compte pourtant des millions de membres. Elle n'a pas de président puisque chaque membre s'autoproclame président. Leur signe de reconnaissance ? Ils ressemblent au portrait décrit par la chanson : « Ils veulent tous aller au ciel, mais personne ne veut mourir. » Le droit d'adhésion à cette société : souscrire à la philosophie de l'imminence du Grand Soir, accepter de se prélasser dans le confort des lieux où les désœuvrés, les flâneurs, les chômeurs, les activistes se regroupent régulièrement. Tout hâbleur qui se respecte possède un véritable guide Michelin de ces endroits : bars à boissons, cafés, tripots de jeux de hasard, galeries célèbres en table de dominos ou de bésigues, résidences de bonne société où le bridge est à l'honneur, terrasses de restaurant bon marché, salons de coiffure tous les vendredis après-midi et samedis. Ce sont les endroits de prédilection où le hâbleur sait qu'il est attendu, désiré et apprécié, où des ouïes grandes ouvertes, des yeux pétillants d'attention, gourmands de curiosité l'accueillent avec joie. Homme méritant, il échappe apparemment autant à la vulgarité des ambitions personnelles qu'à la stérilité de la déprime. Et s'il se rend compte parfois que tout va à vau-l'eau, il continue à prêcher l'optimisme. La ville moisit, le pays, décrépit, s'effiloche, il se cramponne à de solides vestiges de rêves. Il vit une conjoncture permanente de « chute imminente ». Son pays, sa patrie, une arène flamboyante et radieuse. Sur les montagnes d'immondices, devant le bal des rats, il danse une danse de vie qui resplendit d'un éclat semblable à celui du verre, du chrome, qui luit de mille lumières multicolores. Il connaît le rythme des marées et, selon la saison, il sait s'il doit se mettre à couvert ou avancer sans parapluie. Habile trapéziste, il jauge, avec un flair jamais démenti, le moment propice où il peut sauter sans filet.

Les membres de cette honorable société considèrent le suicide comme un problème philosophique dérisoire. Ils méprisent les textes, « les écrits s'en vont et les paroles restent ». Ils sont friands de formules éculées : la Révolution n'est pas un dîner de gala, ni une œuvre de broderie, ni un pas de tango ; elle ne se confond pas avec une musique de chambre, ni quelque autre divertissement de sédentaire ; elle est la destruction violente d'une classe par une autre. Depuis les événements de février, cet échantillon d'humanité vit et fleurit au grand jour. Il faut dire que, cette fois, le vent de l'Histoire souffle de son côté. Peintre chevronné de l'état du Monde, expert-analyste de la conjoncture, spécialiste de la déclinaison des sigles CIA, OPEP, CARICOM..., détenteur du catalogue des écoles de formation des militaires, U.S. Naval Intelligence School, U.S. Marine Corps, le hâbleur se targue d'être bien informé, manie à l'envi l'argumentation capable d'ébranler, de ruiner la conviction des plus sceptiques. Il a dressé l'inventaire des blindés de l'armée, des engins lourds, détient le registre des garnisons affectées dans les coins les plus reculés. Il sait, de source certaine, que « la chaîne de commandement est rompue et le respect de l'autorité annihilé ». Cette vacance, loin d'être inquiétante et dangereuse, le comble de joie et d'espérance. C'est le moment ou jamais d'inciter le peuple à gagner les rues. Qu'on lui parle organisation, il répond par l'hymne de la spontanéité des masses. Qu'on lui demande de passer à l'acte, il se gratte le crâne, éclate de rire : depuis longtemps, c'est un fait connu, il a choisi non le métier des armes, mais l'arme de la critique, la critique des armes. Il n'est pas un homme d'encadrement, il en est une caricature. Chaque hâbleur est un héros, puisqu'il manifeste, au même titre que les plus illustres, en paroles, bien sûr, la même détermination. Il fait le trafic de la parole, parle partout, en tout temps, face à son ombre, face à son miroir, au vent, à la pluie. Son fonds de commerce ne connaît pas de rupture de stock. Le ridicule ne le tue pas. Bavard impénitent, il sait mieux que quiconque la force de la vérité, manie avec brio l'art de la contradiction, surtout en présence du citoyen ordinaire. Que celui-ci diagnostique gabegie, incompétence, le hâbleur s'empresse de dénoncer la main de l'impérialisme ; qu'on lui mette sous les yeux la bibliothèque du lycée transformée en pissotière, il serine une diatribe contre la CIA, pourfend le Pentagone et incrimine le président des États-Unis.

« Avec tout le respect que l'on doit à la mémoire d'un défunt, Samuel Soliman, au fond, ce n'était qu'un fumiste ! » remarque d'une voix grave une casquette maoïste. Celui-là, Adrien ne l'a jamais vu sans un lot du journal *Le Progrès* sous le bras, un journal dont les colonnes débordent de projets de réformes agraires, de confiscations de terres, de surtaxes des sociétés étrangères. « Que la terre lui soit légère ! Vous le hissez au rang de héros. Je veux bien. Toutefois, si on veut danser dans la ronde des loups, il faut hurler plus fort qu'eux. À la place de Soliman, mon Uzi aurait été mon compagnon le plus fidèle. Je ne suis pas une mangue sur la terrasse, on ne pourrait me cueillir aussi impunément. » Sur cette déclaration de la casquette maoïste, hâbleurs de discuter, de se disputer. Les uns défendent, à coups de sophismes, la certitude de l'existence du hasard, les autres contre-argumentent, langage ampoulé à la rescousse, que ce qu'on appelle hasard n'est, en fin de compte, que la rencontre inattendue de deux séries indépendantes. Au bout d'un moment, les hâbleurs debout, vitupérant, déroulent un tapis brodé d'injures au milieu d'une assistance divisée en deux camps. Les risquophobes défendent la nécessité de peser chaque geste, chaque mot : Sam n'avait pas su, selon toute évidence, à la manière des oiseaux, faire son lit au milieu de l'arbre, à l'abri de la tempête. L'argument à peine énoncé que risquophiles de répliquer. « Cela n'aurait rien changé. Regardez les tortues, elles enterrent leurs œufs. Ce geste idiot ne les met pas à l'abri des prédateurs ! » Le camp opposé revient à la charge.

Adrien, assis en retrait, essayait, à travers la cacophonie, d'identifier qui se rangeait du côté du hasard, et qui du côté de la nécessité ; il dut abandonner le décompte. Les mêmes étaient tantôt risquophiles, tantôt risquophobes, fascinés par le risque et militants du « ne pas vainement risquer sa peau ». Il lui fut étrange d'observer qu'à travers cette empoignade de mots, ils avaient tous fini par être d'avis que seul un affrontement sanglant pouvait régler les problèmes du pays. Et, tous, en parole, étaient prêts à engager leur vie, leur fortune, leur nom, leur honneur, vantant des exploits qui feraient l'envie de Tarzan, ravaleraient au rang de pleutre d'Artagnan, renverraient Rambo s'asseoir au banc des chiffes molles. Zag, attentif à ses coups de ciseaux, ne participait pas à la discussion. Il se contentait de deviser avec son client ; il l'entretenait de quelques questions touchant la main du destin.

Les hommes se calmèrent et continuèrent à opposer hypothèses et raisonnements jusqu'à ce que la discussion, qui déviait depuis un bon moment sur l'action des gouvernants, pointât l'apathie des citoyens, la lâcheté des notables, s'enlisât dans des banalités sur le triste destin du pays, se rallumât en abordant les conditions de son accession à l'Indépendance : victoire à l'arraché qui a donné lieu à des actes de bravoure inédits, extraordinaires, proclame-t-on d'un côté ; concours de circonstances, prétend-on de l'autre : la fièvre jaune avait décimé les troupes du général Leclerc et, fait que l'histoire officielle n'a pas retenu, l'immorale frivolité de Pauline Bonaparte-Leclerc qui avait distrait de ses devoirs le général Humbert, son amant, avait rendu possible cette victoire. L'heure du souper sonna cependant une belle unanimité des hâbleurs. La cause principale des échecs répétés des gouvernements successifs : un complot des puissances étrangères pour « nous » étouffer. En incriminant les autres, chacun avait tiré son épingle du jeu. La section locale s'effilocha ; il ne resta plus que Zag et Adrien. La journée avait été particulièrement rude, la veillée de ce soir et les funérailles du lendemain avaient entraîné un surcroît de travail.

De l'avis d'Adrien, la verve des hâbleurs avait atteint un sommet inégalé. Zag avait déjà assisté à de meilleures joutes oratoires. « On voit bien que tu n'as pas connu Carvalho Marcadieu, Lolo pour les intimes. On aurait pu le sacrer pape de la confrérie. » Du temps de son adolescence, Carvalho Marcadieu cachait sous son lit un maigre équipement de combat dont un archaïque fusil à long canon rouillé, rescapé des forces de l'occupation, qu'il n'arrêtait pas de fourbir, de nettoyer. Dès que l'opinion supputait un hypothétique retour des marines, il se disait prêt au combat. On pouvait le voir, les nuits de grande lune, ramper dans les allées de la place des Canons en imitant le bruit d'une arme automatique. À ses compagnons qui l'observaient interloqués, il soufflait : « Je me tiens en forme au cas où il prendrait aux gringos la témérité de revenir. » Ainsi allait le jeu ! L'imagination et la pure foi sont les vertus indispensables aux hâbleurs de salon. On peut comprendre la vive agitation qui bouleversa la section locale quand elle apprit que l'un des héros de la lutte anti-impérialiste venait de tomber au champ d'honneur. « L'annonce de la mort accidentelle de Carvalho Marcadieu souleva, à l'époque, des discussions aussi vives et âpres que celles auxquelles tu viens d'assister. »

En moins d'une journée, c'était la seconde fois que ce nom revenait en cours de conversation. La mort de Sam semblait avoir réactivé la mémoire de ce personnage. « Il paraît qu'Ariane a passionnément aimé Carvalho ? » Le visage de Zag s'assombrit. « Sur la tombe de cet homme, chaque 15 août, jour de la fête de l'Immaculée Conception, Ariane Monsanto vêtue de noir dépose une gerbe de fleurs. » Zag confessa que sur le coup de midi, ce jour-là, il ferme boutique, se dépêche de courir au cimetière et de se cacher, yeux écarquillés, derrière une tombe proche. « Il faut voir le visage de cette femme ! » Zag s'échauffa. « Un visage défait où se mêlent fard et larmes. Et l'expression farouche de ces yeux noirs, la sensualité de cette bouche charnue dont la lèvre supérieure se retrousse en une moue suggestive, sensuelle. Là est tapi l'essentiel du charme de cette femme. Au cimetière, Ariane pleure longtemps, en silence. À la fin, elle se laisse tomber sur le caveau comme sur le corps d'un amant. »

Zag, un véritable moulin à paroles ! Il remonta loin, très loin, ramena Adrien à ce passé héroïque dont le manuel du docteur Dorsainvil, bréviaire de la geste de l'Indépendance, fait un récit exemplaire. Tous les enfants du pays ont la tête remplie de ciels rougeoyants, de canons fumants, de chevaux aux encolures dressées, aux poitrails arqués, soulevant des nuées de poussière. Et le cri de l'Empereur pris dans le piège d'une conspiration : « À moi, Charlotin Marcadieu ! À moi ! » Et le bruit des balles ! Charlotin Marcadieu sauta de son cheval, entoura l'Empereur de ses bras et tous deux tombèrent criblés de balles. Charlotin Marcadieu venait de faire une entrée remarquable dans l'Histoire. L'on raconte qu'aujourd'hui encore, au portail de la ville, par nuit de pleine lune, les piétons ivres, revenant des quartiers de plaisir, en proie à des visions hallucinatoires, revoient le film de la mort de l'Empereur et de son fidèle compagnon.

« Les Marcadieu, une famille avec une galerie de portraits ! Cela se voyait, crois-moi, que les aïeux de Carvalho étaient nés avant lui. » Le juge Duval Marcadieu, père de Carvalho, était un avocat cultivé, d'une grande vigueur d'esprit, un homme de jugement. On était obligé de reconnaître qu'on boxait dans une autre catégorie que lui. Bon époux, bon père de famille, il menait une vie sans histoire. Ses heures de loisir, il les consacrait à deux passe-temps : l'établissement d'arbres généalogiques et la culture des hibiscus. À ceux qui partageaient cette dernière passion, il prodiguait conseils, renseignements, fournissait des recettes sur la meilleure façon de les reproduire ou d'en éradiquer les pustules. Il lui vint l'idée de créer une association d'amateur d'*hibiscus cannabicus*. Cette initiative reçut l'approbation de dizaines d'adhérents. Un tel succès l'incita à étendre le mouvement à la Caraïbe entière. Il contacta des amateurs dominicains, cubains, guadeloupéens, voulut organiser un congrès. Cette frénésie d'alliances souleva des inquiétudes en haut lieu. Il y fut évoqué le spectre d'une menace. Cette soudaine amitié entre les amateurs d'hibiscus, ce slogan : « Hibiscusophiles de tous les pays, unissez-vous » ne représentaient-ils pas une atteinte à la souveraineté nationale ? Sitôt posée, la question déclencha la mise sous surveillance spéciale des membres de l'association ; les cellules furent infiltrées et quelques personnalités les plus en vue tabassées. L'enquête des services de la police conclut cependant qu'il s'agissait d'un passe-temps, d'une coquetterie de désœuvrés privilégiés. L'association devint florissante, reçut même l'appui financier de la troisième plus grande fortune de France. Les activités préparatoires du premier congrès mondial des hibiscusophiles allaient bon train jusqu'à ce vendredi mémorable qui vit souffler un vent de panique. Des paysans armés qui s'étaient soulevés contre l'occupant franchissaient les portes de la ville. Au marché, les marchandes pliaient hâtivement bagage. Cohue générale. Un buggy, surgi d'on ne sait où, attelé à un cheval fouetté jusqu'au sang par un cocher affolé, fonça dans la foule et renversa le juge Marcadieu. Très friand de langoustes, il aimait les choisir lui-même au marché. Il fut laissé raide mort devant l'étal de la poissonnière.

À la mort du juge Duval, Carvalho, son fils, prit sa succession à la tête de l'association. Et le congrès dont avait tant rêvé le juge eut lieu, réunissant des gens venus des quatre coins du monde. Il en était venu des pays voisins, d'Europe, de Chine, du Japon et même d'Afrique du Sud. Un modèle d'éloquence qu'on cite encore en exemple, l'envolée de Carvalho célébrant l'internationale de l'hibiscus. Jugement unanime : « Il a de l'avenir, le jeune ! » Carvalho Marcadieu avait vingt ans. Il se fabriqua dès lors une image d'hidalgo de la pampa argentine et s'y tint toute sa vie. « Il fallait le voir, un vrai coq de basse-cour ! » Zag avouait qu'il avait de la classe : une solide charpente osseuse, un ventre plat, un nez épaté, des lèvres protubérantes, un visage glabre, une voix grave et résonnante. Élégance et sobriété, telle était sa devise. Il était toujours vêtu d'un habit de drill blanc, portait des chemises aux faux cols impeccables et aux manchettes retenues par des boutons en or ; des souliers vernis, un chapeau panama complétaient sa tenue. Les derniers temps de sa vie, il s'était laissé pousser une barbichette. Quoi qu'il arrivât, il restait impassible, flegmatique. Fils de juge, une belle gueule de macho, une imposante surface financière, candidat obligé à de hautes fonctions, célébrité en éternelle représentation, ce conquérant était, en plus, doté d'une faconde et d'une inépuisable énergie. Impossible de faire un pas sans tomber sur Carvalho, à croire qu'il avait le don d'ubiquité. Que l'on parcoure les rues, qu'on allume la radio, qu'on lise les journaux, qu'on aille au café, Carvalho partout. Un véritable maître et seigneur, propriétaire des lieux. Tout concourait à ce qu'il se hisse haut, très haut, sur le toit du monde. Il était d'ailleurs au pinacle de la ville quand survint cette mort irréelle, absurde.

Féru de biographies, de mémoires, d'annales et de journaux intimes, Carvalho Marcadieu faisait œuvre d'historien. En cela aussi il suivait les traces de son père. Il était frappé par la répétition régulière des événements d'une génération à l'autre. Il en déduisait alors que, dans ce pays, le temps était circulaire ; les événements périodiquement refaisaient surface sous une forme ou une autre. Définitivement, il fallait savoir où l'on posait les pieds. Le caca du chien n'est pas du piquant, mais quand on marche dessus on lève instantanément la patte. Il avait écrémé toute la lignée des familles les plus connues ; il connaissait l'histoire des alliances et des mésalliances, pouvait les classer, les déclasser, les reclasser, persuadé qu'il détenait là un important secret. Il ne croyait pas au hasard et restait convaincu que le destin des êtres est tracé dès leur naissance. Il plaignait les hommes qui se contentaient de vivre leur vie, croyant celle-ci pareille à une barque qui descend un fleuve impassible.

Piqué par le virus de la connaissance, envie prit Carvalho de dresser son propre arbre généalogique. Il exhuma des détails oubliés, décortiqua des livres anciens, jaunis par le temps, éplucha, jusqu'à l'usure de ses digitales, les archives familiales. Il découvrit un fait indiscutable : chez les Marcadieu, beaucoup d'hommes étaient morts de mort violente. Cela ne l'émut pas outre mesure ; ici, la vie de l'autre ne vaut pas cher. Après la mort de sa mère, il voulut transporter les effets personnels de ses parents au grenier et tomba sur un manuscrit rédigé par son père. Ce qu'il y lut lui enleva le sommeil le restant de ses jours. L'ancêtre, Charlotin Marcadieu, avait eu un fils, Joseph Marcadieu, qui mourut en pleine force de l'âge. Un dimanche matin, en revenant de la plaine du Cul-de-Sac, son cheval se mit à galoper fou, à piaffer, et se débarrassa de son cavalier qui ne retrouva jamais plus la station debout. Même scénario pour Maximilien Marcadieu, son fils unique. La mort prématurée de son père, il n'avait pas six ans, l'avait-elle traumatisé ? Cet homme véhiculait une tristesse infinie. On le découvrit dans un fossé, un dimanche de Pâques, le crâne fracassé, les vertèbres cervicales en bouillie. Son cheval avait disparu.

Il laissait une femme inconsolable et un fils de trois ans, Duval Marcadieu. Ce dernier mourut, on le sait, heurté par un buggy que traînait un cheval fou. Carvalho Marcadieu fut frappé surtout par la présence récurrente de l'élément cheval en chacune des circonstances fatales à quatre générations successives de Marcadieu.

L'intérêt d'Adrien grandissait. Il avait hâte que Zag parvienne à l'épisode de la mort suspecte de Carvalho Marcadieu. Il était inutile cependant de lui demander d'abréger. Le visage illuminé, les yeux en fleurs d'hélianthe, Zag versait sur Adrien un flot ininterrompu de paroles. Cette cascade de découvertes bouleversa la vie de Carvalho Marcadieu. Il eut beau interroger les grands événements qui ont perturbé l'humanité et qu'ont répertoriés les annales, il eut beau examiner les menus faits historiques qui souvent n'ont rien à voir avec l'Histoire, il ne parvenait pas à comprendre le sens de la tragédie qui se jouait derrière ces régularités. Impossible de saisir le fil d'Ariane qui lui aurait permis de sortir de ce labyrinthe. Aucune passerelle ne s'offrait à lui, enjambant l'abîme qui séparait deux mondes parallèles, incommunicables : celui de la coulée des jours sans surprise et l'autre, au sol et au sous-sol quadrillés par la fatalité. Il aurait pu se consoler en disant que tous les deux finissent tôt ou tard par se rencontrer. Cela ne l'aurait pas empêché d'envier l'insouciance de ceux qui ignorent leur avenir.

Carvalho Marcadieu commença par se révolter. Il connaissait tant de fumiers, tant de « charognes verticales » qui avaient eu la vie si longue, qu'ils en ont été rassasiés. Alors que lui, il savait comment il allait mourir, et jeune. Lui en qui tant de soleils se levaient, lui qui ne demandait qu'à diffuser partout les bienfaits de ses rayons, à éclairer les coins les plus obscurs. Depuis, à l'opposé des hommes qui ne meurent qu'une seule fois,

Carvalho n'a cessé de mourir et de renaître ; sa vie ne fut qu'une longue agonie prolongée. Il vida sa bibliothèque, jugeant ses étagères inutilement encombrées de plusieurs générations d'érudition, lui qui, jusqu'à cette date, avait trouvé, au contact de ces livres, de ces vieux papiers, la sérénité. Ces volumes étaient devenus inutiles, défunts. Car les livres aussi meurent quand, un beau matin, on s'aperçoit qu'ils ne sont qu'une immense accumulation de paroles vaines, incapables de décoder les événements du passé et de fournir une réponse qui affranchirait l'âme des terreurs de l'avenir.

La langue n'a pas d'os, dit un proverbe. Les mots non plus. Alors, tout n'est que dérisoires paroles. Carvalho se gava de mots. À travers les multiples dédales de son imagination débordante de fertilité, il trouva des manières de naviguer tout en esquivant ce qui, de près ou de loin, pouvait rappeler l'élément cheval, décidé à modifier le cours de sa vie. En bon amateur de football, il savait qu'en changeant la trajectoire d'un ballon, on modifie souvent le destin de la partie. Les joueurs savent qu'il faut conjuguer, avec une extrême complexité, la technique, l'initiative hardie à un zeste de superstition : un plan de jeu inédit, une tête frappeuse au bon moment, un torse bombé amortissant le coup, le bon lancer, dans le bon angle, sont indispensables ; le simulacre, la feinte, la tricherie, voire la duperie sont de précieux adjuvants. Mais joueurs et supporters accordent une telle importance à cette part d'irrationalité qu'ils déploient toute une profusion de petits gestes et rituels destinés à se prémunir contre la déveine, à amadouer le sort. La figure du hasard planait sur la vie de Carvalho. Il tenta de la détourner, de se préserver en valorisant l'esquive, Zag devait l'avouer, avec élégance. Des circonvolutions, des fougues oratoires rationalisaient ses comportements superstitieux. Il avait fait repeindre en vert, couleur de l'espérance, les portes et fenêtres de la demeure familiale ; jusque-là, elles avaient été rouge brique. Il chassait les gosses, ces « espèces de malotrus » qui avaient la fâcheuse idée de venir gambader avec leurs chevaux de bois sous son balcon, à l'heure de la sieste quand le soleil semble s'asseoir sur sa dodine. Au grand dam des gamins qui s'arrêtaient bouche bée, penauds d'avoir à écourter leurs joyeuses cavalcades. Ils ne comprenaient pas cette guerre que leur livrait m'sieur Carvalho.

Sa maison était impeccablement entretenue par un personnel nombreux, consciencieux. Pourtant, il se dégageait, quand on y pénétrait et même à travers les volets ouverts, une odeur de cire, de détergent, mêlée à des relents de bouillie d'avoine ou de maïs moulu. Il s'était mis, paraît-il, dans la tête, afin de conjurer le mauvais sort qui le guettait, de suivre la diète alimentaire des chevaux. Ces bêtes, contrairement aux humains, avaient la réputation de n'être pas agressives envers leurs semblables. Peut-être qu'à force d'utiliser la nourriture spécifique de ces animaux, il finirait par dégager une odeur qui le ferait admettre, pacifiquement, au sein de la race chevaline et, qui sait, par éveiller, chez elle, un sentiment de protection envers lui. Il arrivait même à Carvalho d'offrir des dîners où ne figuraient que des plats au maïs, de l'entrée au dessert. Il prétextait qu'il n'y avait rien de meilleur quand on voulait garder sa forme. On disait même qu'il s'était fait confectionner un matelas en crin de cheval. Il faisait aussi profiter tous les résidents de son quartier, qui auraient sans nul doute souhaité s'en dispenser, d'une musique excentrique rappelant des hennissements.

Quoique vivant sur cette corde raide, Carvalho Marcadieu était devenu une sorte de gloire locale. Il se porta candidat aux élections municipales, fit campagne sur un thème tendancieux, celui de « l'homogénéité nationale », thème qui risquait de diviser la population. Il convoqua, à l'appui de sa position, une discipline inattendue : l'éthologie. Autodidacte consommé, il avait pris connaissance de recherches en apiculture tendant à prouver que les abeilles autochtones sont tolérantes et vivent en harmonie, tandis que les métèques, particulièrement les levantines, sont agressives, polluantes et colonisatrices. À ceux qui lui demandaient d'être plus explicite, il répondait par une esquive, devenue un leitmotiv : « J'envoie de l'eau mais je ne mouille personne. » Il fut élu. En tant que maire de la ville, il mena la vie dure à la gent chevaline, interdit aux bourriques des marchandes ambulantes de circuler en ville, d'occuper la chaussée. Il fit enclore, au portail, un terrain où mulets, chevaux, ânes étaient parqués. Brouettier devint un métier rentable. Le service de la voirie, jamais, n'avait été aussi efficace dans la livraison des permis et des amendes. La municipalité n'aurait plus ainsi à astreindre ses employés au ramassage des excréments, des mottes de terre enrobées de poil. La pestilentielle odeur d'urine ne soulèverait plus les cœurs assis au frais à l'ombre des galeries, balcons et places. Il fit asperger les chaussées d'eau parfumée. La ville, sous le règne de Carvalho, fleurait bon l'ilang-ilang. Il surveilla, une surveillance rapprochée, Georgette Semedun et sa noria de pur-sang. Il s'était évertué, en paroles, en actes, en édits, en mandats, à débarrasser la ville de cette écurie. S'il ne parvint pas à ses fins, c'est que « le fer coupe le fer ». Cette femme, poulpe marine aux cent bras, était bien souchée. Elle trouva moyen de contourner les mille tracasseries que lui faisait subir la mairie.

« Dieu ne punit le crime que jusqu'à la quatrième génération ! » conclut Carvalho, ce septième jour du mois de juin où il fêta, en contemplant, avec des yeux de nouveau-né, la rougeur des flamboyants, son quarante-cinquième anniversaire. Jamais un Marcadieu mâle n'avait tant vécu. Conclusion d'autant plus plausible et réconfortante qu'il arrive en génétique que l'atavisme saute une génération. Il ne relâcha pas, malgré tout, la garde. En homme avisé, il savait qu'un caillou pouvait orienter différemment un itinéraire, qu'il suffisait d'une rencontre en ce-n'est-rien pour sceller un destin, d'une balle perdue pour décider d'une vie. Ne dit-on pas que, par jour de déveine, le caillot du lait caillé s'il tombe sur ta tête peut sonner ton trépas ? Il marchait sur des œufs.

Il serait vain de vouloir explorer ce qu'il y avait autour et au fond de l'âme de cet homme tant sa vérité se dérobait chaque fois qu'elle semblait se dévoiler. Comment comprendre l'accident dont il fut victime ? Faute d'une meilleure explication, on s'est rabattu sur la naïveté, sur l'orgueil insensé de Carvalho Marcadieu. Il avait deux défauts majeurs : celui de jauger les gens à la manière d'un commissaire-priseur armé d'un marteau d'ivoire, lui qui n'aurait jamais de sa vie exercé une profession aussi désuète ; le second, plus galant, de courtiser les femmes. Il tombait les femmes comme des quilles, sans jamais s'attacher. On ne lui connaissait même pas de maîtresse attitrée. Amours d'un soir et vite oubliées le lendemain matin. Quelle femme pouvait dire n'avoir pas cédé ou tout au moins subi les assauts de Carvalho Marcadieu ? « Si les bijoux des jeunes filles savaient parler, ils en raconteraient des belles aux jeunes époux lors de la lune de miel ! » Un soir où l'alcool lui avait suggéré des idées sans foi ni loi, avait rapporté un membre de la confrérie des hâbleurs, il avait déclaré : « Moi qui ai connu tant de femmes, je ne mourrai pas sans avoir tenu dans mes bras Ariane Monsanto, sans l'avoir fait défaillir. » Et assistance d'applaudir. Ce qui n'avait été qu'un battement d'ailes de papillon devint cyclone. Les « fileurs » impuissants, les amoureux risquophobes fournissaient leurs yeux, regardaient aller Carvalho. Il se mit à fréquenter avec une ardeur assidue la galerie de Reine. Tout le monde avait oublié ou ignorait même que le maire usait, abusait de précautions, tant il feignait de ne pas se rappeler cette fatalité qui faisait planer son ombre sur lui. Ceux qui ont la mémoire longue déclaraient cependant qu'il marchait un bandeau devant les yeux alors que la grande majorité des gens avaient relégué aux poubelles de l'oubli l'histoire des Marcadieu.

« Mais quel diable l'avait poussé à aller goûter à cet élixir-là ? » On vit Carvalho, bras dessus bras dessous, se promener avec Ariane. On ne savait pas vraiment à quand remontait cette passion. La parole dit qu'il l'avait aimée, enfant, du vivant du père Monsanto. Il était un habitué de la maison et venait souvent déjeuner ; il la regardait grandir. Carvalho Marcadieu ne manifestait pas là un goût particulier. Il rejoignait l'opinion unanime des hommes de la ville. Une belle jeune fille qui attirait les yeux en toute occasion. Une femme mince, flexible, une femme-liane, souple, dotée d'un regard de feu, d'une bouche gourmande. Des puissances mystérieuses semblaient l'avoir pourvue d'un don d'attirance hors du commun. C'était merveille que de contempler le corps d'Ariane. Ce corps svelte, presque maigre, qui s'étendait et s'étirait à chaque mouvement. Et ce ton de chair vibrant sur lequel passaient doucement, en jouant, des milliers de lumières ; cette peau qui semblait illuminée de l'intérieur, comme si les veines étaient transparentes et qu'on y voyait le sang circuler ; ce corps qui battait, qui ne connaissait pas de calme. Tout, en elle, palpitait et vibrait. C'est ce que disait ressentir Zag toutes les fois qu'il croisait le feu de son regard aux yeux d'incendie. Il disait qu'il vacillait, et lors même qu'il parvenait à se redresser grâce à son élasticité de bambou, le faisceau lumineux de son regard le brûlait encore.

Ariane avait des yeux extraordinairement noirs et mystérieux qui émettaient une lumière capable d'éclairer une pièce à l'ombre, de percer à travers les fentes d'une jalousie fermée : des rayons de soleil quand ils amènent avec eux le reflet brumeux de la mer. Elle avait des yeux couleur de mer profonde par temps d'orage qui incendiaient le brun soufré de l'ovale de son visage et cette profondeur s'accentuait quand elle parlait car ses yeux bougeaient autant que les vagues d'une mer démontée. Fille-fleur, elle ressemblait à une apparition onirique, quand elle déployait le pavillon de sa large ombrelle souvent de la même nuance que ses robes : rouge vif, pourpre, violacé ou cendré. Ses jupes s'effeuillaient à chaque pas sous l'effet conjugué des doigts du vent et de sa démarche tressée de liane. L'ensemble évoquait des fleurs composées en bouquets, ou encore, avec ses fesses rondes de négresse, l'image d'une haie, masquant un bosquet, un jardin de merveilles. Ariane n'était pas une apparition onirique mais un être de chair et d'os qui dégageait une lumière concrète, projetait une ombre, et l'on comprend que Carvalho Marcadieu ait voulu vivre à l'ombre enveloppante de cette ombre et palper, à travers l'impalpable, des éléments concrets d'un songe appelé désir.

Carvalho Marcadieu ne pouvait pourtant ignorer l'interdit qui frappait les sœurs Monsanto. Il ne semblait pas homme à lancer un défi à l'individualité précieuse et indéfectible de la vie. Le joueur n'était pas parieur et, même s'il l'était, il savait que le parieur ne tente pas la chance prévisible. Carvalho avait la réputation de marcher sur les œufs et, quand il en ramassait, de ne pas les mettre dans le même panier. Épouser Ariane était aussi insolite que si on annonçait qu'un homme venait de mordre un chien. Dieu ne joue pas aux dés, Carvalho Marcadieu non plus. Mais l'amour est enfant de bohème qui ne connaît jamais d'interdit. Des fiançailles avec orgues et pompes furent célébrées. Les préparatifs de noces qui s'annonçaient inédites battaient leur plein. Ceux qui devaient savoir savaient que Carvalho Marcadieu avait beau se tenir debout sur ses jambes, droit, amoureux, plus amoureux qu'un adolescent, le croque-mort en avait déjà pris les mensurations.

Histoire troublante, invraisemblable. Zag revendiquait une vérité qui n'est point celle des empreintes digitales, du papier timbré ou de la cour de justice, mais celle des petites gens. « Je ne suis pas historien et je ne prétends pas introduire des pièces nouvelles dans ce dossier archiconnu. » C'était sa manière à lui de dire que l'opinion, unanimement, ne s'interrogeait plus guère sur les faits. Uniquement sur leur signification profonde. Et c'est bien là que gisait la difficulté. La conversation basculait ; Zag utilisait des propos de plus en plus sibyllins. Adrien ne s'en étonna pas outre mesure. Jusqu'à présent, il lui avait semblé que si une personne, dans cet enclos de vingt-huit mille kilomètres carrés, gardait une once de raison, ce n'était certainement pas Zag. Aveuglé par un réseau de relations fantasques, il cautionnait les rumeurs vagues et contradictoires qui couraient sur les sœurs Monsanto. Des contes à dormir debout, de Sosthènes n'ayant pas payé les dettes contractées envers les sept filles d'Égypte ; des histoires de veillées qui colportaient que les filles Monsanto étaient des urnes scellées. Adrien savait quel crédit Zag accordait à la réputation de mantes religieuses faite aux sœurs Monsanto : il a toujours plongé, tête la première, dans le grotesque et le farfelu. Sur ses lèvres, des propos délirants proliférèrent.

Si Carvalho Marcadieu n'avait pas été sourd et aveugle, s'il avait été plus sensible aux mystères, il aurait découvert l'ogre des légendes, des dévorations et des dépeçages ; il aurait saisi que la gangrène est associée inéluctablement à la vie ; que le mal est un principe originel au même titre que la foudre ou la guerre. Il aurait compris que, sous le jeu insidieux des apparences, le monde est bâti sur l'insolite. À travers les spasmes, les transes cosmiques, toute ascension porte en elle sa chute, tout vertige, toute apothéose l'abîme. Armé de ces vérités ordinaires, il aurait continué à vivre sa vie, comme une douce pénitence.

La date du mariage approchait. Une nuit, il revenait d'une veillée chez les Monsanto. Il avait passé la soirée à mettre au point les derniers détails d'un cérémonial qui prévoyait la présence du président de la République en personne et de son cabinet ministériel au grand complet. Carvalho Marcadieu, satisfait, regagnait son domicile, d'un pas de sénateur. Au carrefour des Quatre-Chemins, il vit, à la lumière indistincte de minuit sonnant, un cavalier au crâne rasé, le fouet levé, à demi debout sur son cheval ; un voile blanc de mariée flottait derrière lui. Le cavalier, un regard de braise impossible à soutenir, arborait un rire figé. Tandis que le cheval nerveux, fougueux, naseaux fumants, lançant ruades et hennissements, partait crinière au vent, à grand galop, secouant des clochettes qui faisaient entendre un bruit métallique, Carvalho Marcadieu, avec son instinct de conservation jamais démenti, se laissa tomber, face contre terre, afin d'éviter d'être heurté. Puis il prit appui sur ses coudes, scruta la nuit mais ne vit qu'un long nuage de poussière sur un chemin complètement désert. Il fut pris de coliques miserere accompagnées d'une diarrhée qui dura plusieurs jours, malgré les mixtures à base d'amidon, de zeste de citron et de miel qu'il ingurgita.

Quel activiste impitoyable que l'inconscient, comptable de toutes les traces oubliées ! Au moment où l'on s'y attend le moins, il remet à la surface l'encombrant, le malvenu, le malséant, le pénible. La rumeur repartit de plus belle, et ceux qui ne le savaient pas l'apprirent. Naguère, on ne désignait Carvalho Marcadieu que par un surnom : « Lolo, l'homme qui a peur des chevaux ». Cela faisait trente années qu'il vivait terrorisé par cet animal. Et survint ce mémorable jour du milieu d'août où Carvalho Marcadieu mourut par hasard, un de ces hasards indécents qui laissa la ville muette d'hébétude. La mécanique du châtiment avait-elle joué de nouveau ? Cette mort relevait d'une telle absurdité qu'on avait peine à le croire tant elle défiait le bon sens. Cet homme, toute sa vie, avait pris tant d'infinies précautions, afin que son destin ne se réalisât point. Mais la guigne, ce fruit mol et amer, ne se soucie pas d'afficher que son jus est vénéneux. Ce midi-là du 15 août, Carvalho s'était promené longuement sur la place d'Armes. Il avait marché au milieu des jasmins, des pensées, des verveines et des hibiscus. Il se sentait faible, vaseux alors qu'il avait tant à faire et que la date du mariage approchait. Il comptait sur le grand air ; ne dit-on pas que l'air salin du large a parfois les effets du moût de guildive et ravigote ? À quelques pas de chez lui se trouvait « Aux armes de Paris », une boutique détruite par le feu depuis. Sa spécialité ? La vente des harnais, mors, brides et autres attirails équestres. L'enseigne, pendue à un crochet, se balançait tranquille. Elle figurait un beau cheval fier et fougueux. L'animal anticipait le mouvement, détenait sous ses flancs, dans ses jambes arquées, l'éclat d'un prochain galop, d'une immense cavalcade. Quelque peu décrépite, l'enseigne était un véritable monument élevé à la gloire de la race chevaline, la plus noble conquête de l'homme. Ne lui épargne-t-elle pas les fatigues de la marche ? Ne raccourcit-elle pas les distances ? Ne supporte-t-elle pas, à sa place, l'éreintement des fardeaux ? L'enseigne paraissait avoir été oubliée puisqu'elle n'illuminait plus la rue depuis belle lurette : les néons brûlés n'avaient jamais été remplacés et la peinture rouge de l'encadrement avait pris les nuances infinies d'un bois vermoulu épuisé par le soleil et la pluie.

Le théâtre de la vie est toujours improvisé. Les scènes se déroulent selon un schéma imprévisible et l'on n'a pas toujours le temps ni l'heur de se mettre à la bonne place, de placer sa voix à la bonne hauteur, d'articuler dans une diction irréprochable les réponses de circonstance. Ce jour-là, la brise anémique n'aurait même pas pu éteindre la flamme d'une allumette. Qu'est-ce qui fit céder le crochet? L'enseigne au bout de sa chute trouva Carvalho Marcadieu, planté les bras ballants, sifflotant l'air d'une méringue à la mode qui parlait d'un panama tombé et demandait à ceux qui passeraient après lui de le ramasser. Les témoins demeurèrent pantois d'émotion. Carvalho Marcadieu venait de quitter, jusqu'au jugement dernier, la violente douceur de la ville dont il était le maire adulé et honoré, son odeur de brûlis et son horizon de montagnes albinos. Cet accident provoqua le frisson. Quelle déveine avait poussé le maire à s'arrêter là, juste sous l'enseigne de cette boutique? Ce n'était certainement pas l'achat d'une selle, ni d'une bride, ni de tout autre attirail équestre qui l'y avait conduit. La phobie des chevaux avait rempli toute sa vie. Prince démiurge, ténor statufié par ses concitoyens, Carvalho Marcadieu semblait promis à une tout autre notoriété que celle que cette mort insolite et imbécile venait lui conférer.

Ariane accueillit la nouvelle sans broncher. Elle plissa les yeux, un cillement des paupières comme on en a lorsqu'un grain de poussière s'installe dans l'œil et l'humidifie; un cillement de paupières pareil à celui qu'on fait quand un caillou se met soudain à ramper, glisser, baver et devient, par on ne sait quelle trahison des sens, un escargot. Elle n'a pas bronché, elle n'a pas protesté. Auprès de qui aurait-elle pu le faire? Contre quoi? Elle devait épouser bientôt Carvalho, le sort en avait décidé autrement. Un instant d'inattention avait suffi à le clouer au sol, sans crier gare, à mettre, abruptement, fin à la vie de l'homme qui avait aimé passionnément Ariane Monsanto. Ce fut son seul manquement.

Le flot de paroles avait étourdi Adrien. Il prit sa tête à deux mains, abasourdi par les divagations de Zag. L'intérêt qu'il portait aux circonstances qui avaient entraîné la mort de Carvalho Marcadieu n'avait cessé de grandir depuis l'instant où il avait appris ses relations avec Ariane. « Interroge-la, tu verras, elle te répondra sèchement : Oui, je l'ai bien connu. Durant tant d'années, il a fréquenté notre maison. Et maintenant son corps repose froid sous la pierre. Fugitive est la vie, fugace le bonheur. » Zag triomphait. Avait-il senti, chez Adrien, un sentiment diffus de doute ? Il maniait, avec un talent consommé, l'art de la pointe. Il s'adressa à Adrien, mais indirectement, en parlant d'abondance ; l'œil en coin, à cause du léger strabisme dont il souffrait, il parlait à Adrien en regardant ailleurs. Les lois du hasard offrent aussi peu de surprise que celles de la gravitation. Maintes fois, il lui avait recommandé d'abandonner ces exercices de la raison auxquels il s'adonnait incessamment. Ici, le diable avait fait main basse sur tout ; il dictait les actes, décidait du terme de la vie. Il broda à l'infini, ironisa sur les sophistes, les raisonneurs et les formalistes. Il estimait qu'il n'était pas tout à fait déraisonnable de s'incliner devant l'obscurité, d'abandonner l'utopie de l'immédiate clarté de l'évidence, d'user de prudence. L'esprit alors percevait l'invisible.

« Admettez, Adrien, qu'il y a un tas de ressemblances, de coïncidences suffisamment troublantes qui mériteraient au moins d'être questionnées. » Adrien Gorfoux était sans voix, envahi par une forme de doute. Le silence était sa seule arme de défense. Zag exultait : « Impossible de sortir du cercle puisque même Dieu nous a abandonnés. À d'autres peuples l'avenir radieux. Ici, le même jeu se joue éternellement : les gagnants et les perdants ne se succèdent pas puisque, les cartes, on aura beau les brasser, les rebrasser, elles offrent toujours la même donne. L'équilibre instable est une permanence : tout vit au sein d'un ensemble globalement identique et n'évolue jamais. » Adrien n'avait pas d'arguments à opposer aux certitudes de Zag. Il hocha la tête. Doute ? Approbation ? Son acclimatation se révélait difficile, de plus en plus difficile. Il croyait emprunter des routes, des chemins qui le conduiraient à bon port ; en fait, ce n'étaient que de frêles passerelles débouchant sur des culs-de-sac. Toute tentative de convoquer la raison à sa rescousse représentait un saut périlleux par-dessus l'abîme, le vide, par-dessus le néant qui s'ouvrait sous ses pieds. Aïe ! l'insupportable pesanteur d'un réel vide et nu.

23

L A maison des sœurs Monsanto, une place publique un jour de foire. Des grappes humaines occupaient la galerie, le balcon. Amis et voisins allaient, venaient, investissaient la grande salle où les chaises déployées avaient été rangées le long des murs. Des grappes jacassantes buvaient du thé, du café ou du rhum. Des mines patibulaires se joignaient aux chapelets et aux lamentations des dédé-l'église. On priait en chœur, à mi-voix, un ronronnement qui rappelait le bourdonnement d'un essaim d'abeilles dérangées en plein travail. Des pieds saccageaient les plates-bandes, flétrissaient roses, œillets, sensitives. Des voix plus impressionnées qu'horri-fiées sculptaient l'image d'un Sam humble, vaillant, commentaient « cette chose » innommable parce que trop récente et survenue sans avertissement. La fiction gonflait le réel qui le lui rendait bien. Malgré l'agitation ambiante, un air de désolation imprégnait la maison, les murs, la galerie, le jardin. La flamme vacillante des bougies dansait sur le visage de Sam étendu sur le grand lit à baldaquin. Mille reflets de lumière, une figure de Marat assassiné. Brusquement, il règne une atmosphère de tension ; l'oxygène, tout à coup, raréfié. L'assistance retient son souffle.

Dans l'embrasure de la porte, l'énigme d'un visage. Une mouche noire posée au coin des lèvres, une autre au milieu de la joue droite rehaussent la fausse matité d'un teint poudré. De grands traits de crayon agrandissant les yeux, retouchant l'arc de sourcils épilés, soulignant les lèvres fardées, complètent le maquillage. Des postiches en forme de boucles encadrent le visage et recouvrent le cou. Les seins remontés, la cambrure des reins, les fesses rondes sont moulés par un tailleur noir qui fait ressortir des jambes longues et galbées. Sous un toquet entouré d'un crêpe, des yeux noirs de jais, assassins. Cette femme est accompagnée d'une créature troublante, monstrueuse, plus proche du singe que de l'humain, un descendant d'une humanité disparue, un primate, produit d'une aberration chromosomique. Son faciès bouffi de poterie primitive effraie : des yeux fort écartés, un nez écrasé, une bouche protubérante aux lèvres boursouflées. Cet être aurait pu déclencher la panique ou l'hilarité générale, n'étaient la solennité et la retenue qu'exigeaient le lieu, le moment, la circonstance. Tous les regards convergent vers la femme. Même ceux qui ne la connaissent pas la reconnaissent. Elle traverse la pièce d'un pas assuré, le pas de la féminité violente, aguichante. Elle s'arrête au pied du lit, observe quelques instants le visage cireux de Sam, se recueille. Puis, prenant par la main le petit monstre, elle traverse en sens inverse la pièce, consciente du scandale de sa présence scandaleuse. Elle laisse derrière elle le parfum agressif de sa légende de femme tentatrice, captatrice ; une image de sorcière, de diablesse, qui porterait le feu, la folie et la mort. Avant de passer la porte, l'avorton se dégage la main, tourne vers l'assistance un visage hilare, tire une longue langue violette, effectue une pirouette, quelques cabrioles et disparaît en courant. Un nom traverse la salle : Georgette Semedun ! Et le petit monstre de foire ? Baubo, son fils.

24

E<small>N</small> octobre dernier, des amis avaient convié Adrien Gorfoux à assister à la fête que Georgette Semedun organisait, chaque année, à la même époque. Elle possédait un haras privé et l'armée, son principal client, lui achetait des chevaux qui devaient tout aussi bien servir aux tournées champêtres des chefs de section qu'aux parades militaires. Les affaires conclues, elle offrait une fête foraine où étaient conviées les autorités civiles, militaires, religieuses, et toute la haute gomme de la société. Les rigoristes boudaient l'invitation. Comment frayer avec cette valetaille, avec cette professionnelle de l'occulte ? Georgette Semedun, prétendait-on, était la conseillère d'hommes politiques influents, détenait les secrets clés des règlements de comptes, maniait, avec une dextérité consommée, un arsenal de drogues, poisons, simples, points, poudres. Elle pouvait, à distance, téléguider des flux qui apportaient aux uns panique et confusion, aux autres inspiration et illumination capables de conduire leurs pas dans les labyrinthes du pouvoir.

Le ranch est situé aux confins nord-est de la ville, plus loin que le hameau de Quatre-Chemins, sur l'autre versant de la Ravine, en un lieu du bout du monde. Le chemin qui y conduit est bordé par une interminable allée d'arbres véritables. Leurs feuilles géantes s'élèvent en dôme, protégeant de l'ardeur de la canicule un tapis de minuscules fleurs multicolores qui s'étalent à leur pied. Des enfants à demi nus, le ventre ballonné luisant au soleil, gardent une dizaine de chèvres sans race et deux ou trois vaches maigres agacées par la danse des mouches rouges qui volettent autour d'elles. Elles agitent des queues impatientes et gémissent des meuglements désespérés. À l'approche de la Jeep, les enfants s'enfuient à toutes jambes et regagnent l'abri des cases. Par les fenêtres ouvertes, Adrien aperçoit les nattes de paille tressée posées à même le sol de terre battue. Des silhouettes bleues de paysans sarclent, d'un mouvement lent et régulier, l'herbe qui menace d'envahir le champ de canne à sucre. Quelques kilomètres plus loin, une clôture en treillis enserre, de partout, une vaste propriété. Là commence le domaine de Georgette Semedun. La barrière une fois passée, le visiteur se rend compte qu'une double rangée de hauts cactus en forme de candélabres renforce la protection de la propriété. La parole dit que si tu passes par là et que le vent emporte ton chapeau de l'autre côté de la clôture, ne t'avise pas d'aller le ramasser ; il se pourrait que ce soit la dernière fois de ta vie que tu aies le privilège de te baisser.

La route qui monte à chaque tournant serpente entre des rangées de paresseux, des massifs de bambous et des haies de bois d'orme, débouche sur un vallonnement où ondulent des collines, aussi rondes et rebondies que des pimpantes fesses de négresses. Des champs de manguiers occupent les dépressions. Les arbres sont en fleur, les tiges couvertes de boutons rose et or égaient le vert sombre du feuillage. Même en plein milieu de la matinée, il se lève, sur le théâtre de l'étang entouré de graciles roseaux, une nappe de brume. Une scène figée, hormis l'incongruité de trois pintades et d'une poule zinga qui caquettent au bruit du moteur. La descente un peu abrupte ménage une surprise : le spectacle de la plaine verdoyante, à perte de vue. À la limite entre le sauvage et le domestique, des flamants roses et des oies blanches évoluent en toute liberté tandis que, prisonniers de vastes enclos, des troupeaux de chevaux s'ébattent à l'ombre de palmiers aussi majestueux que des paons faisant la roue, sous l'œil vigilant de bergers allemands grogneurs et aboyeurs. Toute une manade de coursiers de parade aux échines allongées galopant vers on ne sait quelle conquête de Russie, de pur-sang impétueux aux crinières flottantes, de pouliches aux encolures serpentines, de percherons aux longs paturons, de fiers étalons arabes, de juments haquenées et de fringants poneys.

Une longue allée de cocotiers invite à la flânerie ; le véhicule s'arrête à la lisière d'une resplendissante pelouse. L'œil est frappé d'abord par les lignes parallèles que forment des chemins s'entrecoupant à angles droits. Sur tout le parcours, un aréopage de statues, débauche de licornes, d'hippocampes, de centaures, de gorgones et de pégases figés dans une attente muette et intemporelle. On les croirait jaillies tout naturellement du paysage qui, sans elles, ne serait pas tout à fait achevé. On les découvre au hasard de la promenade, parce qu'elles sont nichées au fond de grottes qui offrent la fraîcheur d'un abri. Des boyaux perforés maintiennent une humidité constante, créant un espace propice à l'épanouissement de toutes sortes d'arbres exotiques et de fleurs aux teintes et aux parfums violents. Une branche de la Ravine captée irrigue la propriété. Cette canalisation n'a pas brimé l'impétuosité de ses eaux qui narguent la belle ordonnance de la nature. À l'ombre d'un mancenillier en fleur, une source pure et cristalline où nagent de lumineux lis d'eau. La parole dit aussi que celui qui boit une seule goutte de cette eau meurt d'un coup sec.

Une allée ombragée contourne une rotonde ; tout au bout, spectaculairement perchée au sommet d'une colline, avec vue plongeante, imprenable sur la plaine d'un côté, la mer de l'autre, sous l'éblouissante lumière du soleil caraïbéen, une villa aux allures de palais grec avec ses frontons, ses colonnes, son toit de tuiles rouges, ses rangées de fenêtres ouvrant sur six balcons coiffés d'arcs. On la dirait surgie là, par magie, au beau milieu de ce paysage de rêve. Des buis taillés et des plates-bandes fleuries s'étagent en massifs serrés, dessinent des arabesques sur la devanture et tout le pourtour. Un escalier de pierre en zigzag mène à une plate-forme. Georgette, qui la trouvait trop nue, y a fait construire une fontaine lumineuse. De là, on peut contempler la riche ferronnerie des balcons exhibant d'extravagantes consoles : des mascarons à figure humaine, des chimères à chevelure ruisselante, des griffons aux pattes agressivement dressées. Une double volée de marches se rejoignant sous un portique à colonnes donne accès au vestibule. Des cupidons de pierre, en équilibre sur un soc, sont placés de part et d'autre de la porte en acajou massif sculpté. Grandiose, le vaste vestibule ! Le plafond est recouvert de miroirs, en partie peints, agencés de telle sorte que celui qui passe dessous se croit au milieu d'une foule, sa propre image étant reproduite à l'infini, au sein d'une forêt où prolifèrent plantes et oiseaux. Des fenêtres gothiques ornées de vitraux où batifolent des dianes chasseresses éclairant des carreaux de céramique vert turquoise, glacés de bergères conduisant des agneaux enrubannés. Le salon regorge de meubles de style et d'époque différents. Sur le mur porteur une suite de cinq toiles de Géricault. Des copies ou ces originaux dont les conservateurs ont perdu la trace depuis la mort du peintre ? L'imposante table de salle à manger, réalisée en placage de cornes de cabri, est d'une facture exceptionnelle. À la base, une profusion de ramures encadrent la tête d'un cerf, comme si l'animal caché épiait les dîneurs à travers les frondaisons d'une forêt. Au milieu trône un alezan pur sang, œuvre en papier mâché d'un sculpteur contemporain. La parole dit encore que Georgette Semedun entretient, dans cette vaste demeure, une horde de jeunes hommes et de jeunes filles frénétiques comme des pouliches de lait. Elle les prend très jeunes et les couve d'une manière équivoque ; les frontières qui séparent les garçons des filles, les jeunes des adultes, les bêtes des hommes n'étant nullement précises.

Qui pouvait avoir conçu l'idée d'une pareille demeure ? Renseignements pris, elle datait du dix-septième siècle. Elle fut érigée par un descendant de la lignée impériale du dernier empereur chrétien de Grèce. Un ex-voto orné de colonnes doriques et d'une croix de Saint-Constantin, à demi effacé, atteste de la présence de ce prince grec sur l'île. Un bouquet de cannes à sucre et d'herbes sauvages veille sur la tranquillité de sa tombe. La villa, depuis sa mort qui remonte à 1679, a changé plusieurs fois de mains et connu des transformations importantes. Tour à tour, elle fut occupée par des familles anglaise, française, libano-syrienne et juive. Les rénovations successives qu'elle connut lui imprimèrent des styles différents, d'où les dorures, les lambris et moulures en arêtes de poisson, les fenêtres victoriennes. Georgette Semedun, femme recherchée, convoitée, fabuleusement riche, avait acheté cette propriété qui convenait parfaitement à un élevage de chevaux. Son immense fortune, elle l'avait amassée en mettant ses talents occultes à la disposition d'une clientèle bien payante : femmes acariâtres qui ne supportaient plus jusqu'à l'odeur de leur ennuyeux mari, proches, impatients d'abréger l'existence d'un parent qui a la réputation d'avoir enterré un magot au fond de son jardin, demoiselles frappées de désespérance, plus proches de coiffer Sainte-Catherine que de décrocher le gros lot d'un mariage-loterie, soupirants assoiffés de tout soumettre à leur désir, resquilleurs à la recherche de frottements, grands chabraques et autres zotobrés civils et militaires en mal de puissance. Femme scandaleusement femme, femme d'affaires intraitable, Georgette inspirait fascination, crainte, respect. Aussi, à l'agenda, depuis de nombreuses années, ne figurait, le premier samedi d'octobre, qu'un événement : la fête de Georgette Semedun.

Dès le début de l'après-midi, les invités occupent la terrasse arrière de la villa. Au milieu de la grande cour, des jeunes filles vêtues de lin blanc virevoltent, dansent, au son de tambours battant en sourdine. Elles exécutent des figures qui dessinent tantôt une corolle blanche, tantôt des lignes sinueuses reptiliennes. Sous le coup de trois heures, les chevaux sont amenés par des palefreniers vêtus de vestes d'alpaga noir brodées de paillettes argentées. Il faut toute leur force, toute leur vigueur pour soumettre, immobiliser ces croupes bondissantes, ces flancs miroitants, rétifs, ombrageux, excités par les plumes multicolores accrochées à leur crinière. Lâchés au signal d'une trompette, les chevaux bondissent en trombe et se ruent en désordre dans un tourbillon de poussière, de sabots, de bruits et d'odeurs. Des vivats et des huées les saluent. La foule lance des pétards, manifeste son admiration devant l'adresse des écuyers et des écuyères qui les rattrapent, les chevauchent, exécutent des tours d'adresse en équilibre sur le dos de hongres lancés au galop, encerclent de leurs bras des poulains retors, les étreignent. Ils composent ainsi une épopée dont la violence éclate en scènes d'enlèvements, de poursuites. On ne distingue plus l'animal du cavalier au cours de ces luttes, de ces embrassements de corps ; on eût dit des centaures. Les jeux se poursuivent pendant des heures, ponctués par offrandes, sacrifices et libations, scandés de hennissements, de vacarmes de sabots, de cris et de hurlements répercutés, amplifiés, délocalisés par l'écho qui résonne loin sur la plaine en

221

d'inquiétantes consonances. *Kata ! Kata ! La kata ! Pim !
Ba ! Pim ! Pim ! Ba !* Quand les chevaux regagnent leurs
enclos, dégageant l'espace, filles et garçons commencent à
mimer des danses guerrières. Une sensualité manifeste se
dégage de ces corps athlétiques dressés les uns contre les
autres, renversés, exposant à la vue la tension du désir. La
scène prend l'allure d'étreintes furieuses, de bacchanales.

La fête dure jusqu'à l'aube. Et quand le tollé s'apaise, il
descend des collines des sonorités étrangères à la parole
intelligible, au chant harmonieux, à la locution humaine.
L'effet d'envoûtement qu'elles produisent est d'autant
plus intense que joueurs et instruments restent dissimulés.
Les sons semblent surgir directement de l'invisible, sourdre de l'au-delà, provenir d'un lointain ailleurs avant de
retentir mystérieusement ici-bas. Et cette impression
d'être hors de soi-même, retenu par un licou, chevauché,
et entraîné dans une cavalcade infernale. *Kata Kata ! Pim !
Pim ! Ba !*

25

« HAIS le chien mais admets que ses dents sont blanches. » L'insolite visite de Georgette Semedun souleva médisances, gloses sur son indécence, son allure, son élégance. Bavardages et commérages coupèrent en quatre les plus ténus cheveux. Caroline explosa : « Lui avez-vous vu la face ? Une tête ovoïde, léonine ; des yeux assassins. Quand j'ai croisé son regard, j'ai été pétrifiée ! Et la bouche qui coupe toute la largeur du visage et découvre des crocs de fauve. » Ariane approuva, en rajouta bien que, de la place où elle était assise, elle n'ait pu voir Georgette que de biais, le reflet d'une silhouette dans un miroir : Georgette Semedun portait une salamandre posée sur la tête, une file de scorpions se tenant par la queue y étaient accrochés et, comble d'horreur, en guise de chevelure, elle arborait un amas de reptiles. Reine, quant à elle, s'étonnait simplement de la présence, chez elle, de cette femme.

Précieuse Macala se rapprocha d'elle. « J'ai quelque chose de délicat à te dire. » Le moment était inopportun, elle en convenait. « Sam et Georgette... » Précieuse lui montra l'index et le majeur de sa main droite étroitement accolés : « Cocotte ak Figaro, ma chère ! » Reine s'en étonna : elle qui avait dormi sous le même toit que Sam, elle savait, mieux que les étrangers, la musique de ses ronflements. Sam n'aimait pas les êtres équivoques, or manifestement, cette Georgette Semedun appartenait à cette race. Sam ne lui aurait pas fait l'aumône d'un regard. Piquée à vif, Précieuse Macala égrena un chapelet de méchancetés : « Les forteresses ne sont désirables que lorsqu'elles sont inexpugnables ! Ne te fie pas à l'allure nonchalante du chat ; quand il chasse le rat, tout autre est sa dégaine ! » Elle tissa une étoffe aux mailles serrées, dit la surprise qui l'avait frappée quand elle apprit cette liaison, lui relata tout, tout cru. Ses soupçons dataient de la période où Sam, sous prétexte de faire de l'équitation, s'était mis à passer de plus en plus de temps au ranch de Georgette. Elle s'était abstenue d'aborder la question avec l'évêque. « C'est la nièce de Monseigneur, tu le sais. » Toutefois, elle était persuadée qu'il encourageait cette fréquentation. Il tenait Sam en grande estime, appréciait cet homme qui brillait par sa réputation, sa classe et son éducation raffinée. Elle peignit une scène d'amour marine que lui aurait racontée un palefrenier du ranch qui l'avait vue de ses deux yeux, ce qui s'appelle vu. Elle n'omit ni les rochers, ni la mer houleuse, ni la côte venteuse, ni le bruit de brisants enveloppant les deux amants au comble de l'emportement. Georgette, tête renversée en arrière, Georgette demi-nue dans les bras de Sam nu, tout, tout nu. Georgette s'était installée dans la pensée que Sam finirait par l'épouser.

Précieuse Macala fit part des craintes qui l'avaient assaillie, quand elle fut certaine que Sam avait succombé aux coups bas d'une ennemie inattendue : la luxure qui avait revêtu l'aspect du cul de Georgette Semedun, « une louve affamée ». Elle broda à petits points une description détaillée des baisers échangés quand Sam passait la porte de la villa, de l'ardeur des amants, de tous les raffinements insolites que l'amour imagine.

« Plus ces joies étaient nouvelles, plus Sam en redemandait. » Depuis les événements de février cependant, Sam avait pris ses distances. Il ne voulait, en aucun cas, être mêlé aux trafics de Georgette. Elle s'accrocha, ne cessa de le harceler. Sam mit fin à toute relation entre eux. « Savait-il qu'il avait commencé à mourir dès cet instant ? » Reine écouta sans broncher. Quand elle comprit que Précieuse n'avait plus rien à ajouter, elle se leva. Elle réagit avec la volonté minérale qui était la sienne, avec la sagesse d'une femme d'expérience mesurant ses réactions à l'aune d'un goût pour la vertu du seul portefeuille qui comptait : celui du temps. « Je vous le redis, sur la vie et la mort de Sam, l'Histoire sera seule juge ! » Sa voix sèche recouvrit celle du coucou de la pendule qui, à sa fenêtre, ululait ses douze coups. Ainsi s'acheva la veillée de Sam.

Adrien ouvrit la porte de la chambre. Estelle était couchée tout habillée ; ses vêtements dessinaient, autour d'elle, un îlot de clarté. Adrien la prit dans ses bras. « C'est merveilleux de me coucher chaque soir et de me réveiller chaque matin à côté de toi. » Elle resta blottie contre lui. Il lui dit qu'il voulait vivre un million de jours, passer un million de nuits à côté d'elle, guetter l'instant où ses yeux luiraient de tous les feux du petit matin et de tous les autres instants qui suivraient avec leur goût de rosée et de miel. Elle se redressa sur ses coudes et le regarda : « On aura des cheveux blancs, des os perclus de rhumatismes et des problèmes d'incontinence, d'hypertension. Tu t'en rends compte ? » Il la câlina, longuement. Miracle des jeux de la tendresse ! Puis Adrien se rassit, et d'une voix tout à coup cassée : « Remonter vers son passé, c'est vraiment douloureux quand tout a changé. » Estelle comprenait à demi-mot son désarroi. « Ne dis rien. » Elle prit sa tête et la posa au bas de son ventre, proche de son pubis. « Parfois, il faut donner du temps au temps. »

Estelle avait cependant compris que les dés étaient jetés. Toute la journée, elle avait attendu le retour d'Adrien. Elle s'était efforcée d'entretenir une espérance qu'elle savait vaine, illusoire. Elle savait qu'Adrien ne prendrait pas le temps de se familiariser de nouveau avec le pays, de retrouver le charme et la lassitude des choses les plus simples, de repriser la déchirure, de réapprendre le langage afin que se forme, dans le pli de ses lèvres, de nouveau, une parole enracinée. La migrance était sa patrie sans nom. Adrien Gorfoux, fou comme un vol de gorfoux, quelle saison fuis-tu ? Vois tes mains trouées de mille clous, tes pieds malades de mille cailloux ? Que fuis-tu donc ? Estelle était revenue au lieu de son enfance. Cette ville, elle l'avait laissée tôt. Pourtant, la courbe de la montagne partant de la mer et retombant dans la mer : « Passe par ici, moi je passerai par là, on se rencontrera sur la crête », les rues toujours animées, les maisons aux briques noircies, chaque grain de sable de la plage se sont acharnés à survivre en elle, intacts, non, plus beaux que vrais. Elle était là, sa ville, malgré toutes les transformations, la dégradation des quartiers, les boutiques crasseuses et les échoppes bancales. Les voix de son enfance s'élevaient en elle : celle du grand-père, cette comète railleuse qui ne croyait qu'à l'enchantement des sens ; celle de la grand-mère pour qui les convenances prenaient force de loi ; celle mélancolique de la mère qui n'a jamais su comment transgresser les frontières.

Estelle s'était endormie ; elle respirait paisible au côté d'Adrien. Lui, était obsédé par les circonstances du décès de Carvalho Marcadieu. On n'échappe pas à son destin. La mort de Sam répondrait-elle à cette logique ? Adrien se leva, marcha jusqu'à la fenêtre. Dans la fatigue de l'avant-jour, sa pensée se mit à bégayer : « L'équinoxe, les noces de l'Un et du Multiple... Miroir, miroir, les miroirs, tous les miroirs réfléchissent la même étoile... Tous les rayons convergent... La ville. La vie. La ville prend-elle feu ? »

26

Adrien n'avait dormi que peu de temps, une heure ou deux tout au plus. La pluie, longtemps, s'était abattue, sans discontinuer, sur la ville, produisant un bruit de sable fin lorsqu'elle tombait sur les toits de tôle et les branches des arbres. Vainement, il avait tenté de couper court aux appréhensions qu'avaient suscitées en lui les événements des derniers jours ; il était taraudé par l'angoisse. Entre les fentes des volets clos filtrait une lueur pâle, incertaine. Adrien se leva et ouvrit toute grande la fenêtre sur les premières lueurs de l'aube. La journée s'annonçait maussade comme bien souvent en novembre. Il observa la course des nuages, leurs mouvements de troupe en déroute. Au loin, les coqs saluaient de leurs cocoricos orgueilleux, agressifs, la levée d'un nouveau jour. Des battements d'ailes avaient remplacé le cri strident des grillons. Adrien s'habilla sans hâte, sans projet précis, et sortit.

L'horizon rougeoyait déjà de la braise du soleil levant avec ce reflet d'or qui embrase les nuages et la mer, fait vibrer la terre, dore la cime des arbres. Les feuilles, lavées par l'averse, palpitaient, graves, proches. À cette heure matinale, les maisons des Alluvions étaient encore plongées dans la léthargie nocturne. Adrien marchait lentement. Les multiples questions qu'il s'était posées peu d'heures auparavant restaient encore sans réponses. Aux abords de la place des Canons, il régnait une effervescence. Ces derniers temps, des colonies de gens s'étaient installés partout. Ils occupaient les perrons de l'église, les jardins des coquettes demeures, l'ombre du mapou, bien que leur lieu de prédilection restât le pourtour du cimetière. Des familles entières avaient déferlé des campagnes. Les temps trop rudes, les intempéries avaient obligé les hommes à abandonner leurs terres ; ils étaient partis avec femmes et enfants. Ils faisaient là une halte obligée au cours d'un voyage vers un ailleurs improbable.

Dès la levée du jour, leurs ombres filiformes hantaient les rues : tout un peuple de sans-abri, les mains vides, les bras ballants, les pieds nus, grelottait, hébété, prostré, transfiguré sous la ruisselante splendeur du soleil levant. Sur la place des Canons, il se répartissait en petits groupes autour de maigres feux. Les femmes, majestueuses, vêtues de haillons aux couleurs d'arc-en-ciel, faisaient la cuisine en serrant, entre leurs genoux, des enfants au ventre nu qui se creusait à chaque gémissement, comme se creusent les ventres des chèvres agonisantes. Elles fredonnaient une longue plainte sans les paroles. Si elles avaient été prononcées, elles auraient donné la chair de poule. Les hommes, aux yeux brûlés de cris silencieux, tenaient, de leurs doigts gourds, leur godet de café, lisant, au fond, leur sombre avenir. Quelques-uns avaient trouvé de l'ouvrage ; ils étaient cantonniers, tailleurs de pierres, réparateurs de pneus usagés, bœuf-chaînes, porte-faix, durs travaux qui avaient transformé leurs bras en bois noueux. Une lassitude immense les habitait.

Adrien passa par le port, le soleil prenait de la hauteur, colorait les vagues d'un rouge rutilant. Des pêcheurs halaient sur la plage leur pirogue, débarquaient leur maigre cargaison. Les plus chanceux ramenaient des mérous ou des dorades. Mais la plupart avaient dû se contenter de modestes prises : la mer, énormément sollicitée, n'arrivait plus à suivre. Les pêcheurs empoignaient les plus gros poissons par la queue, les assommaient d'un coup sec sur le sable, avant de les lancer dans des amphores d'osier. Les plus petits y étaient jetés directement. Les femmes, qui avaient attendu leur arrivée assises sur de grosses pierres, hissaient sur leur tête les paniers branlants et résonnants des derniers soubresauts de poissons agonisants ; des chiens faméliques les suivaient en tournant autour d'elles. Elles allaient nettoyer les poissons à l'embouchure, près des lavandières qui battaient leur linge en chantant.

Place du Marché, les marchandes montaient leurs étals. Auprès des camions arrêtés, des revendeuses, en gesticulant, débattaient âprement les prix des marchandises. Les bœuf-chaînes arrimaient le chargement, s'agrippaient aux cordes. Les brouettiers poussaient, avec une inébranlable détermination, leur cabrouet. Adrien donna dos au marché, franchit le portail des Quatre-Chemins, atteignit les vastes champs où des troupeaux de chèvres se prélassaient sous l'œil vigilant de coqs aux allures de princes siamois. Il s'assit à l'ombre d'un grand mapou, contempla un moment la silhouette lugubre d'un malfini qui, désespérant de retrouver la montagne, se posa sur une branche. Il tomba à ses pieds enivré d'odeurs violentes. Des hommes qui sans doute s'étaient levés à l'aube avaient fini de bêcher et creusaient d'étroits sillons. Leurs pieds laissaient des empreintes sur la terre détrempée. Des paysannes, coiffées de grands chapeaux de paille, les suivaient, fermaient les sillons d'un vigoureux piétinement après y avoir semé des grains de maïs. Adrien marcha à côté d'eux, bavarda de la pluie, du temps, de la récolte à venir jusqu'à l'U du chemin où la route se scinde. Adrien bifurqua à droite, empruntant le chemin qui conduit au ruisseau. Il serpentait en gargouillant entre les touffes de jonc, se faufilait à travers les massifs de bambou, s'élargissait en cuvette sous le grand manguier où il somnolait, dispensant calme et sérénité avant de disparaître sous la masse touffue des arbres. Cocotiers, bananiers, arbres à pain, palmiers, avocatiers, lavés par la pluie, mêlaient leurs verts ; toutes les nuances de vert chatoyaient au soleil. À la lisière de cette forêt, une bande de charpentiers menaient grand tapage, becquetaient les vers des troncs sinistres de palmiers pourris. Adrien sentit monter de la terre une calme douceur qui l'imprégna.

Parfois, tu te croirais face à une mécanique conçue par un bricoleur fou. Un jour, quand tu en auras assez d'écouter l'Histoire « aux portes des légendes », tu écriras la saga de ces trimardeurs sauvages, passagers anonymes des camions de marchandises qui sillonnent le pays d'un bout à l'autre. Tu croqueras les vies minuscules de ces sans-grade, sans-aveu : manieurs de houe, bœuf-chaînes, bêtes-deux-pieds, hommes aux mains calleuses, déboiseurs, fouilleurs de caveaux, muletiers, réparateurs de pneus, « caoutchou-men », et de leurs femmes-deuil, femmes-abandon, femmes au visage décoloré, buveuses d'absinthe, fumeuses de pipes en terre cuite ! Tu décriras les péripéties des enfants : l'école de la rue, la manière de se cacher, d'échapper aux bouledogues, de déjouer les systèmes d'alarme ; enfants resquilleurs, enfants chapardeurs, mendiants et détrousseurs. Vies eunuques de destins, vies bombardées, saccagées par les tirs nocturnes, honneur ! Vies de tranchées, de boue, de corps à corps contre la mort organisée, honneur ! Vies héroïques au quotidien, vies risquées, montrez-moi vos ruses de surf sur ce déluge de fer et de feu. Respect !

Un vent aigre se leva, fit valser des nuages gris, malmena les feuilles des arbres, dérangea les charpentiers qui se mirent à voleter, à s'agiter furieusement. Il emporta la paix qu'Adrien, un instant, avait retrouvée. Les souvenirs des semaines qui suivirent son arrivée lui revinrent en mémoire. Manifestations, grèves, couvre-feu, troubles sociaux avaient compromis son échéancier. La recherche des trésors du vieil Allemand, il en était conscient, ne constituait qu'un prétexte. Il avait déjà effectué des fouilles dans sa vie et savait la part qu'il fallait attribuer au hasard. Bien des découvertes importantes ont été fortuites, un peu à la manière des grosses pierres soulevées qui libèrent un fourmillement d'insectes souterrains. Il n'avait même pas eu la possibilité de déployer ses cartes, de sonder vraiment le terrain, de laisser jouer le hasard, de mettre au jour un gisement, qui sait ? jusque-là insoupçonné. En un temps très ancien, cette contrée avait été habitée par des femmes et des hommes qui y avaient élevé des demeures, des temples. Et, un matin de novembre, semblable à celui-là, ils moururent terrassés par des épidémies, des maladies ou les luttes fratricides conduites par des roitelets sanguinaires. Tout un monde jadis grouillant de vie et de diversité était sans doute enfoui sous cette terre qui connut la gloire des cacicats, les fastes d'Anacaona, les exactions de la flibusterie et de la piraterie ; tout un monde englouti, témoin aujourd'hui devenu muet, du souffle fragile de la naissance d'un peuple.

Adrien remémore ses premières fouilles, le bouleversement ressenti lorsqu'il avait tenu entre ses mains les plus vieilles terres cuites du monde, des trésors appartenant à l'aube des civilisations. Quelle joie que de remonter le cours des siècles, de palper l'hybridité des sociétés jadis rivales, de retrouver l'opulence de royaumes oubliés, de relire un poème de pierre, de tenir entre ses mains les premiers balbutiements de la pensée, les premiers vagissements de l'espèce, d'égrener des noms de terres mythiques qui ramènent au matin du monde : Bagdad, Bassorah, le Tigre, l'Euphrate, des noms de peuples qui ont lutté avec l'espoir tenace d'échapper à la pesanteur de l'être ! Humer sous la poudre des siècles l'odeur des révoltes et des transgressions ! Trouver des réponses au silence du monde ! Certes, Adrien connaissait aussi les risques et les déceptions du métier : tomber, au bout de longues périodes de fouille, sur des esquilles sans intérêt. Une fois, au Katanga, après toute une année, tout ce qu'il était arrivé à exhumer, c'étaient des reliquats de jarre, des fragments de poterie qui s'effritèrent au soleil. Mais comment accéder à un site sans plan d'ensemble, sans repérage préparatoire, ni formules de sauvetage ? De toute façon, son agenda était compromis. Et s'il s'obstinait à débuter quand même, il risquerait de passer à côté de ce qu'il cherchait.

27

Pendant les jours de liesse de février, les habitants des quartiers populaires avaient peint les devantures des taudis, dessiné, sur les panneaux de contre-plaqué masquant les bicoques, des fenêtres en trompe l'œil, des fontaines lumineuses, des appareils de téléphone et de télévision. Toute une débauche de couleurs, représentant des images de femmes, des déguisements de jeunes amoureuses, de joyeuses amazones ; tout un foisonnement de dessins, d'emblèmes : des tigres, des crocodiles, des larves, des chrysalides, des êtres en pleine métamorphose. Le soleil, la pluie, la poussière, la saleté avaient depuis écaillé les peintures, écaillé l'espérance. Paradoxalement, au moment où le temps semblait stagnant, où régnait l'insécurité la plus vive, les citoyens, soutenus par une énergie insolite, se mirent à fêter. Jamais le pays n'avait autant commémoré. On eût dit que la fête avait le pouvoir de conjurer le mauvais sort, de renforcer la conscience collective, de dynamiser le temps. On eût dit que tout ce qui était animé d'un restant de vie refusait de succomber aux ravages du temps, que la décomposition engendrait sa propre cristallisation, plantant là un décor permanent où la vie ne se chantait plus en messe basse, mais entonnait les grandes orgues de la joie et de la résurrection. On fêta le premier anniversaire du vote référendaire sur la Consti-

tution. Il ne manqua ni les vieilles antiennes des pha-
langes d'assaut, ni les vaccines, ni les bandes rara, ni les
étendards des groupes de soutien, ni les mises en garde des
brigades de vigilance. Un seul mot d'ordre : « *Véyé-yo.*
Surveillons-les », s'égosillaient d'honorables vieillards
appelant à la création d'association de défense de la Loi
fondamentale. Ils savaient d'expérience que, pour les
hommes au pouvoir, Constitution cé papier, baïonnette cé
fè. Le papier, on le froisse, on le déchire, on s'en torche
alors que les armes parlent. Elles parlent langage de feu et
de sang, elles bâillonnent, elles tuent. Véyé-yo, mézanmis !
Véyé-yo ! Soyons vigilants !

On commémorait à tout bout de champ, partout en tout
lieu et en tout temps, une sorte d'allergie à l'immobilité,
une fébrilité sans rémission, un état d'urgence où il fallait
à tout prix commémorer, comme si on retrouvait, à travers
les théâtres du souvenir, une façon de rétablir la logique
de la continuité qui garantissait des liens entre les
habitants au moment même où l'on débouchait sur un
vide aveugle de projet d'avenir. Passe encore de commémorer le jour de l'Indépendance, la mort de l'Empereur,
la révolution de 1946, le massacre de Fort-Dimanche, le
jour où plusieurs milliers de paysans avaient osé descendre des montagnes et hurler contre la cherté du riz : les
lycéens s'en étaient mêlés et l'armée tua sept enfants.
Passe encore de commémorer le jour de la fondation de
l'Association pour la défense des droits humains, on
célébra, par des processions et des reposoirs fleuris, la fête
d'un nombre incalculable de Vierges : Vierge Caridad,
Vierge de Sault-d'eau, Vierge Altagrâce, Vierge Ti-
Mêne... on fêta le retour du vent par un lâcher de cerfs-
volants ; le retour des canards et des ramiers sauvages, par
un concours de frondes lance-pierres. Puis on s'était mis à
fêter des événements qui n'avaient pas encore eu lieu. Des
fêtes d'espérance : quand éclateront les rubis de soixante

soleils, quand périront les maîtres de l'apparence, les oiseaux de la vanité, de la bêtise et de la cruauté, monstres destructeurs et indifférents, quand surviendra la débâcle de ce temps d'algèbre damné. On célébra jusqu'à l'ivresse, la nuit de la déroute des loups-garous ; le dialogue du malfini et de la pintade ; le jour où le peuple sera alphabétisé, où les poules auront des dents ; le jour où l'on sera champion du monde de football, où l'on occupera de nouveau et dépassera en indicateur de croissance la République dominicaine ; le jour où Carmencita de la Cruz, célèbre pute sur la frontière, annoncera qu'elle se retire du marché et portera désormais le voile. On ne savait plus pourquoi on fêtait mais il semblait important de se livrer à ces exercices de simulation, reflets d'une nouvelle carte du monde, d'une planète métamorphosée. En attendant ce temps de rêve, la population vivait, dansait, volcanisée par la rythmique des tambours et des crécelles. C'était à qui en rajouterait à cette débauche de création collective.

L'Assomption de l'Immaculée Conception, patronne de la ville, vint s'ajouter à la fièvre. Les habitants avaient programmé une fête à tout casser. La veille, dès la pointe du jour, les maisons furent débarrassées des meubles, et autres accessoires ; on ressentait le besoin de passer un grand coup de balai, de tout purifier au soleil. La soirée fut décrétée celle du cabri. On sacrifia plusieurs centaines de têtes, dressa, aux principaux carrefours, des étals où se vendaient des plats de cabris grillés et pimentés, qu'accompagnaient de larges rasades d'alcool de canne. Les habitants se déhanchèrent jusqu'à minuit, au son de musiques endiablées.

Dès l'aube du 15 août s'élève un confus brouhaha : le frottement lourd, inquiétant que peuvent faire des milliers

de pieds, s'entremêlant, s'entrecroisant, rebroussant chemin, se hâtant, se heurtant dans une sorte de tumulte.
Gigantesques, invisibles piétinements, bruits de fond
qui sourdent des quatre coins cardinaux, de partout et
de nulle part : des quartiers de la Saline, de la zone du
marché, des rues à bordels, de derrière les couvents, de
l'ancienne halle des marchands, de la place des Canons,
des dancings décorés de femmes-serpents et de feuilles de
palmiers, de derrière le tribunal au fronton corinthien, de
partout, même des terrasses et balcons fleuris d'hortensias, de camélias, de bégonias. Se sont assemblés tous ceux
qui attendent la grande mutation, l'avènement du jour
annoncé par les Évangiles, la fin d'un temps et le
commencement d'un autre.

Vers huit heures, la foule se met en branle, encadrée par
un régiment du corps d'armée, envoyé là en cas de
dérapage ; la main posée à hauteur de la cuisse sur la
coquille du revolver dont le fourreau rigide s'étire derrière
eux, la jugulaire du képi coupant leur menton, les soldats
regardent passer une procession d'enfants déformés, de
frères siamois, d'obèses, de nains : la monstruosité déploie
ses ailes. L'œil clignote devant ces avortons, ces créatures
de cauchemar, superlativement agiles ou balourdes,
pitoyables ou glorieuses, souffre-douleur ou persécutrices.
L'œil est fasciné par cette humanité déchue tels des anges,
par ces créatures qui semblent venir d'ailleurs, maîtresses
de seuils et de mystérieux passages. L'œil s'envoûte au
spectacle de numéros et de tours dont le sens prend effet
sur fond de cabrioles, de chutes malencontreuses, de
pitreries et d'acrobaties. Les rues sont envahies de tresseurs de rubans, de colosses déroulant des banderoles
bicolores, portant des affiches aux couleurs agressives,
violentes. Tout un défilé d'Indiens, de bœufs écornés, de
Charles-Oscar, de Trois-Pas, figures légendaires de la
répression, de femmes fessues, de corps enduits de suie, de

chars allégoriques figurant la coulée du temps ; tout un défilé d'indicibles détresses, de corps portant des prothèses ; tout un assemblage d'éléments hétéroclites, de quoi être glacé d'effroi devant l'inaltérable folie humaine. Toute une foule de monstres à deux faces, à double poitrail, de troupeaux de bovidés à face humaine, de créatures à tête de cheval, moitié homme moitié femme. Ils exhibent des banderoles dénonçant pêle-mêle : l'insécurité, la pollution de l'air, de l'eau, la noirceur, la répression, l'infamie, le Front de la Misère Internationale. Tout un champ de foire où règnent le grotesque, le désordre, la naïveté et la lubricité : curé au pénis hypertrophié, cul-de-jatte qui respire dans un verre à cornichons, barbe grisonnante d'un notable brandissant une pancarte figurant l'accouplement d'un singe et d'une bourrique. Passent des numéros d'équilibristes les plus absurdes : une jeune femme porte sur le bout de son nez une table chargée de victuailles ; passent des molécules de la condition humaine : des dieux sans visage, des anges sans ailes, des fantômes sans ombre, les maîtres de la nuit, les maîtres des regards retournés en dedans, les maîtres des paupières baissées. Un papillon scarabée rôtit ses ailes à la flamme d'une chandelle ; une femme s'épouille ; des bustes de plâtre dévoilent des rêves de bonheur comme on tire les fils d'une pelote emmêlée : « la mayotte pour cinq sous » ; des mannequins brûlent sur des bûchers ardents. Tout un vacarme de tambours, de cris et de vaccines. Le monde atteint le summum du chaos. Comment interpréter, comment déchiffrer cette peinture de l'exagération ?

La foule défile dans les étroites ruelles de la ville basse, passe devant les vieux hôtels, les cafés aux terrasses fleuries d'hortensias, le balcon du cercle Belle-Anse où les vieux messieurs, banquiers et pontes, arrachés à leurs tables de baccara, applaudissent de leurs mains parcheminées et lancent des hourras. Leurs voix sonores ou enrouées, qui d'habitude ponctuent les bancos de leurs grosses parties, sont recouvertes par les vivats aigus des femmes décolletées, accoudées aux rampes des terrasses, offrant leurs seins éblouissants, leurs lèvres ouvertes sur les humides grottes roses de leurs bouches aux dents étincelantes.

Toute une horde fait escorte : enfants des rues, mendiants, voleurs, fouilleurs de détritus, faux vendeurs de Bibles, chanteurs de cantiques, fossoyeurs, va-nu-pieds, nègres de la boue des chemins, danseurs de méringue, buveurs d'alcool de canne, mangeurs de griots et de harengs fumés, orgueil marié au déhanchement fleuri. Admirable, cette liesse criarde, ce bonheur des survivants malgré les plaines ravagées, les villes incendiées, les églises profanées, les couvents mis à sac, les vols, les viols, les tueries. « Attendez, attendez, disent les plus vieux, regardez l'embrasure étroite du four, le pain lève et dore ! »

« Voyez-vous ces figures difformes, cette animalité enchevêtrée à l'humanité ? » Léopold Seurat, mine rébarbative, regarde défiler les faces grimaçantes, les lèvres gonflées, protubérantes, marquées par une irrémédiable maladie, rongées par une fièvre maligne. Une femme vêtue en crocodile fouette un vieillard décharné, aux jambes largement écartées. Lui, porte, à califourchon sur ses épaules, une jeune fille à demi nue. Une autre danse devant lui, se déhanche en un tournoiement obscène et fait mine de le masturber. « Je plains l'historien à venir ; il aura une énigme difficile à résoudre : pourquoi les habitants de cette ville abandonnée à la poussière, à la déréliction de la plaine passent-ils leur existence à fêter ? Pourquoi ? Je lui dis bonne chance. » Quant à lui,

Léopold Seurat, il a pris son parti : il se contente d'enregistrer qu'ils fêtent trop et qu'ils n'ont pas le temps de sarcler, de semer, d'écouter les arbres pousser et de récolter. « Ils fêtent trop ! Pour un couic, pour un couac, ils fêtent. Quelle déliquescence ! »

28

L E 16 août, alors que les habitants se remettaient des extravagances de la veille, une nouvelle effarante se répandit : des enfants avaient disparu. Partis fêter, leurs parents ne les avaient pas revus de la nuit ni de la matinée. Toute la semaine, des récits de rapts, de vols de cadavres à la morgue de l'hôpital général, d'enlèvements, de mutilations occupèrent le devant de la scène. Les rumeurs les plus invraisemblables circulèrent : rumeurs d'os de rats trouvés dans un chowmein, au seul restaurant chinois de la ville ; rumeurs de verre pilé mêlé aux aliments en pots pour bébés ; bruits qu'un ramassis de tueurs, d'hommes de main, de meurtriers, de gredins, les escadrons de la mort surnommés vidangeurs des rues, pourchassaient des gamins, surtout ceux qui vivent comme ils peuvent, se prostituant à l'occasion pour assurer leur pain quotidien. Armés de mitraillettes, ces malfrats sillonnaient la contrée, enlevaient les enfants dans leurs grosses Jeep. Leurs corps exsangues étaient rejetés, quelques heures plus tard, sur la chaussée ou au cimetière. La panique s'empara des quartiers populaires.

Réunis en grand conseil au salon de Zag, les hâbleurs prétendirent que le sang des enfants était vendu à des banques étrangères contre devises. Ils dénoncèrent la

241

complicité de certains membres du gouvernement qui profitaient de ce trafic, leur commission directement versée à leurs comptes en Suisse. Ils affirmèrent que beaucoup d'étrangers se présentaient au pays et prétendaient vouloir adopter des enfants, des orphelins, par philanthropie. À la vérité, ces gosses étaient dépecés grâce à la complicité des médecins bouchers et leurs entrailles servaient à des greffes d'organes. Adrien eut beau argumenter que ces transplantations réclamaient des techniques très sophistiquées, les hâbleurs, unanimement, objectèrent que les prix étaient connus, des prix chiffrés à des milliers de dollars : trois mille, la cornée, cinq mille, un rein, jusqu'à quatre-vingt mille, le cœur-poumons. Une voix de baryton alla jusqu'à prétendre qu'une personnalité de haut niveau l'avait approché et lui avait proposé d'être son associé, fifty-fifty. Il apporta un autre argument en béton armé : des membres d'organisations internationales, ceux qui se sont peaufiné une expertise en respect des droits de l'homme et du partage équitable des ressources entre le Sud et le Nord, même s'ils ne disposaient pas de preuves tangibles, n'écartaient pas la possibilité que ces histoires fussent vraies. Tous pérorèrent sur l'arrogance, le mépris, le racisme, le cannibalisme de l'ogre impérialiste, de l'ogre occidental qui, non satisfait de dévorer les ressources des pays pauvres, s'attaquait à leur trésor le plus cher, leur avenir même : les enfants.

La colère succéda à la peur. « Il fallait en finir avec les Barbe-Bleue, les assassins de l'ombre. À crime exemplaire, châtiment exemplaire. » La foule furieuse boucla l'hôtel Fraisineau où logeait une clientèle sélecte : responsables de missions étrangères, grands commis de l'État, officiels du gouvernement. « Réglons son compte à cette famille de putes ! » Toute une foule partie des Quatre-Chemins, de la rue des Remparts-de-l'Éternité, là où se tiennent les égorgeurs de boucs, les réparateurs de pneus, les tresseurs de corbeilles, les vagabonds sans feu ni lieu, toute une foule armée de fourches, de bêches, de piques, de houes, de machettes, de coutelas arriva devant l'hôtel Fraisineau. Conscients du danger qui les menaçait, les propriétaires sortirent, évitant ainsi de justesse la foule qui pénétrait par l'avant en défonçant les portes. Elle saccagea et pilla les lieux, mit le feu à la maison pendant que les Fraisineau s'enfuyaient, tentant à travers les ténèbres, le fouillis des arbres, de gagner la montagne. Les hâbleurs avaient une variante de cette histoire. La foule réussit à attraper la femme. Elle à qui on avait fait une réputation de femme discrète, ayant peur de la vie, préférant l'isolement de son foyer aux bruits du monde ; elle qui passait ses journées à astiquer avec un chiffon de soie ses meubles d'ébène, sa ménagerie de verre, la collection de poupées qui peuplaient sa chambre de jeune fille, ne voilà-t-il pas, qu'après l'avoir déshabillée, la foule trouva, dissimulées dans la doublure de son corset et l'envers de sa culotte, des liasses de dollars.

La section locale des hâbleurs épiloguait sans fin sur cet épisode quand quelqu'un ouvrit en coup de vent la porte du salon de Zag : « Venez ! Venez ! Venez voir un *tasso* de macoute ! Venez voir griller un macoute ! » On avait identifié un de ces vendeurs de corps humains. Il opérait la nuit, portait un grand couteau sous sa chemise, couteau avec lequel il découpait les enfants. Il les vendait, en pièces détachées, aux ogres occidentaux qui utilisaient même la graisse pour huiler leurs machines. « C'est la graisse extraite des corps de nos enfants qui huile et fait tourner leurs machines sophistiquées ! À bas les détrousseurs de cadavres ! » La rumeur devient plus précise au fur et à mesure qu'on approche de la place des Canons. La foule descend des ruelles, des corridors, la foule, telle une vague de fond. Porté par elle, tu te retrouves au cœur d'une masse compacte. Le soleil est si aveuglant que tu dois plisser tes paupières et mettre une main en visière devant tes yeux, tandis que de l'autre tu protèges tes narines et du coup tes poumons, de la poussière, une nappe de poussière qui enveloppe la place. Une femme, une bassette, te prend le bras, s'accroche à ta chemise : « Vous voyez, vous ? Que voyez-vous ? » demande-t-elle avec insistance. Tu vois un homme habillé en bleu qui court et la foule le cerne de tous côtés. Tu vois des mains qui lancent des pierres, qui tiennent des gourdins, des machettes, des pics, des tranchants d'acier, des éclats d'acier aveuglants. L'homme se réfugie dans l'ancienne halle des marchands. « Que se passe-t-il maintenant ? » Il y a des pourparlers ; quelques personnes s'interposent ; elles veulent le protéger. « Tout est donc fini ? » Non ! les mains armées redemandent le macoute. Elles insistent, écartent les gens qui gardent la porte et pénètrent dans le bâtiment. « Et puis ? Et puis ? » Qui par un bras, qui par une jambe, on traîne l'homme vers le milieu de la place tandis que d'autres mettent le feu au bâtiment. La foule est ivre de violence. Un mot d'ordre circule, repris de proche en proche : « À mort, l'assassin. » Une pierre atteint l'homme en bleu. Il s'écroule. La foule l'encercle. La foule vocifère. Tu vois une main rouler un pneu, tu vois une main munie d'un bidon d'essence s'approcher de l'homme terrassé, les yeux hagards, exorbités. « Ils vont lui faire subir le supplice du collier ? Ils vont lui donner un Pè Lebrun ? » La stupidité des hommes ne connaît pas de limite ; ses inventions barbares ne se comptent plus. Une main fait craquer une allumette. L'homme, garrotté par son collier, essaie d'échapper aux flammes. « On nage dans l'abondance », résume cyniquement la marche des choses, un fabricant de cercueils qui fait des affaires d'or. Son stock de cercueils en mauvais sapin s'épuise et se renouvelle sans cesse : dimension unique pour les adultes, petits coffres en bois blanc pour les enfants.

« Respectés ou bafoués, les droits de l'homme, que cet homme soit une canaille ou un héros, sont également ce qu'ils sont, quelle que soit l'ignominie ou l'excellence des fins qu'il poursuivait », n'arrêtes-tu pas de te répéter tandis que la flamme lèche les vêtements de l'homme, l'éclaire d'une lumière sinistre. Tu vois tout à coup, imprimé sur la manche droite de son uniforme bleu, un badge : des lettres blanches sur fond jaune. Tu comprends alors l'énorme méprise dont il était victime : cet homme est un agent de sécurité, un agent privé qui a été pris pour un volontaire de la sécurité, un macoute, race impie, objet de chasse à courre depuis quelques mois. L'homme crie : « Je ne suis pas... » Le cri d'innocence s'étouffe dans sa gorge. L'homme est en feu ; il brûle ; une torche vivante. Il crie une dernière fois : « Au secours ! » La foule rit, le hue. Et la main, munie d'un bidon d'essence, l'arrose. Le corps martyrisé bat comme celui d'une poule qu'on égorge. « Vierge Marie ! je vois les flammes, s'écrie la bassette. Ils l'ont donc brûlé ? » Et pendant que le corps, instinctivement, repousse les atteintes de la flamme qui lui calcine les membres, la foule hurle autour de cet autodafé. Voilà envolée la vie d'un homme qui était plein de force et de santé, probablement chéri de sa famille, affectionné des siens. Il n'est plus qu'un cadavre à moitié carbonisé. « Non ! » Tu entends ce mot sortir de ta gorge, enrouée. Quand donc apprendras-tu à tenir ta langue ? « Non ! » Cette fois, le mot pétarade sur tes lèvres. Il semble surgir du plus profond de tes boyaux : « Non ! Non ! Non ! » Silence sur la place des Canons. Un silence lourd, absolu Puis une voix : « De quoi je me mêle ? » Tu pousses un autre « Non ! ». Tu entends ta voix emplir l'espace. Des hommes t'empoignent. Ils t'ordonnent d'avancer, de crier « Vive... » tu ne sais plus quoi. La foule vocifère. Et cette chaleur, ces cris vifs, cette odeur de chair brûlée, et cette envie de dégueuler ! Tu reçois un premier coup de bâton, il y en aura d'autres ; on te roue de coups, on te traîne dans l'allée centrale. Tu as le tournis. Et ce vacarme ! Tu reçois des gifles, des taloches. Rester debout devient une priorité, ne pas vaciller, continuer à avancer au sein de cette saillie orageuse. Tes vêtements sont lacérés, il ne te reste qu'un lambeau de pantalon. Le sang dégouline de ton arcade sourcilière fendue. Tu n'as plus la notion de ton corps ; tu n'es plus qu'une chair sanguinolente. Et puis cette soif, cette soif à lécher les pierres. Tout bouge, tout vacille autour de toi. Il faut rester debout coûte que coûte. Tu tombes en gémissant, précipité dans un trou noir. Lorsque tu reprends conscience, un pneu t'immobilise et tu respires cette odeur d'essence et tu sens un liquide chaud dégouliner entre tes jambes. As-tu vraiment uriné ? Pire, as-tu déféqué ? Quelle saloperie, ce corps ! et tu te mets à aimer la vie, d'un furieux amour.

Quand Adrien revint à la pleine conscience du jour, il était étendu sur un fauteuil, au salon de Gonzague qui, penché sur lui, essayait à coups de compresse d'eau froide et d'alcool de contenir l'hémorragie de son arcade sourcilière fendue. Il avait peine à ouvrir son œil gauche. Il était stupéfait de se retrouver affalé sur cette chaise, inconscient du temps qui avait pu s'écouler. « Qu'est-ce qui les a rendus si cruels ? » Tu as soif, si soif ! Tu respires profondément, tu serres les dents, t'efforçant de ne pas pousser des plaintes déshonorantes. Tu dois t'appliquer à reconquérir chaque partie de ton corps, commander à tes yeux de rester ouverts, à tes bras de bouger, à tes jambes de marcher.

Cette révolte populaire fut sauvagement châtiée. La ville expérimenta, une fois de plus, la médecine de Jean Phénol Morland qui rejoignit, au panthéon des assassins, les figures légendaires de Ti Boulé, Luc Désir, Lorius Maître, celles de Béria, de Klaus Barbie, de Mengele. Il mata la manifestation avec une telle férocité qu'on sentit les ondes scintillantes de l'extase déferler de son corps comme des vagues. Les soldats vinrent au marché, brisèrent les étals à coups de crosse de fusil et de matraque. Quand ils quittèrent les lieux, on dénombra plus d'une centaine de morts et de blessés. La nuit entière retentit des bruits de bottes dans les cours ; des tambourinements ébranlaient les portes des maisons. Toujours la même formule : « Ouvrez ! Ouvrez ! le commandant veut vous voir. » Des centaines d'habitants enlevés. Le lendemain, près de l'embouchure de la Ravine, des crânes aux yeux vides jonchaient l'herbe haute. Des pantalons, des robes trempées de rosée dégoulinaient autour des corps entamés par le travail des fourmis. Des cadavres nus, sous le soleil, couvraient la terre marécageuse. On en trouva accrochés aux racines des mangroves, les yeux mangés ; des crabes s'acharnaient sur eux. Il a fallu attendre le reflux des eaux, la marée basse, avant de récupérer certains corps. Combien sont morts ? « Ils ont pris mon mari, mon frère, mes deux enfants », pleurait sans larmes une voie ratatinée. L'air empestait la mort.

La ville était devenue, le soir, un écrin de velours sombre. Des pans entiers étaient enveloppés d'épaisses ténèbres, depuis la baisse imposée de la consommation électrique. De temps en temps, les phares d'une Jeep balayaient les ruelles, éclaboussaient des amoureux assis au bord de l'ombre, des prostituées, longilignes Dominicaines faisant la concurrence aux chabines et griffonnes locales. Elles ressemblaient à des libellules quand la lumière des phares baignait leurs aguichantes tenues fluorescentes. Privées de clients en ces temps de vaches maigres, elles offraient à la nuit déserte leurs cuisses de sirènes orphelines. Les temps durs ont tué ce commerce, la ville a appris à se coucher tôt. Plus de promenades sur la place des Canons, plus de séances de cinéma, plus d'interminables parties de dominos sous les lampadaires.

Toute activité était devenue impossible. À travers les persiennes filtraient parfois de pâles lueurs tremblotantes. Même les bougies étaient devenues inaccessibles ; leurs prix avaient flambé, au grand bonheur des chauves-souris qui jouaient à cache-cache, à la belle étoile.

Au coucher du soleil, quand le silence n'était plus troublé que par le grésillement des insectes et que l'ombre pétrifiait les arbres, une angoisse carabinée envahissait Adrien, une angoisse pénétrante, vrillante, qui lui donnait envie de se mettre à genoux, de prononcer une oraison. Il avait la désagréable impression d'être nulle part, d'être placé dans un monde de tulle, de gaze, d'ouate. Cette ville lui avait dévoilé toute son incongruité. À flanc de montagne fleurissaient les antennes paraboliques, les enseignes de concessionnaires de voitures japonaises, allemandes, américaines, les banderoles vantant la Prestige, bière de fabrication locale, les annonces offrant des charters pour New York, Miami, Montréal. Au carrefour des Quatre-Chemins, à la rue des Remparts-de-l'Éternité, aux alentours du marché, la flamme vacillante des lampes têtes-gridapes, des lampions, autour des baraques de fritailles. Et la Ravine qui la balafre d'une plaie profonde. Ville-mouroir où les enfants en guenilles, petits corps squelettiques agrippés aux seins fripés de leur mère, meurent d'indifférence, les yeux mangés de mouches. Ville qui ne connaît que des départs, et jamais de retours. Cette culture de départ qui s'est répandue dans la ville exprime-t-elle la détresse face à la violence fratricide, à la répression, à la tyrannie ? Elle dépasse celle de toutes les Somalie, de tous les Rwanda et Bosnie-Herzégovine. Ville-poubelle du temps, avec ses ruines, ses maisons de style colonial flottant sur des vagues bleues. Ville de queues ! Partout, la misère des queues : queue pour le riz, les pois et l'huile qui viennent de la Food Care et que les mafieux et leurs parrains pillent : ils font main basse sur l'aide d'urgence et revendent les produits ; queue à la devanture de la banque pour encaisser le chèque qui vient de parents vivant à l'étranger ; queues soudain meurtrières quand l'impatience rend fou ; queues pour l'eau ; queues devant l'officine où l'on délivre les passeports. Ville d'éternelles queues ! Ville-marge, ville de bidonvilles, ville-rébus, ville de l'écart, ville-misère pleine de consomption, d'étoiles filantes et de ténèbres. Ville en passe d'extinction, ville éclatée, en deuil d'aube. Pourtant la vie grouille sous ce ciel du matin teinté de dominantes roses d'où se détachent des stries bleu clair. Il y a l'ironie timide des fleurs, et ces bruits d'ailes, et ces chants d'oiseaux qui sont à la semblance de l'aube riante, celle de la création, celle du matin du monde, celle de la divine apparition du souffle, de la lumière originelle, celle qui a fait miroiter l'eau, germer les plantes, batifoler les animaux.

Habité par ces pensées, Adrien reprit le chemin du port. La mer hérissait de vagues sous la fureur du vent qui épouvanta les mouettes et emporta poussières, feuilles dans un tourbillon, tordit les arbres et les fouetta copieusement. Ah ! si l'espérance avait la force du vent ! En rentrant de l'hôtel, il rencontra Osman. Assis à même le ciment, il réparait les pneus d'une bicyclette rouge. Adrien reconnut la bicyclette de Caroline. Il salua Osman qui ne lui répondit pas. Serait-il muet ? Il gravit péniblement les marches de l'escalier vétuste qui conduisait à la salle à manger.

29

« N'ouvrons pas le chapitre de Caroline, le temps va nous manquer. N'oubliez pas que les funérailles... Atchoum ! » Zeth éternua à se faire jaillir la cervelle. Pendant un moment, les mots restèrent coincés dans sa gorge. « Il faudra abréger, aller à l'essentiel. » Elle éternua une ou deux fois encore. Adrien, en voyant la bicyclette devant la porte, n'avait pu s'empêcher de penser à Caroline. Le double visage qu'elle présentait l'avait souvent intrigué. Plus d'une fois, au cours de ses promenades matinales, il l'avait rencontrée, attifée en as de trèfle : une salopette noire sur un tee-shirt noir. La tête ailleurs, hypnotisée par les nuages, elle poussait sa bicyclette dans le chemin conduisant au ruisseau, avec un dandinement de hanches dégingandé. Autour d'elle, la campagne bruissait de chants de cigales, de bêlements, de trilles d'oiseaux. Elle n'y prêtait pas attention, semblait avoir perdu la notion du temps, de la pesanteur. A l'ombre du grand manguier, négligemment appuyée au guidon de son vélo, une fragilité au repos, elle suivait des yeux les libellules, d'innombrables libellules qui entremêlaient leur vol au-dessus du ruisseau, rasaient la surface de l'eau, l'effleuraient de leurs ailes transparentes, fébriles, avant d'aller se poser sur les roseaux. Adrien l'avait même surprise, pleurant, une fois. Ne se sachant pas observée, elle laissait couler ses larmes, sans les essuyer, en longues traînées sur ses joues. L'après-midi, sur la galerie de Reine, Adrien assistait à une véritable métamorphose. Il se retrouvait devant une femme sémillante, émancipée, délurée, dotée d'un époustouflant sex-appeal, toujours parée des plus beaux atours, parlant inconsidérément, ce qui embarrassait souvent ses sœurs, lui attirait les foudres du regard de Reine. Quel était le véritable visage de Caroline ? Zeth semblait connaître parfaitement les sœurs Monsanto, les épisodes et les intrigues ressassés du vieux feuilleton de la malédiction qui les avait frappées, les enclosait comme un treillis. Elle ne se fit pas prier longtemps.

« Petite cause, grands effets. » Ce ton pompeux et espiègle raillait l'ignorance d'Adrien. Caroline n'avait jamais connu l'affection d'une mère qui mourut, comme on le sait, le jour de sa naissance. Reine, malgré son jeune âge, avait essayé de combler cette brèche. Elle prit soin de son père et de ses sœurs. Le père mort, seules, sans parents proches, les sœurs prirent l'habitude de se suffire à elles-mêmes. Caroline était différente des trois autres, douée d'une nature enjouée, éblouissante, rieuse, fantasque même parfois. De ce sourire enjôleur qui lui remplissait le regard, lui illuminait tout le visage, on eût dit une plage ensoleillée où les vagues venaient mourir en clapotis joyeux, elle faisait oublier ses bourdes. Ce vêtement de deuil excentrique, ce regard éperdu que vous avez surpris datent de ce dimanche de septembre où promeneurs et flâneurs prirent le chemin du wharf, dès qu'ils eurent appris qu'il y aurait une démonstration de plongée artistique offerte par Antoine Mortimer, le champion de natation qui était revenu des jeux intercaraïbéens où il obtint une médaille d'or, couvert de gloire. La mer, ce jour-là, s'était faite plus solennelle et plus vaste que jamais, étalant le miroir d'une eau infiniment paisible où les rames caressaient les vagues comme les doigts, l'intimité d'un corps. Le temps était calme et la chaleur si dense qu'on pouvait presque la toucher.

« Le malheur n'a pas de klaxon. Rien, aucun signe avant-coureur n'indiquait qu'une fois de plus notre localité allait être le théâtre des attentions particulières du Destin, ce mystérieux alchimiste. » Zeth poussa un soupir, sous la lourdeur de la charge que représentait l'évocation de ce souvenir. « Comme s'il ne suffisait pas que la victime du Destin soit ce champion médaillé, le seul que la ville ait jamais eu, le seul à avoir pu triompher de tous les autres nageurs de la Caraïbe, il a fallu qu'à cette mort soit mêlé le nom des Monsanto. » Antoine Mortimer, benjamin d'une fratrie de quatre, Ben pour les intimes, avait eu, durant sa courte vie, trois passions : sa mère, la mer et Caroline Monsanto. Zeth le connaissait peu. Les photos que la gazette de *La Croix du Sud* publia de lui au moment où il reçut sa médaille et au lendemain de l'événement le montrent avec un faciès de taurillon triste. Il n'est certes pas séant, quand on veut décrire un être humain, d'utiliser l'image d'un animal. Pourtant Zeth estimait que celle du bovidé convenait tout à fait à ce jeune homme aux traits lourds, au cou puissant, aux épaules d'athlète, à l'allure de campagnard et au regard impétueux, scrutateur. Il avait cependant la réputation d'être un colosse au cœur tendre. On ne lui connaissait pas d'aventures féminines. Contrairement aux autres jeunes gens de son âge, il n'avait à son actif aucun exploit, et ce n'était pas lui qu'on avait entendu, sous les lampadaires, les soirs de pleine lune, égrener de hauts faits de machos, gladiateurs en furie qui auraient abattu leur glaive sur quelques excentriques nymphomanes, ni multiplier les récits de victoires sur d'imaginaires champs de bataille : paillasses de « chambreilles », nattes de « zonzons », raphias de « la fraîcheur » en quête de frottements, matelas à ressorts d'hétaïres plantureuses, lits à baldaquin d'égéries et autres érotomanes consommées dont la mise à mort était lancée comme un défi dans cette ambiance de misogynie généralisée. Personne ne l'avait jamais vu traîner du côté du ranch de Georgette Semedun ; il n'avait pas fait partie de son écurie.

Antoine avait dix ans quand il devint orphelin de père à la suite d'une aventure qui devait le marquer à tout jamais. Encore là, selon Zeth, l'astucieux alchimiste avait utilisé une malice si fine qu'il permit, selon la fantaisie de chacun, de choisir entre une banale histoire d'adultère et une sombre manipulation ourdie par quelques secrètes officines. Raoul Mortimer, père de Benjamin, avait épousé une femme qui, par les lois de l'attirance des contraires, ne lui convenait pas ; c'est le moins qu'on puisse dire. Il n'est point de mésalliance qui n'engendre la mésentente. Ursule Fleurial ne manquait pas une occasion de rappeler à son mari qu'elle gaspillait sa jeunesse entre ses mains. Caissier à la Banque nationale, Raoul, homme d'habitudes, élevé par un père protestant avec une morale et une petitesse naturellement étriquées, n'avait jamais pu adopter les attitudes de ce monde où prévalait l'appât du lucre. Petit employé sans qualification autre qu'un cours de teneur de livres, il gagnait moins qu'un cordonnier, respectant les caisses de l'État plus que l'honneur de sa mère. Ursule désespérait de voir poindre l'ombre de la queue du jour où il pourrait sortir sa famille du prolétariat. Ses fils le fuyaient, se mettaient, au cours des fréquentes disputes faites de mots et d'insultes violentes, du côté de leur mère qui, à la vérité, n'était pas une mauvaise femme, à en croire toutes les bonnes langues qui n'auraient pas ménagé leur train si Ursule n'avait pas eu une conduite irréprochable. Bien qu'employé exhibé en modèle d'honnêteté, Raoul stagnait, marquait le pas, ne bénéficiait d'aucune promotion, ce qui n'arrangea pas les choses auprès de son épouse que d'autres femmes, atteintes par la vanité et la fièvre de posséder villa, bijoux, toilettes coûteuses, narguaient avec une indécence qui n'avait d'égal que l'étalement inouï de leur luxe et de leurs fastes.

Un midi, rentrant déjeuner, Raoul rencontra, au carrefour conduisant à sa modeste demeure, le secrétaire du commandant militaire du département, un nommé Casamajor, rabatteur de haut vol qui se faisait appeler sergent-recruteur, se présentait lui-même comme le préposé aux affaires de cul du colonel : « Vous ne pouvez pas rentrer chez vous ; le commandant est occupé. » Raoul Mortimer crut à une plaisanterie de mauvais goût, voulut passer son chemin. Malheureusement, Casamajor ne plaisantait pas. Il s'en rendit compte lorsqu'il sentit le canon d'un revolver entre ses côtes. « Entre nous, Mortimer, le sperme ne tache pas. Vous êtes payé pour le savoir. » Que voulait sous-entendre Casamajor ? Ce double camouflet lui empoisonna la vie. Et le comptable, de ce jour, se mit à remplir le temps, indifférent à la cascade des événements du quotidien. On le vit s'étioler, on vit sa voix faiblir, ses mains trembler, signes qui trahissaient la lassitude d'un homme qui savait sa vie ramenée aux dimensions d'un avenir sans profondeur. « Le capon enterre sa mère. » Il trouva dans ce vieil adage le réconfort qui l'empêcha de réagir à l'affront qui lui avait été infligé. « L'honneur est le jumeau de l'héroïsme », dit un autre que lui renvoyait le regard de ses collègues, de ses amis, de ses enfants. Raoul ne put supporter cette double contrainte. Un soir, il n'avait que quarante-neuf ans (ce n'est vraiment pas un âge pour mourir ! pleurèrent les bonnes âmes), il se jeta sous les roues du train de la Compagnie sucrière qui, à cette époque, écrémait encore les champs de cannaie. Ursule, sa femme, le pleura sincèrement, regretta leur bonheur malgré les disputes récurrentes, les colères et le silence du malheur. Raoul n'était ni lâche ni brave. Le geste fatal qu'il avait posé lança un défi à tous ceux qui, témoins de sa fuite, préféreront parler du courage de sa mort, pendant des années, des décennies, des vies entières.

La barque de cette famille fut alors entraînée par des courants contraires, des tourbillons qui l'emmenèrent de rapides en chutes, de cascades en cataractes jusqu'à l'embouchure et à la mer. Les trois frères partirent, aux quatre coins du monde, débusquer la vie, sous le regard inflexible de la mère sans qu'on ait vu ses yeux s'embuer. Benjamin, il n'avait que dix ans, resta marqué par le déshonneur et la couardise paternelle, nourrissant envers sa mère une affectation, une admiration qui ne se démentiront jamais. Une belle femme, encore jeune, qui osait braver les gens de la ville. Mieux, elle les provoquait, se teignant les cheveux en mauve, ou se promenant avec une trace rouge sur le cou qui ressemblait à la brûlure d'une corde de pendu, ou s'habillant n'importe comment, même le dimanche. Les rumeurs les plus folles, les plus malveillantes, sur son compte, allèrent bon train. Mais rien ne semblait plus devoir jamais l'atteindre. Sa parole était une complainte sans musique qui pourtant s'imprégnait de rythmes subtilement tendres, quand elle s'adressait à son fils qu'elle traitait avec une telle délicatesse qu'il en était fasciné. Puis tout le monde préféra croire qu'elle était devenue folle, que sa tête avait gagné les joies et les naïvetés du paradis.

Enfant, Antoine Mortimer connut toutes les joies que pouvait procurer l'océan, apprit à déjouer les jeux des vagues quand la mer des Caraïbes crève, certains après-midi, en hautes crêtes ; il participa aux prouesses des joyeux drilles qui plongeaient jusqu'au fond de la mer afin de ramasser les menus objets que jettent les touristes en croisière, à l'heure de l'escale. Adolescent, il fut habité par le désir d'exceller dans la natation au point de s'adonner fréquemment à l'école buissonnière, par tous les temps, même quand la mer des Caraïbes fait son mauvais sang et que le ciel boude le soleil. À l'époque des jeunesses rieuses, des appétits charnels, la mer deviendra son champ de fuite ; la violence des vagues, son refuge devant l'agitation de la vie, son recours contre la désespérance. Il apprit à lire la nature dans le grand livre de la mer : le pas impair du crabe, à l'embouchure, au lever du jour ; le pitoyable désespoir de la méduse soudain recrachée par une vague, à marée haute ; l'entre-deux-pierres servant d'antre à une tortue-caret ; la méchanceté répugnante du poulpe ; l'attachement têtu de l'huître à l'algue cristallisée. Ce vœu exclusif à la mer jusqu'au vertige, jusqu'à l'épuisement, se révéla gratifiant. Il fut remarqué par le président du club nautique national qui le prit en charge.

Benjamin n'ayant plus besoin d'elle, Ursule s'alita, entreprit de mourir et de rejoindre ainsi son mari dans la tombe du déshonneur sur laquelle elle avait fait graver une inscription émouvante : Raoul et Ursule, son épouse bien-aimée. Elle était de ces natures puissantes qui ne font jamais la sieste et dont le premier repos coïncide avec le dernier, elle passa un temps interminable à s'éteindre, à tirer sa révérence. Benjamin revint auréolé du titre de champion caraïbéen de natation. Il avait conquis le droit de se mêler à la jeunesse de la place des Canons, l'après-midi ; il pouvait, lui aussi, s'asseoir à l'ombre des pins, en compagnie des jeunes filles. Toutefois, une seule l'intéressait vraiment : Caroline Monsanto et la luminosité de son sourire qui irisait de mille points de couleur ses yeux tamarin ; Caroline et son petit menton volontaire, ses lèvres boudeuses, charnues, son humeur fantasque qui lui rappelait la mer de sa presqu'île et ses constants caprices. Elle savait regarder les gens en face, sans sourciller, dans le blanc des yeux. Il y a toujours quelque effronterie à regarder ainsi. Caroline, l'éclat d'une chair indomptée !

Antoine lui déclara sa belle flamme. Elle ne dit ni oui ni non. Elle réfléchissait. Après s'y être d'abord refusée, elle consentit à accorder une oreille attentive aux assauts d'Antoine. On les vit effectuer de longues promenades à bicyclette, errer du côté des vastes champs, s'asseoir à l'ombre du manguier et écouter chanter le ruisseau en contemplant le vol des libellules. On les vit s'embrasser quelques fois, avec retenue, sur la place, à la tombée de la nuit. Les bouches, même celles de la moralité inébranlable sur le plan des principes, avaient conclu qu'il n'y avait pas là de quoi fouetter un chat : les charmes de la passion sont des plants si rares qu'il faut crier ô miracle ! à chaque fois qu'ils bourgeonnent. Avouez que tous les ingrédients étaient réunis de façon exemplaire : la gloire, la jeunesse, l'amour d'une fille de famille, l'ardeur de vivre. De quoi rendre les dieux jaloux !

Puis vint ce dimanche de septembre. Antoine Mortimer s'était réveillé à l'heure où les cloches, la gloire de la ville, saluaient la paix solitaire de l'aube. « Ah ! Les cloches ! On s'était ruiné pour se procurer le bronze. On voulait les carillons les plus harmonieux, être plus et mieux sonné que les autres villes. On se congratulait d'avoir les plus grosses ; on était fier de jouir du bronze qui rythmait le ciel splendide du matin au grand dam de quelques mécréants qui réclamaient leur droit au silence et au repos matinal. Ah ! Les cloches ! » Antoine Mortimer se frotta les yeux, les débarrassa des restes d'un songe où il s'était vu enfant, blotti entre les bras de sa mère montée sur un cheval ; ils avaient traversé la ville, donné dos à la place des Canons. Parvenue à la maison des Monsanto, sa mère descendit de cheval, grimpa les marches, le déposa sur la galerie et disparut. C'était la pleine nuit et il était glacé, terrifié. De son rêve interrompu par le carillon des cloches, il déduisit, après maintes gymnastiques réflexives, que sa mère approuvait ses amours. Il déjeuna, donna de l'eau fraîche aux oiseaux et aux plantes, et se rendit, comme il le faisait chaque matin, en pèlerinage, à la chambre qu'occupa sa mère jusqu'à sa mort. Ses derniers jours avaient été pénibles. À demi infirme, sensible jusqu'à la névrose, elle avait été en proie à des hallucinations et revoyait son mari sans visage, écrabouillé. La déchéance de son corps, disaient les âmes pieuses, était à l'image du dévergondage et du désordre de sa vie. On aurait dit qu'elle s'était animalisée.

« Ciel ! Il faut bien admettre qu'il existe quelque part un obscur metteur en scène qui prend en charge les vies et les destins. Dans la chambre, Antoine ouvrit l'armoire machinalement. Une odeur de vétiver, de moisi, de renfermé, se répandit, envahit l'air. Il voulut ranger des papiers qui étaient jetés pêle-mêle sur une des étagères. Une liasse dégringola : des feuilles de cahier griffonnées, des notes dénuées de sens, des comptes, des adresses et des lettres. Antoine en lut une première, la relut, les lut toutes, le souffle haletant, un souffle qui remontait en lui telle une suffocation. Quelquefois, dans cette société du silence et de la rumeur, les morts parlent. Non certes à l'aide d'un guéridon ; ils laissent traîner, au fond d'une armoire, des messages. Les lettres lues, Antoine s'installa à la table de la salle à manger et en rédigea une longue destinée à Caroline. » Zeth avoue ne l'avoir jamais vue. Personne d'ailleurs ne l'a jamais lue. « Vous savez, ce genre de missives, elles commencent toutes par cette phrase : Quand tu liras la présente... La formule n'est pas originale, mais elle a l'avantage d'être consacrée. »

Sur le coup d'une heure de l'après-midi, Antoine se présenta sur le wharf. Il enleva son survêtement et effectua un triple saut suivi d'un plongeon qui laissa les amateurs stupéfaits. Jamais, de mémoire de spectateurs, on n'avait vu un corps si parfait d'athlète onduler ; il tomba la tête en avant dans l'eau, comme une anguille, sans bruit, sans jaillissement de gouttelettes. La foule retint sa respiration. « Il va refaire surface ici. » La mer était d'un calme inédit. « Il va apparaître là. » Sous le soleil de l'après-midi, la jetée devint soudain silencieuse. Rien que la mer, le clapotis des vagues et la clochette du marchand de fresco. Plusieurs minutes s'écoulèrent sans qu'Antoine reparaisse. « La police, finit par dire une voix, il faut appeler la police. » Le marchand de fresco regarda un moment les figures de l'assistance, toutes ces figures sans regard, ces figures d'aveugles, et il s'éloigna sur la pointe des pieds, d'un pas de crabe.

L'apparition des policiers fonctionna comme un signal d'alarme et tira les spectateurs, badauds, vagabonds, mendiants et fils de bonne famille, de leur léthargie. Quelques-uns prirent leurs jambes à leur cou ; les autres se mirent qui à siffloter un air à la mode, qui à célébrer avec grandiloquence la beauté du ciel, de la nature et des galaxies. Le capitaine, responsable des enquêtes criminelles, noir de poils de barbe et de l'indigeste sommeil de l'après-midi interrompu, apostropha l'un d'entre eux : « Qu'est-ce qui s'est passé ? » Personne ne répondit. Il insista. Personne n'était là. Tous venaient d'arriver. Une voix chuchota de s'adresser au marchand de fresco. Un caporal l'amena par la peau du cou. « Donc, lui demanda le capitaine avec une douceur empreinte de condescendance, vous étiez en train de vendre comme d'habitude votre saloperie de glace ? » Le marchand avait la tête d'un homme à qui l'on donnerait l'hostie sans confession. « J'ai mon permis de la mairie. L'inspecteur m'a pris cinquante gourdes pour cela. » Le capitaine leva les yeux, implora la patience du ciel. « Diantre ! je ne m'occupe pas de permis. Je ne veux savoir qu'une chose ; tu vas me le dire tout de suite et je te laisse repartir vendre ta saleté. Qui s'est noyé ? » Le marchand de fresco fit un pas vers le capitaine et demanda d'un air aussi intéressé que surpris : « Comment ? Mon capitaine, quelqu'un s'est noyé ? »

On découvrit le corps une semaine plus tard, une outre terreuse, échouée sur la grève non loin d'un cheval mort. Les yeux grands ouverts, il donnait l'impression de respirer l'air de cette claire journée de septembre. « Fermez-lui les yeux », implora une jeune femme en pleurant. Unanimes, tous ceux qui étaient présents ce jour-là sur la grève ont souligné l'agitation désespérée des mouettes. Ce comportement insolite des oiseaux donnait l'impression qu'ils voulaient à la fois protéger le cadavre et le dépecer. « Une fois de plus, le Destin avait frappé avec l'efficacité qu'on reconnaît à son jeu. Et puisqu'il s'agit de l'aveugle fatalité, le diabolique artiste l'avait assaisonnée de son lot de lenteurs, d'hésitations et d'incertitudes. »

La légende tapageuse refit surface. Les bouches qui, un temps, avaient chômé et guetté le moment où la malédiction frapperait de nouveau reprirent du service. Elles conclurent par une phrase lapidaire : « Normal ! il aurait dû savoir qu'il est risqué de tisonner ce feu-là. » Les commentaires fusèrent en tout sens. Les moyens de communication les plus rapides, les découvertes les plus sophistiquées n'arriveront jamais à remplacer le plus simple d'entre eux, celui qui, depuis le fond des âges, a permis à nos légendes de se perpétuer : le télédiol comme nous l'appelons. La nouvelle, devenue tintamarre, survola la jetée, la place des Canons, les ruelles, corridors, venelles, pénétra les cours, les basses-cours, fit les frais de la conversation des familles rassemblées autour de la table, à l'heure des repas, papillonna dans l'espace secret et doux dans lequel se nichent les amoureux : « Antoine, l'amant de Caroline, s'est suicidé. » La malédiction avait encore frappé. Certains attribuèrent ce geste au désespoir ; d'autres, à la lucidité inclémente de la jalousie car le bruit avait couru que Caroline papillonnait ; d'autres encore, à l'infidélité d'Ursule dont Sosthènes, désespérant de faire un fils à sa femme, aurait été l'amant. Les mémoires qui n'effacent rien rappelèrent ce couplet qu'avait improvisé un chansonnier anonyme :

Après le bal, le tambour est lourd.
Mois après mois, ton ventre s'arrondit.
Si mon ventre s'arrondit, qu'allons-nous faire ?
Si c'est un garçon, tu le déposeras
Sur la galerie des Monsanto.

Pourquoi Antoine aurait-il fait le sacrifice suprême de son être ? Pourquoi se serait-il détruit lui-même ? De quelle dague, ce minotaure avait-il été blessé ? Le secret d'Antoine Mortimer demeure, à moins qu'il n'y ait pas de secret mais seulement le maelström d'une douleur privée. Pendant un temps, Caroline n'eut de goût à rien. On aurait dit qu'elle ne savait plus que faire d'elle-même. Cet état dura peu, cependant. Elle redevint celle qu'elle avait toujours été, coquette, primesautière, excentrique. « Un amour au souffle court ! » opinent ceux qui ignorent tout de ses promenades sur les lieux qu'Antoine et elle avaient, naguère, ensemble, hantés.

30

DEVANT la maison des Monsanto, le corbillard avait pris place, un carrosse richement décoré de volubilis et de lisérés dorés, couvert de fleurs et de couronnes. Par la vitre baissée de la portière arrière, des draperies noires frangées d'or se balançaient au gré du vent. Attelés au timon de la voiture, quatre robustes mulassiers de même taille, dont on avait tressé les longues crinières avec des rubans noirs, étaient fermement retenus par un cocher en livrée or et noir. Sur la galerie, des hommes en habit sombre, redingote et chapeau haut de forme, louaient, à mi-voix, maintenant qu'il n'était plus là, la fermeté de Samuel Soliman, sa droiture, sa dignité. Par la porte-fenêtre dont les deux battants étaient largement ouverts, Adrien vit d'abord des coiffures de femmes. Il reconnaissait la griffe de Zag. Ces femmes avaient dû s'abandonner, toute la matinée, à la magie de ses doigts. Le salon de Zag n'accueillait qu'une clientèle masculine. Par contre, les fins d'après-midi, le soir et les jours fériés, Zag l'abandonnait à un apprenti. Malhabile, au début, il était expert en chemin de rat. Il avait pris du métier ces derniers temps et, influencé par la nouvelle mode afro-américaine, il pratiquait une coupe qui vous laissait un pot de chambre au-dessus de la tête. Les clients, ceux qui avaient encore une once de bon sens, le fuyaient comme la peste et le salon, en l'absence de Zag, n'était fréquenté que par une jeunesse vivant à l'heure du reggae, du rap et du break-dancing. Zag, lui, pendant ce temps, se promenait armé de ciseaux, de peignes, de brosses, de fers à repasser, à lisser, à friser, qui faisaient des miracles. La gent féminine huppée confiait sa beauté aux soins du coiffeur devenu le personnage le plus couru de la bonne société.

Durant ces trois dernières décennies, Zag a su mieux que quiconque bénéficier de ces instances conviviales que sont les salons des femmes riches et l'intimité de leur boudoir. Il gérait, en équilibriste avisé, l'économie fluctuante des désirs. Il était au courant des moindres potins : amitiés, inimitiés, relations utiles, mariages arrangés, adultères, tout cela arrosé de liqueurs et de pâtisseries fines. Il avait frappé les célèbres beautés fortunées de sa griffe ; il le faisait avec maîtrise, intelligence et talent. Il possédait à un haut point la science des cheveux frisés, crêpés, des touffes, des couettes, des postiches aptes à corriger un front trop bombé, à ramener la dissymétrie rebelle à des traits réguliers. Il tirait avantage des assassins et des favoris qui, jamais avant lui, n'avaient été aussi systématiquement exploités. Les femmes se pavanaient avec des échafaudages prodigieux de chignons auxquels étaient accrochés des oiseaux, des aigrettes. Elles s'exhibaient sous des édifices inouïs de cheveux captifs de dentelles, de perles, de nœuds, de peignes en ivoire et de carmin ; elles croulaient sous des masses volumineuses, raides et fragiles, formant diadèmes autour du front, des tempes. Frisage, défrisage, crêpage occupaient les conversations des dames. Elles étaient prêtes à tous les sacrifices pour voir sur leur tête se dresser des architectures gonflées de crins, haussées d'épingles, gominées de pommade. L'imagination de Zag n'avait pas de borne ; on voyait passer des coiffures transformant la tête entière en crêtes vallonnées et ascendantes, tandis que, de chaque côté du visage, de longs rouleaux de boucles simulaient des enroulements de serpents.

De quoi toute cette extravagance pouvait-elle être le signe ? Le coiffeur mimait-il la marche du temps jusque dans ses contorsions pour tenter d'en arrêter le cours ? Ou bien tentait-il d'en grimer la menace ? Comment expliquer ces échafaudages de dragons, ces taches de léopards si compliquées, ces soleils levants aux surhumaines proportions dont Zagréus Gonzague, par la touche de son art, habillait la physionomie des dames au point de déplacer l'équilibre des organes, les cheveux devenant le centre du corps ? « Tout se passe comme si, ce qu'elles ne peuvent pas vivre sur le plan social, ce qui leur est interdit dans un monde prude où il est risqué de heurter les préjugés, elles se sont mises à le sublimer sous une forme transposée et en apparence inoffensive : l'excentricité de la coiffure. » C'est, à en croire Léopold Seurat, la seule interprétation qu'on pouvait logiquement tenter devant cette obsession de la coiffure poussée à des sommets extrêmes de complications gratuites. « Tous leurs fantasmes, toutes leurs angoisses trouvent derrière ces parures, ces hiéroglyphes symbolisant un inaccessible âge d'or, un moyen d'expression, un lieu de dévoilement. » Léopold Seurat n'était pas dupe de ces supercheries. « Vous ne voyez pas que ces femmes hurlent leur solitude, leurs frustrations, leur désœuvrement ? Ne les entendez-vous pas crier ? » Zag, lui, en échange de ses services, en plus d'être grassement payé, était comblé d'attentions, disputé âprement par une armée de matelotes, de rivales, terrorisées à l'idée même d'une défection de sa part. « Ce surplus d'attention a transformé Zagréus Gonzague en un personnage infatué, aussi boursouflé que ses œuvres. Depuis qu'on l'a nommé grand apprêteur des grâces capillaires, il est d'une telle *fréquencité,* d'une insolence à nulle autre pareille.» Léopold Seurat avait appris que Zag aurait refusé de coiffer Antoinette, sa sœur, jugée trop roturière à ses yeux.

Le cercueil de Sam trône avec majesté au milieu du salon éclairé par la lueur blafarde des chandelles groupées autour du cierge pascal. Il est placé sur une estrade habillée d'une tenture noire brodée de violet, d'argent et d'or. Assises sur leurs chaises, droites, dignes, en toilettes de deuil, les trois sœurs Monsanto. Les voilà, tronc, sève, feuillage d'une seule plante. Voilà Reine, Renata Monsanto, le visage délicatement pâli par la lassitude. Une femme solide, aussi inébranlable qu'un roc, une mère pour les deux autres. Elle a quel âge au juste ? Sam, après la mort de Mona, aurait pu l'épouser, elle qui fait marcher la maison. Elle aurait été une épouse de devoir, une maîtresse de maison respectable, elle qui s'est habituée à vivre en ligne droite, elle qui ne bouge pas, à qui rien n'advient. Elle est la durée, la permanence, malgré la petitesse du quotidien, le drame d'une vie enclose, prise dans les rets des ragots, jamais affranchie de la malédiction. Elle a toujours écouté, sans broncher, les rumeurs vagues, souvent contradictoires qui ont couru sur elle, sur ses sœurs, sur Sam ; un dialecte étranger qu'elle ne parle ni ne comprend. « Comme le temps a changé ! » murmure Renata à Zeth qui l'embrasse. « Comme le temps a changé ! » Quand elle dit le temps, on ne sait pas si elle se réfère au temps du calendrier, au temps qu'il fait ou à ce temps vécu immobile, malgré tous les chambardements, malgré les changements de vie, de voie, malgré la mue des voix, malgré cette existence fertile en événements. « Quand viendra le temps de l'Histoire, celui de faire le bilan de ces années de sang, le nom de Sam refleurira sur les lèvres, comme celui du voyageur de retour d'une contrée lointaine. »

Voilà Ariane, une fine négresse, cassonade à la crème au repos, menue et robuste à la fois, les yeux secs, la tête baissée sur une souffrance qu'aucune larme ne pourrait soulager. « Trop de choses nous sont arrivées ! » Zeth lui entoure affectueusement les épaules. « Tant de choses ! Et, finalement, c'est comme si rien n'était arrivé. » Pourtant, il aurait suffi d'un rien, d'une note de musique bien accordée, et cesseraient de résonner les discordances de sa vie : de cette urne de pur cristal s'élèverait un chant mélodique ; il suffirait d'un peu de levain et cette pâte gonflerait. Voilà Caroline et son chagrin tout nu. Elle s'adresse au cadavre de Sam : « Tu aurais pu mourir d'une autre mort, ta vie parvenue lentement à maturité, ainsi que le soleil, le soir venu, s'abîme dans la mer... Est-ce vrai que toutes les routes finissent par se croiser ? Comme tu es silencieux ! »

L'heure de la levée du corps approche. Urcel Bouzzy, en lugubre marchand d'enterrement, se penche à l'oreille de Reine : il est quinze heures, il faut fermer le cercueil. Elles sont bien entourées, les sœurs Monsanto. Toutes celles qui fréquentent la galerie sont présentes. Précieuse Macala, les sœurs Pigeon, Antoinette. Elles récitent un cercle vicieux de prières, engoncées dans leur scaphandre de pénitente. Il y a aussi Catherine, Denise et Odette, Augustine, Valentine, Marie Edmée ; on les avait oubliées, on les croyait mortes, ces anciennes copines aujourd'hui matrones automnales aux poitrines débordantes, malgré les corsets, sous leurs vêtements de cérémonie ; elles égrènent des rosaires interminables de compassion, de désespérance, de partage solidaire de la douleur des sœurs Monsanto. Sur les lèvres du mort, nul besoin de placer un miroir de cuivre en hélant trois fois son nom. Il n'y aura pas de buée ; les couleurs du monde visible l'ont quitté définitivement. Le corps peut être confié à la terre. Personne ne lui volera son esprit.

Derniers baisers d'autant plus frémissants qu'ils sont les premiers et ultimes posés sur les lèvres froides, muettes à jamais. Des mains crispées se tordent, des mains gantées, des mains de pleureuses qui se lamentent. Quatre croque-morts portent le cercueil à bout de bras, le glissent dans le fourgon mortuaire et se placent à côté de lui, deux à gauche, deux à droite, symétriquement. Urcel Bouzzy, juché sur le siège du cocher, conduit lui-même le corbillard qui s'ébranle et descend la rue. A petits pas cadencés, la procession s'oriente en direction de la cathédrale qui pointe sa coupole de ciboire renversé. Les premiers tintements du glas provoquent l'émoi : cela faisait des mois que les cloches n'avaient sonné l'angélus du matin ou du soir; que, privés du repère de leurs volées, les dîners n'avaient plus d'heures fixes; que leurs notes lugubres n'annonçaient plus la mort, n'accompagnaient plus les âmes au seuil de l'Éternité.

Les trois sœurs Monsanto ouvrent le cortège, marchant à pas lents, le visage impassible. Le colonel Jean Phénol Morland, en tenue militaire, dolman garni de galons et médailles gagnés sur on ne sait quel champ de bataille, les escorte. Derrière eux, les messieurs et dames, habitués de la galerie et Léopold Seurat vêtu de noir. Il a engagé une retaille d'orchestre qui, précédant le corbillard, interprète une marche funèbre. Quoique écorchée, l'oreille avertie y reconnaît le premier mouvement de la *Neuvième Symphonie* de Mahler, perçoit l'exceptionnelle intensité que le compositeur avait trouvée pour exprimer l'amour de cette terre, les joies d'ici-bas, l'adieu à la vie. Nulle musique ne pouvait être mieux choisie. Léopold Seurat avait dit qu'elle caractérisait bien Sam, son désir de vivre en paix, de jouir des ressources de la nature, son furieux amour de la vie : personne n'ayant jamais su, mieux que lui, l'aimer. « Il est rare, souligne-t-il en écoutant la marche lente à l'atmosphère militaire, qu'une musique offre une symbiose si parfaite avec une époque. Nous vivons le règne de la violence insensée. Nous sommes tous anciens combattants de cette inévitable guerre. Nous en portons à notre insu les cicatrices. » Suit le chœur des pleureuses, cierge à la main ; elles laissent leur émotion déployer son libre cours. Les chevaliers de la loge du Soleil Levant sont venus, au grand complet, rendre un ultime hommage à un des leurs. Ce cercle secret avait la réputation de n'offrir l'accès qu'à une minorité de gens triés sur le volet. Peu savaient que Sam comptait parmi leurs adhérents. D'aucuns s'en étonnent même. Un membre dissident, qui avait perdu ses degrés par manque de solidarité, avait répandu le bruit qu'il n'existait pas de secret de l'initiation chez les francs-maçons : les nouveaux membres étant tout simplement enculés par le grand maître et les anciens. Le maire et les autres notables ferment la marche. Ces messieurs saluent, à grands coups de chapeau, des femmes accoudées à leurs fenêtres qui suivent, du regard, le cortège en route vers l'église. La procession passée, elles referment les fenêtres et baissent les jalousies. Une foule dépenaillée s'est amassée sur le parvis, aux alentours de la cathédrale, et regarde ce défilé de bourgeois. Leurs visages combinent la dérision et l'effroi, la misère et l'hilarité. Leur allure silencieuse, leur posture dégradée aussi truculente et caricaturée que celles de personnages de Carnaval, leur statut équivoque, au rebours de toute norme, représentent en ce jour, aux yeux des membres du cortège, un sacrilège. Des enfants hâves, déguenillés, tendent la main, mendiant quelques sous. Personne ne leur prête attention.

31

DEPUIS son arrivée, Adrien avait observé les kyrielles
d'ouvriers, juchés sur des échafauds qui s'affairaient
à nettoyer la pierre, laver le ciment, réparer les lézardes
des murs esquintés par des intempéries successives, pon-
cer l'acajou des trois portails avec minutie afin de ne point
abîmer les anges, les personnages sculptés et les inscrip-
tions qui les ornaient. Il n'avait vu, jusqu'ici, de la
cathédrale que le dôme et la tour surmontée d'une flèche
en forme de croix gothique, offrant une combinaison de
pinacles, de clochetons, d'éléments ajourés, de rosaces, de
statues en ronde-bosse, une sorte de pièce montée trônant
au centre d'une table de mariés. Tandis que les cloches
égrènent un glas lent, solennel, le sacristain ouvre, sur
fond de gonds grinçants, les battants du portail central.
Entre les bénitiers en forme de coquilles montés sur une
colonne phallique, l'évêque, entouré de deux prêtres,
attend la procession. Il l'accueille avec des vapeurs
d'encens et des « Paroles de graine, paroles de semence,
paroles de vent, paroles de tempête, paroles de vie aux
prises avec la mort et de la mort toujours dépassée par la
vie ». Adrien regarde ces bouches retournées : on dirait
deux vulves géantes agrémentées d'ailes de papillons. A
cause de l'ampleur de la coquille et de la branche de buis
qui y trempe, Adrien ne peut s'empêcher de penser à la

269

crête qui se dresse des deux côtés de la partie intime d'une femme envahie par le flux du désir. Le sculpteur voulait-il figurer l'émerveillement devant la liesse de pénétrer en cette enceinte, dans une parfaite communion des hommes et de la vulve divinisée? Les hommes qui portent le cercueil avancent d'un pas si lent qu'Adrien a, à loisir, le temps de regarder le décor qui l'entoure. Et il comprend pourquoi cette rénovation avait duré si longtemps au point que les vieux désespéraient d'en voir le terme de leur vivant. Tout ce que la ville comptait de talentueux artisans : tailleurs de pierres, ébénistes, graveurs sur bois, menuisiers, charpentiers, peintres en bâtiment, artistes peintres, sculpteurs, avait été mobilisé. Il était même venu d'Italie un spécialiste en réfection de vitraux. D'un seul coup d'œil, Adrien embrasse la nef, une nef unique, s'étendant depuis le porche jusqu'au chœur. Elle est couverte par une coupole entourée de petites arcades soutenues par des piliers dont les chapiteaux, finement sculptés, reproduisent des motifs végétaux, des feuilles d'acanthe, des harpies, des monstres ailés, tout un fouillis indescriptible de diables au nez crochu. Les hautes verrières qui l'éclairent retracent des fragments d'histoire : massacre d'Indiens caraïbes, baptêmes d'esclaves, bataille de Vertières, sacre de l'Empereur.

Les porteurs traversent la nef et déposent le cercueil sur le catafalque qui disparaît sous une végétation de roses, de nénuphars, de lis d'eau, d'orchidées ; sous une immense frondaison de philodendrons, de fougères, de cœurs saignants. Adrien lève les yeux vers la voûte centrale très compartimentée par de nombreuses nervures. De minces piliers couronnés d'une frise montent le long des murs et soutiennent la voûte. Là, l'inanimé et le bestial accèdent au tumulte de l'âme. Le végétal fuse, gicle, accouplé à un festin de pierres qui fige le fleuri des passions, les immobilise. L'espace présente la fantaisie la plus libre dans l'agencement d'un jeu de formes et de couleurs. On a l'impression qu'il n'a été conçu qu'en vue d'y déployer cette admirable voûte dont les nervures, partant du sol et se rejoignant au centre du plafond, produisent un mouvement d'ondoiement ininterrompu. Cette structure donne à la superficie intérieure une réelle ampleur. Adrien remarque une multiplication de corps, un foisonnement de corps, émergeant d'une coquille géante d'huître où fermente une débauche de vie : des Vénus au bain, des nymphes champêtres, des jouvencelles frivoles, des éphèbes au teint cuivré disposant des couronnes et des bouquets du souvenir, des visages nus torturés, enchaînés, vendus sur des marchés d'esclaves, un enlèvement de Sabines par des cavaliers montés sur des chevaux ailés montrant leur anatomie la plus intime, d'autres brandissent des verges d'épines au-dessus de leurs têtes s'apprêtant à fouetter une population innombrable de damnés. Tout cela avec un mariage, un jeu de tons froids et chauds, épinglé de lauriers d'or, de guirlandes rouges et vertes tissées selon une trame continue. L'humain rayonne de la splendeur des corps luminescents et incorruptibles. « Une magnifique folie ! » murmure Adrien qui a pris place à côté de Léopold Seurat, en contemplant ces visages burlesques, ces formes extravagantes. L'évêque dépose, suivant le rite liturgique, la croix sur le cercueil : « Devant une mort si dramatique, le saisissement nous pousse à ne pas rester seuls. La solidarité et l'amitié nous rassemblent cet après-midi. Les fleurs expriment l'affection et le respect qui ne peuvent s'exprimer avec des mots. » Du coup, Adrien comprend le message de cette débauche d'images. L'artiste avait effectué un basculement : les diables passaient sous le joug de la colère populaire qui leur infligeait le châtiment suprême. Adrien voit alors clairement des têtes de généraux, de présidents à vie, des têtes d'archevêques et d'évêques pris au milieu des cercles de flammes qui brûlaient également des cocardes présidentielles, des couronnes, des tiares mais aussi des fauteuils bourrés. Les fastes de l'or et du grenat plongés dans les braises d'un incendie qu'on devine allumé par des métaphores de pneus usagés.

La voix de l'évêque ramène l'attention d'Adrien à la cérémonie. « Chacun de nous, devant cet événement, se trouve entre révolte et acceptation, entre sens et non-sens. Si la mort de Sam fut pour lui une épreuve, elle nous met, nous, à l'épreuve : ferons-nous de cette mort un refus ou de cette vie une offrande ? » En guise d'homélie, le diacre rappelle le cortège de malheurs qui ont frappé la population durant ces années sombres. « Mais la démocratie est un volcan, une femme-bombe. » Il raconte une parabole où il est question d'un homme qui grimpait à une échelle dont la première marche s'appelait corruption, la deuxième vol et gabegie, la troisième assassinat... L'homme grimpait et, au moment de mettre le pied sur la dernière marche pour dévisser l'ampoule de la démocratie, le diacre dit qu'il vit à l'horizon une source jaillir de terre, qui devint le temps de le dire une rivière et celle-ci un torrent, et ce dernier l'avalasse qui emporta l'homme et l'échelle. « C'est Godel Banazar, souffle Léo. Depuis qu'il est revenu de la conférence de Puebla où il s'est frotté avec les thèses de la théologie de la libération, en rupture de ban avec le haut clergé, il a introduit de nouvelles pratiques dans la routine religieuse. » Dans ce pays, le soleil brûle les terres, le vent fouette humains et bêtes, fait danser les cailloux ; les habitants vont pieds nus, leur destin confondu avec celui des chèvres et des roches plates de la Ravine ; les instruments de travail n'ont pas vu le siècle changer, les meules à farine de maïs et de millet sont encore des pierres, les outres et les seaux des calebasses. Sans eau courante et sans électricité, les gens vivent la modernité à leur manière : magnétophones et cassettes de musique rap font partie de leur vie quotidienne. Alors, les politiciens, les grands dons et les spéculateurs en denrées s'estiment quiets. Les prônes du curé les fustigent ainsi que les membres du haut clergé, dénoncent les élections et les politiciens atteints de « sidatite présidentielle » et annoncent « que cette ronde de tintins ne conduira nulle part et surtout pas au carrefour des réformes profondes et des remaniements radicaux ». Le curé distribuait des paroles d'amour et cet acte de fraternité représentait un rempart contre la solitude cernée d'abîmes. A petites doses, il distillait le poison de la nécessité d'un « changement de contrat social et de l'avènement d'un temps nouveau ».

Pendant que Léopold Seurat lui raconte tout cela, Adrien balaie du regard la conque absidiale. Une rosace d'un ton de bleu intense, le bleu profond de l'azur, s'éclaircissant progressivement à mesure qu'approche le centre, met en relief une croix visible à tous les points cardinaux de l'église. Une étonnante statue du Christ, nègre crucifié ; un caillot lui obstrue la bouche et ses yeux marbrés versent des larmes de sang ; ses dents sont recouvertes d'un tartre rugueux et sa poitrine, transpercée d'une lance, est entortillée dans un lambeau de denim. Au bas de la croix, une vieille femme, une pauvresse dépenaillée, accompagnée de pleureuses champêtres. Au-dessus du Christ, un vitrail mauve et rouge représente un cercle inscrit à l'intérieur d'un carré qui vient toucher un trapèze, lui-même inscrit dans un rectangle. Quelle cosmogonie symbolise cet agencement parfait ? Quel message distille cette plénitude de formes ?

« Face à une mort comme celle-ci, tout notre être crie. Nous sommes démunis, sans force. Aujourd'hui, plus que jamais, nous le sentons bien, tous, et de tout notre être. » D'une voix imperturbable, Reine lit le texte des prières pour les morts. Des bruits de sanglots venant de l'assistance la dérangent. Elle réajuste sa mantille, l'enroule autour de son cou et continue : « Et la douce vendange de tous tes jours d'automne et de toutes tes nuits d'été ; de ta vie affairée, quand la mort est venue frapper à la porte, tu l'as placée devant elle. » Caroline libère alors une explosion longtemps contenue : « Sam ! Sam ! Tu as été aimé autant qu'un prince pouvait être aimé par ses lévites, ses amants et ses martyrs. Entre mes cuisses écartées et ramollies, je sens la foudre de ta présence. » Il faut quatre hommes vaillants pour la maîtriser. « Sam, dans quel désert tu nous laisses ? » Ariane, à genoux, balbutie une prière dont les paroles sont par à-coups intelligibles. « Ô Seigneur ! » La voix d'Ariane, d'habitude des accents d'une mélodie à laquelle il ne manque qu'un accompagnement de harpe, saccade, gutturale : « Comment ferai-je pour te rendre quelques grâces, alors que tu as permis cela ? Avec Sam, le monde entier s'en va. Il est mort. Je suis donc, moi aussi, morte. » La voix d'Ariane, un souffle étouffé de sanglots rentrés.

Le diacre entonne le *Dies irae* ; Adrien jette un dernier coup d'œil au chœur. Au milieu de l'abside s'élève une tribune surmontée d'un baldaquin en acajou qui abrite la châsse ; deux petits escaliers tournants conduisent à la plate-forme où trône le maître-autel, ou ce qui en tient lieu, car il est difficile de dire qu'il s'agit d'un autel. Une plaque de marbre blanc, soutenue par un bas-relief sur lequel est reproduit un groupe de Madeleine aux corps recouverts de voiles que soulève le souffle du vent. Une exhibition de seins, de cuisses, de putes rayonnantes de joie de vivre. Sur une banderole phosphorescente, on peut lire : « Le royaume des cieux est aussi à elles. » Les hommes reprennent le cercueil à bout de bras. « Assassins de la démocratie, Dieu vous pardonne, mais vous devrez vous mettre à genoux et négocier votre châtiment ! » lance le père Banazar au moment de l'encensement.

Cela faisait longtemps qu'on n'avait entendu la cathédrale résonner de la couleur et de la douleur des foules. La mafia macoutique avait tué. Jamais jusqu'à ce samedi du 28 novembre, on n'avait vu autant de visages pétrifiés par le désespoir. La douleur en musique unifie la foule jusqu'au cimetière. Les timbres de l'orchestre assument leur rôle de protagonistes invisibles : la tendresse des clairons, la menace souterraine des basses, le grincement sourd des clarinettes, le calme écoulement des vaccines disent la mer, le vent, les lourds nuages, le soleil rare, tout un décor au-dedans de soi comme des étoiles au firmament. Chaque intervalle ascendant est un espoir, chaque silence un soulagement, chaque ligne mélodique renvoie certes à la mort de Sam mais aussi au sentiment qu'on a atteint un point de bifurcation. Les événements avaient déferlé torrentiels et oblitéré la joie triomphale mais furtive des commémorations. En revanche, l'ardente patience, la ténacité, l'espérance sourdent sous cet instant de rare communion. Par à-coups, on voit dans les yeux blessés, rougis de l'assistance poindre l'aube où serait reléguée aux oubliettes de la mémoire la poisse nauséeuse, gluante de ces temps de calamité et d'éclipse de la raison. Le lendemain serait jour d'élection. Dix mois s'étaient écoulés depuis l'assassinat de l'avocat qui s'était présenté devant l'édifice de la police, afin de réclamer qu'un de ses clients, selon les prescriptions de la loi, soit déféré par-devant les tribunaux ; il n'avait pour toute arme que la Constitution. L'espoir couve sous la douleur, l'espoir prend sa revanche face au pouvoir sans limites des criminels et de ceux qui les protègent. C'était cependant oublier la nuit et les mauvais yeux assoiffés de sang qui la peuplaient.

Le cortège franchit la barrière du cimetière, emprunte l'allée principale jusqu'au caveau où le cercueil devait être déposé à côté de celui de Mona. Grimpé sur une tombe voisine, Léopold Seurat prononce l'oraison d'une voix brisée. « Aujourd'hui, c'est chacun de nous qu'on enterre. Quand un homme meurt, c'est tous les hommes qui s'écroulent. Ce n'est pourtant jamais la même larme qui coule ; ce n'est pourtant jamais n'importe quel homme qui meurt même si c'est toujours, depuis toujours, cette unique mort qui nous ôte la respiration de l'air et la clarté de la lumière. » Il s'arrête un moment, s'éclaircit la voix : « Désormais, tous les mots sont usés ; grand est le risque de céder au silence. Ce requiem est une manière de continuer à espérer. » Il évoque la gabegie, le vol, les arrestations, la corruption, les disparitions et les morts suspectes. On pourrait couper, au couteau, le silence oppressant qui s'est répandu sur la foule. Il est suivi de hurlements d'indignation et de colère quand il prononce sur le ton de la prophétie : « Cette île sombrera dans l'abîme selon les lois de la gravitation universelle. » Ce n'était qu'une longue introduction à l'apologie de Sam Soliman qui, « probablement, au pays des sans-chapeau, devait pardonner à ses ennemis leurs méfaits, comme on pardonne au Soleil qui désagrège la cervelle des enfants du bon Dieu, à la Lune qui suce le lait des nourrices endormies ou qui rend fous les hommes quand elle se rapproche de la Terre. Voix des sans-voix, voix qui criait dans le désert, il voulait éveiller les consciences des idolâtres de l'argent et du pouvoir. Sam Soliman aimait la vie ! Il ne voulait qu'une chose : continuer à vivre ».

Alors que Léopold Seurat parlait encore, il s'est mis à souffler un vent, un rude coup de vent de novembre, d'une telle force qu'on pouvait s'appuyer dessus. Les gens savent que le vent, quand il affiche cette dégaine, est capable de fendre les murs de planches, d'arracher les toits des maisons, de soulever hommes et bêtes et de les emporter. Il secoua furieusement les feuilles des amandiers, balaya la poussière en un tourbillon qui enveloppa l'assistance. Les fossoyeurs commencèrent à glisser le cercueil, pieds avant, laissant apparaître le visage livide de Sam à travers une lucarne (une dernière trouvaille mise à la mode par Urcel Bouzzy). On entendit un hennissement et tous, d'un seul mouvement, relevèrent la tête, cherchant d'où provenait ce bruit insolite. Pétrifiés, ils virent apparaître, entre deux tombes, Georgette Semedun montée sur un cheval blanc, un de ces célèbres étalons dont la réputation d'intelligence, de robustesse n'est plus à faire et que s'enorgueillissent de posséder les plus grands maîtres écuyers. Leurs piaffements, courbettes, cabrioles et ruades ont permis à leurs cavaliers de porter l'art équestre à la plus haute perfection. Le corps de l'animal, d'une étonnante vigueur, était recouvert d'une peau de léopard. On voyait la bête de face ; elle avait un regard qui semblait sourdre de l'au-delà et cette impression était d'autant plus forte que son œil gauche, un œil de sang, filtrait à travers les mèches de sa crinière dressée aux aguets. Georgette Semedun tenait fermement l'étalon qui, les naseaux noirs dilatés, la bouche écumante, blessée par le mors, sentant encore le remugle d'écurie, se cabrait, renâclait, tentant de se dérober sous cette charge inhabituelle. Fumant de sueur, le lipizzan balayait de sa queue, avec frénésie, sa croupe charnue. Georgette Semedun parvenait difficilement à le maîtriser. Que venait-elle faire là ? Sa voix, une voix où perçait un accent d'émerveillement, rompit le silence : « Sam, que tu es beau ! » Elle piqua le cheval qui partit dans un grand galop, la crinière au vent.

« Allez, Satan ! » Sô Tiya cracha trois fois dans la direction d'où était partie Georgette Semedun. Couverte de poussière qu'un pâle soleil irisait, elle tenait un bouquet d'hibiscus et de lauriers flétris au creux du coude, fragile dans ses informes fripes, exténuée, les épaules enveloppées d'un châle crocheté en fil rugueux. Jamais, à la voir ainsi, phosphorescente, poudroyée de lumière, on ne l'aurait pensée si vieille. Elle était là, témoin muette de la douleur de ces filles qu'elle avait vues naître. Elle s'est inclinée devant la haute lampe à huile de terre cuite et a joint les mains. Puis elle a fait le tour du tas de briques et pris place au premier rang, à l'écart de la foule. Lorsque le fossoyeur eut cimenté la dernière brique, elle a discrètement essuyé une larme d'un coin de son châle, couleur de deuil.

Sô Tiya partit sans bruit. Sa robe voltigeait. Quelques tombes plus loin, des gamins qui avaient abandonné leurs jeux la regardèrent passer. Puis ils se mirent à lui lancer des pierres. Ils en ont l'habitude car ils prétendent qu'elle n'a pas d'ombre, que ses pieds ne touchent pas le sol. Ils sont trop jeunes. Ils ne connaissent pas les maîtres secrets : on n'aperçoit jamais l'ombre des grandes personnes et si d'aventure on voit leur ombre, ce n'est que l'ombre de leur ombre qui souvent prend l'apparence d'un animal, d'un arbre, d'un pays.

L'ombre de Sô Tiya accusait cinq siècles de sédimentation, de mélanges et de mixité. Elle venait de très loin, d'empires aux noms de légende : Mandingue, Bantou, Massaï et, en chemin, elle avait ramassé des cailloux d'Egypte, des stèles de Grèce. Elle avait voyagé au fond des soutes de négriers, des cales de galions espagnols qui transportaient l'or des colonies, elle avait couvé des graines de vaillance face à l'armada de Leclerc, donné sépulture au cadavre de l'Empereur. Sous les pierres qui lui étaient lancées, elle n'avait pas bronché ni accéléré le pas, elle s'était contentée de faire gicler un jet de salive entre ses canines naufragées. Elle était passée sans se retourner, traînant derrière elle l'écho d'une litanie aux accents bibliques, seul indice qu'elle appartenait encore au monde du visible.

« Mon nom est Tiya Bohio. Je ne l'ai jamais vu écrit mais je sais que je me nomme ainsi. Bohio, comme viscère — Je suis souffrante des entrailles — J'ai des douleurs d'entrailles — Je suis des entrailles éviscérées, un vagin qu'aucune queue ne désherbe plus. Avant de savoir qui était mon père, qui était ma mère, je savais que je m'appelais Tiya Bohio, du nom de cette montagne étripée. Pas étonnant que je porte ces furoncles en fleur sur mes fesses. Ô mes cuisses ! Vous ne sentirez plus le coup de rein que le plaisir secoue ! Ô mon clitoris ! Vous ne connaîtrez plus la queue des hommes, leur barre de fer ! Seigneur ! Pourquoi m'as-tu dotée de cette manie de caresser le cul de mes amants ! Seigneur ! Quand débarrasseras-tu l'ignoble marécage de tous ces fils perdus ? Quand videras-tu tout ce pus ? S'il faut du vent nous sacrifierons nos filles. Nous saurions au moins pour quelle cause nous les sacrifions. Dites-moi, Seigneur, pourquoi vous avez permis que le diable prenne femme dans ce pays d'assassins ? Haïr les siens ! Haïr les siens ! Assassins ! Hachichins, Hachichins ! » Elle s'en allait répétant ces mots qui sonnaient comme un nom de peuple. Hachichins ! Sourde obsession, image poignante, souvenir phonétique venu de loin, des profondeurs du langage, surgissant comme une création nouvelle, du rivage vers lequel Sô Tiya se transporta à mi-chemin entre la parole et l'écoute, entre le langage du monde et la parole enfermée, enclosée, prisonnière.

La nuit commençait à tomber, enveloppant la terre, le cimetière, les arbres, les hommes, le cœur des hommes. Au-dessus de la mer, s'il fallait en juger d'après l'ombre, il ne restait que peu d'étendue bleue ; presque partout, le ciel était d'un gris blanchâtre, sans défilé de nuages reconnaissables. La nuit s'annonçait suffocante. En un rien de temps, avant même que les femmes eussent pu ouvrir leur parapluie et les hommes courir s'abriter sur les galeries des maisons proches, retenant d'une main leur chapeau et agitant, de l'autre, un mouchoir en guise de protection contre le vent et la poussière, il se mit à pleuvoir. Ce ne fut qu'une brève ondée. Estelle et Adrien, quand le beau temps fut revenu, traversèrent la rue, bras ballants, chiens sans laisse. La terre amollie par la pluie cédait au lieu de crisser. Estelle un moment ralentit le pas. Elle regarda Adrien de dos et il savait qu'elle le regardait. Elle reconnaissait difficilement cette démarche alourdie, ces pas qui traînaient des années d'errance et de fatigue. A cet instant précis, elle sut qu'elle ne retournerait pas à Montréal avec lui ; elle sut, il avait honte de l'avouer, qu'il était plus de là-bas que d'ici. Il marchait avec une lenteur de chameau vers le vieux port, seul comme un orphelin. Il lui avait dit : « Allons assister à la tombée du jour sur la grève. » Ces mots affleurent toujours sur ces lèvres quand son cœur est gros d'angoisse, d'inapaisables tourments et qu'à l'intérieur de lui il ressent tout un boucan. Au bout de la rue, Adrien trouva la mer crépusculaire et le remugle des coquillages pourris. Il savait qu'Estelle le regardait, de dos, qu'elle le voyait comme un étranger qui s'en va. Pourtant, c'était le même homme, un peu abîmé seulement. Ils rentrèrent à l'hôtel et se couchèrent de bonne heure.

32

E STELLE s'était abandonnée au sommeil, cette paix
dont sa respiration tranquille était le signe. Elle
ronflait doucement. Adrien avait la tête bruissante de ses
propres craintes, de ses interrogations, de sa perplexité.
Osman, plus squelettique que jamais, l'os et la peau, la
peau sans les os, talée, ravagée, s'était approché de lui à
l'heure du souper. C'était la première fois en cinq mois
qu'il lui adressait la parole ; il l'avait averti : « Vous devez
le savoir : tous les matins votre courrier est ouvert par
deux inspecteurs des renseignements généraux. » Adrien
avait vaguement conscience des menaces latentes que
recelaient les propos souvent ironiques du colonel, chaque
fois qu'il leur arrivait de se rencontrer. Il avait noté la
persistante méfiance qu'exprimait son œil. Quelle est la
vraie couleur de l'anxiété ? Il ne dormait pas, absolument
pas quand une voix calme, lugubre, envahit sa nuit. « Du
feu ! Du feu ! » D'où provenait-elle ? « Du feu ! Du feu ! »
Les carillons des cloches de la cathédrale dissipèrent sa
léthargie. Adrien ouvrit grand les yeux, épouvanté. Estelle
dormait agrippée à lui. Il se leva péniblement. Estelle
s'éveilla en sursaut : « Où vas-tu, Adrien ? Que se passe-
t-il ? » « Du feu ! » dit encore à plusieurs reprises la voix.
Adrien parvint à la fenêtre. Il vit des flammes s'élever au-
dessus de la ville. Mitraillettes et Uzi dansaient la

farandole. Une vache qui, toute la soirée, avait meuglé, une longue plainte sauvage comme si elle avait le pressentiment d'un malheur incessant, depuis que le vacarme des balles trouait le silence de la nuit, s'était tue. « Demain elle donnera du lait caillé », plaisanta Estelle. L'arme lourde parlait : des fusillades nourries. Cette nuit-là, ils brûlèrent des pompes à essence, dynamitèrent des maisons, incendièrent le presbytère.

Vers neuf heures, le dimanche matin, Adrien fit une virée : les rues étaient pratiquement désertes, sauf, ici et là, quelques groupes de jeunes gens agglutinés, de véritables naufragés, sur le qui-vive, prêts à disparaître au moindre grondement lointain d'un moteur. Selon toute apparence, ils étaient tétanisés. Horreur et terreur, c'est bien connu, ont des effets opposés : l'horreur transit, fige et rigidifie ; la terreur amollit, disperse et liquéfie. L'horrible convoque le cri, l'épouvante intime le silence. Des hommes cagoulés, armés de mitraillettes, avaient tiré sur des files de gens qui attendaient l'ouverture des bureaux de vote. Ils avaient d'abord tiré dans le tas, puis étaient descendus de leurs véhicules achever à la baïonnette, au couteau, à la machette, les blessés. Les victimes gisaient sur l'asphalte. Gorge nouée, respiration étranglée, langue soudain trop lourde, obstruant la bouche, lèvres de sel, la vue de ce massacre avait laissé les jeunes gens saisis, foudroyés, muets. Sur l'animalité de cette violence, Adrien n'avait aucune prise. Cette fois-ci, la fête était vraiment finie. Les citoyens avaient vécu des mois d'enthousiasme quotidien devant la liberté retrouvée, des mois d'émerveillement, expression d'une ivresse collective. Mais c'étaient choses du passé. On le sentait en cette matinée de fin de novembre. Dimanche 29 novembre, jour de douleur ! Le silence tomba sur la ville assommée, un silence à la mesure du désarroi. Pas une plainte. Quand tout fut fini, il tomba une pluie lénitive et funèbre. L'air, sevré de battements d'ailes. Les oiseaux qui d'habitude dessinaient de grands cercles de joie avaient déserté le ciel. Où s'étaient-ils nichés ? Même les criquets s'étaient tus, malgré la chaleur, malgré l'accalmie du vent. Par où étaient passés charpentiers besogneux, oies cendrées, canards sauvages, rossignols de mes amours, oiseaux ouangas-négesses, colibris et ramiers ?

Le lendemain, personne dans les rues. Non loin du salon de Zag, une femme balayait la devanture de sa porte. Du côté du marché, les étalages qui, souvent la nuit, servent de lit de fortune étaient vides. Reverra-t-on bientôt les plantureuses marchandes poussant leurs mules ? Les jeunes gens deviser aux carrefours, sous les poteaux électriques, à l'ombre des hibiscus, sur le temps qui panse les blessures, sur la mémoire et le paysage ? Pas un chat. Pas un mouvement. Les voitures figées. La lumière aveuglante du soleil inondait les rues. La pharmacie éclairée d'habitude de l'intérieur par un néon intermittent était aussi fermée. La station-service incendiée, semblable à un avant-poste, produisait un effet d'ironie. Reverrat-on les enfants aux yeux limpides, au crâne rasé, pousser leurs cerceaux qui rouleront, vacilleront, ralentiront, fléchiront, et recommenceront à rouler ? Vers midi, au périmètre du cimetière, Adrien vit arriver la première charrette : corps ligotés, nuques trouées, poitrines défoncées, dos transpercés, amas de corps disloqués et rigides, aux bouches ouvertes sur un ultime cri, aux yeux exorbités par l'épouvante. Nulle âme charitable n'avait pris soin de les envelopper d'un linceul, de leur fermer les paupières, de leur croiser dignement les mains sur la poitrine. Aucun corps qui ne soit plaie verdâtre, aucun visage boucané qui ne soit roidi de stupeur. Un front s'appuie sur un sein ; un dos écrase des cuisses ; deux mains s'agrippent sur le manche d'une dague dont la pointe est fixée dans la poitrine du voisin ; des pieds coincés entre des madriers, des bras sevrés de leur tronc, des corps orphelins de tête ; un abdomen déchiqueté. Des hommes, des femmes, jeunes, vieux, pétrifiés, cendreux, confondus, entortillés par la mort.

Adieu ! as-tu dit alors, au pays de tes racines. Ce pays, tu l'avais traîné en tant de lieux : au plus profond des forêts de l'Amazonie, aux îles Galapagos, à la recherche des fossiles sauriens, tu l'avais traîné dans la Corne de l'Afrique, sur la piste de l'ancêtre qui le premier adopta la station debout ; ce pays humide avait humidifié toutes tes vies de sa luxuriance, partout où tu l'avais transporté ainsi que tes lares convalescents. Tu errais, tu sortais hors de toi, mais il était là, vivace, avec ses plantes, ses zones sèches, ses savanes salées, ses rivières froides, ses étangs saumâtres, ses forêts de pins, vastes fresques de trésors tropicaux que tu déroulais sur les esplanades de tous les invalides à l'épreuve de toutes les froidures de toutes les places de l'étoile, de toutes les plaines d'Abraham du monde. Tu étais revenu, prêt à ramasser la boue et à modeler, de tes mains de potier, une image de ton désir. Tu en avais assez d'être égaré, dépaysé. Que possédais-tu en propre sinon des papiers d'identité ? Là-bas, pas de tombe familiale, pas de demeure ancestrale. Ici, tu avais laissé ton chien, ton cheval bai et tes tourterelles. Tu étais revenu les chercher. Tu les as cherchés longtemps sans les trouver. Tu as eu beau demander à des passants s'ils les avaient vus, décrivant le chemin qu'ils avaient pris et indiquant à quel nom ils répondaient. Tu en as rencontré un ou deux qui avaient entendu les aboiements d'un chien et les pas d'un cheval ; deux ou trois autres ont même vu disparaître une tourterelle derrière un nuage, et tu dois avouer qu'ils semblaient vraiment désireux de les retrouver puisque eux aussi ils en avaient perdu : la perte est un solide ciment.

Adieu! as-tu dit alors. Adieu! Désormais tu appartiens à la race de ceux qui ont perdu à jamais un chien, un cheval bai et des tourterelles. Rien ne sera jamais plus pareil. Tout s'est effondré, les systèmes de défense se sont défaits, la barbarie, sous ses multiples facettes, à l'état pur et essentiel, avait émergé. Là-bas, il y a la flamme du foyer qui rougeoie joyeusement, les barboteuses, les jardins publics, les foires, les patinoires emplis de cris d'enfants qui s'ébattent insouciants de la vie extravagante et aveugle. Là-bas, il y a les aurores boréales, le vent et son cri de bête fauve en liberté. Adrien se souvient du vent du nord quand il se met sur son trente-six · il dépose sur le visage des cristaux de givre, le pare d'une belle barbe à papa. Il se souvient des attentes devant les abribus, les doigts au chaud protégés par des mitaines fourrées, l'haleine tiède formant des volutes de nuages. Il sait que, l'été, il aura beau parcourir l'Estrie, il ne trouvera pas les retables, les reposoirs et rogatoires, ces innombrables temples de prières qui parsèment le chemin des écoliers et les routes de son adolescence. Inutile de chercher les terrains de terre battue où, enfant, il jouait au foot, il ne trouvera que des arénas désaffectées en saison de haute chaleur car elles sont construites pour l'hiver et les joutes de hockey. Pas la peine de chercher le vent salin et ses folles équipées par-dessus la plaine, il devra se contenter des clapotis d'un lac à l'horizon limité. Il sait maintenant que, devant lui, il n'y aura que des voies goudronnées, les rues des grandes métropoles, les lumières omniprésentes, le grondement incessant des moteurs. Le voilà, de nouveau, revenu d'un long périple.

Estelle ne retournera pas à Montréal avec lui. Cette nouvelle tomba sur Adrien comme un cimeterre et son tranchant net le coupa jusqu'à la moelle. « Tu es terrifié, lui avait-elle dit. Moi aussi. Tout le monde est terrifié sur cette terre, où chaque matin la liberté est assassinée, où chaque jour amène son lot de cadavres. C'est la peur de ce qui vient après qui rend la réinsertion difficile... Mais on peut presque toujours vivre avec les conséquences. Il faut employer la vieille tactique des pêcheurs de perles devant une pieuvre : il suffit de la retourner et elle offre ses couleurs, ses formes et sa richesse. » Estelle avait retourné le pays et découvert son côté attachant. Adrien n'a eu ni le courage, ni la force, ni la volonté de le faire. Elle, elle était prête à vivre avec les conséquences et était déjà en attente de fêtes et de liesses éclatantes. Adrien ne la reconnaissait plus. Elle avait tellement changé depuis son retour. Où prenait-elle cette énergie ? Depuis le mois de juillet, elle avait longuement réfléchi. Elle s'était forgé sur le Québec, le Canada, l'extrême nord de l'errance, un jugement catégorique : elle n'aimait pas ces terres, non parce que l'été durait deux jours et demi et que le reste de l'année voyait un ciel en deuil d'oiseaux et d'étoiles filantes : « Ce n'est certes pas facile, on finit par s'y habituer » ; ni à cause de l'impossibilité de pénétrer le cœur des êtres ; « le Québec, en particulier, engoncé dans une question nationale, se contemple le nombril » ; mais parce que, à force de vivre une autre vie rythmée par d'autres fêtes, d'autres cultes, d'autres drapeaux, elle avait l'impression d'assister, quotidiennement, à l'écoulement de tout son être. « À l'extrême nord de la migrance, les gens parmi lesquels tu vis ne s'intéressent ni à ton passé, ni à ton présent, ni à ton avenir. Ils se fichent que tu viennes d'une terre où beaucoup de gens se torchent avec des pierres, se rasent avec des tessons de bouteille, où dix kilomètres de trajet constituent une distance infranchissable, où l'hypertension est traitée avec des feuilles de loup-garou. Ils s'en fichent, et, ce faisant, ils t'invitent à te penser comme un moi, une monade, disait le philosophe. » Estelle avait cessé de se penser comme un moi, pour se vivre comme un flux, en relation avec d'autres vies, une vie de flux, un vouloir-vivre, lutte et combat atteignant ainsi une part inaliénable d'elle-même, éminemment fluante, vibrante et luttante.

33

Cinq heures, l'après-midi respire paisible derrière les hautes façades de la montagne. Un rien de vent, l'air tiède et les oiseaux, délaissant les branches des arbres et les buissons où ils s'étaient cachés de l'ardeur du soleil, commencent à remplir le crépuscule de leurs tapages. Solitude. Trois manguiers à l'horizon presque adossés au calcaire de la montagne allongent leurs branches bizarrement penchées, prennent des airs voyous, comme si un trio de chenapans, s'apprêtant à faire un mauvais coup, s'était déguisé en frondaison. Aux abords de la place des Canons, Adrien aperçoit Léopold Seurat. Le visage creusé, le regard voilé, les lèvres serrées en lame de couteau, arborant un sourire ironique, son pantalon tire-bouchonnant sur ses chaussures sales, il farfouille au fond des poches de sa veste aux splendeurs révolues. Le dimanche des élections, Antoinette, sa sœur, l'avait averti qu'elle irait voter après la messe. Il ne l'a plus jamais revue. Des gamins font cercle autour de lui. Plusieurs fois, il fait mine de partir, prend son parapluie, le plie maladroitement, le fourre sous son aisselle, recommence à soliloquer, une parole coupante : « ... des singes améliorés, il leur manque un supplément d'âme... » Il est fascinant de voir cet homme au jugement si extrême et si quotidien, à la fois brisé et ultralucide, pourtant égal à lui-même, vitupérant contre ses concitoyens comme s'il faisait partie d'un autre monde. Il redépose son parapluie : « Je hais les haies qui nous quadrillent ; je hais les murs qui nous emmurent. » Léopold Seurat, seul maître à bord pendant que tout s'effondre : misaine, bateau, équipage. « Réveillez-vous, fainéants ! Chétifs sujets, bœufs courbés sous le joug ! Vous valez tous les rois, tous les présidents, tous les généraux. Réveillez-vous, votre magnificence est immortelle ! » Il recommence son manège compulsif, s'incline, reprend son parapluie, le plie, le fourre sous son aisselle, fait mine de partir, silhouette furtive, chaplinesque, bientôt avalée par la troupe hilare de gamins qui lui font escorte. Adrien lui fait un signe de la main. L'œil indifférent, la tête dans les nuages, il continue son manège, imperturbable.

Au salon, la section locale des hâbleurs tient réunion. Zag, à coups de ciseaux délicats, dégarnit une grosse tignasse frisée. Le salon reluit d'une propreté impeccable, inaccoutumée, un samedi après-midi. Blaireaux, rasoirs, tondeuses, nettoyés, rangés dans un tiroir entrouvert, ont laissé leur place, sur la table, à une imposante pièce florale. « Messieurs, je suis venu vous dire adieu, je retourne à Montréal. » L'annonce d'Adrien décontenance l'assistance. On échange quelques banalités avec un entrain qui sonne faux. Puis, d'une voix grave, la casquette de maoïste, celle qui ne se déplace jamais sans son paquet de journaux, apostrophe Adrien : « L'ami, tu as payé à prix fort une place à un match et tu veux partir à la mi-temps ? Quel dommage ! Cette fois, toutes les chances sont réunies... » Adrien le regarde, interloqué. « Toutes les chances ? De quoi est-il question au juste ? Comment peux-tu avancer une pareille idée quand, de très loin, par-delà la ligne d'horizon, le vent n'apporte que des échos de mort ! » Zag, qui en a fini avec son client, prend sa place, incline le fauteuil presque à l'horizontale. Il fume tranquillement, les yeux mi-clos. Le ton monte, on discute, tonique. Personne ne sait l'image que le destin du pays prendra dans les années à venir. Que la route serait longue, pleine de piquants, parsemée de nids-de-poule, nul n'en doutait. Fantômes livides, vidés de leur sang, les combattants continueraient à avancer car des fleurs et des fruits, des succulences marines, des cieux transparents, des eaux bleu turquoise les attendent, une fois qu'ils auront maîtrisé les contours merveilleux de leur être. « Nous serons alors réduits à n'être plus qu'apparence, des ombres décolorées errant sans prise sur le réel, condamnés à rejoindre la poussière minérale des sociétés disparues », rétorque Adrien. Tollé de protestations. Zag eut peine à rétablir le calme. « Notre dénuement nous a toujours libérés des préjugés, inspiré nos audaces. Peut-être faudra-t-il retourner à l'âge du cri, bégayer, recommencer à tirer des contes : « Cric ! » et la société répondra : « Crac ! » ; peut-être nous faudra-t-il réapprendre à arpenter chaque pouce carré de notre corps et ses fragrances, fussent-elles malodorantes, avant de retrouver cette connivence entre les hommes et le monde et puis parler la langue qui ne ment pas. » Adrien l'écoute attentivement : « Qui, qui, dis-moi, réalisera tout cela ? » La réponse est spontanée, unanime : « Le peuple ! » clame à l'unisson l'assistance. Adrien rappelle la mort du garde de sécurité, son lynchage. Ce pays sera-t-il jamais celui de la paix et de la justice ? La réplique ne tarde pas, toujours la même : « Tu ne peux pas comprendre, tu n'étais pas là. Tu n'as pas connu ces décennies d'avilissement quotidien, l'humiliation sans nom dont ce peuple a été victime. Le mot justice n'a pas le même sens pour toi qui défends un code archaïque de noblesse, d'élégance, face à l'ennemi capturé. Vraiment tu ne peux pas comprendre, toi qui, toute ta vie, t'es installé dans le confort, la paix douillette de tes fouilles archéologiques, toi, l'explorateur de néants, le collectionneur d'ossements, de vestiges vétustes et de mondes disparus. Tu n'étais pas là. La haine s'est installée à demeure ; chaque maison, chaque pierre, chaque recoin suinte la haine, une haine rancie, recuite ; c'est un pays chargé lourd à porter. »

Un Vénitien, déjà au quinzième siècle, avait appelé cette île, l'île de la main du diable. Adrien ne peut réprimer le sentiment de désespérance qui l'envahit. Cette île au long de deux siècles d'indépendance a brûlé tous ses vaisseaux, bradé son génie. Ce n'est pas par hasard que le drapeau affiche cette devise : « L'union fait la force. » Ce peuple serait-il l'héritier d'une unité perdue ? Comment renouer les liens collectifs, recoudre le tissu ? Il y a de fortes chances qu'il n'y arrive pas, ou, pas de sitôt, à moins d'être touché par une grâce surhumaine. Tout porte à croire qu'il continuera pendant encore un bout de temps à s'enliser. Il n'y a ni mage, ni guérisseur, ni faiseur de miracles, ni thaumaturge capable de ramener à la lumière les âmes prisonnières. Adrien manifeste un pessimisme absolu quant à l'avenir de ce coin de terre. La discussion tourne au vinaigre ; Zag y met son grain de sel : « Ici, chaque être est une île. Voilà pourquoi nous sommes dérisoirement accrochés à nos certitudes, empêtrés dans le grotesque de notre condition. » Zag, égal à lui-même, sibyllin. Adrien veut éclaircir son propos, se risque à demander : « Alors, serions-nous d'éternels perdants ? » Zag réfléchit un moment et laisse tomber : « Si tu veux. Toi, tu penses que ce qui compte, c'est seulement, au fond, de gagner ou de perdre. En réalité, tout ce que nous avons fait vraiment n'a jamais eu rien à voir avec le fait de gagner ou de perdre. Pour moi, il est clair qu'ici on a déjà tout perdu, et depuis un bon moment. Le fait est que je pense, et beaucoup de gens avec moi, qu'au fond nous n'avons jamais eu ni idée ni même envie de gagner. Tout le long de notre histoire. Aujourd'hui, peut-être encore... » Zag semble incapable de retrouver le fil de sa pensée :

« Mais une chose est sûre, il vaut mieux être là qu'à six pieds sous terre ou à courir le monde en pigeon voyageur. »

Adrien se lève, il lui reste quelques personnes à saluer. Il prend l'avion demain. Zag le raccompagne sur la galerie. Le mendiant est encore là. Un chroniqueur, de passage en 1837, signalait une rencontre avec un mendiant aux membres tordus qui traînait des jambes inertes derrière lui et avançait sur ses mains et ses genoux. Ce même mendiant, Alfred Métraux, André Breton, Graham Greene l'ont rencontré. Adrien le reconnaît, un siècle et demi plus tard, assis devant le salon de Zag. « Que comptes-tu faire à Montréal ? » lui demande le coiffeur à brûle-pourpoint. Il n'en a pas la moindre idée. Sans Estelle, sa compagne des mille jours et des mille nuits. Cette séparation l'effraye, agite devant lui le spectre de la solitude. Il sera seul à Montréal, sans l'intimité ni les gestes de la tendresse : le souffle de l'autre dans la nuit, le grain de beauté, la douceur rugueuse des poils du pubis quand ils se rencontrent, les soupirs... vraiment, il n'en a pas la moindre idée. « Écrire », dit-il dans un souffle. Adrien, en disant cela, se rend compte qu'il exprime bien plus un désir qu'un projet. Il changera sûrement de profession, celle qu'il avait exercée et qui avait constitué jusque-là l'essentiel de sa vie venait de perdre tout intérêt à ses yeux. À l'archéologue qui s'enfonce dans l'immémorial, il oppose le cartographe qui repère « les lieux de passages, les lieux intermédiaires ». Adrien lève la tête vers le ciel : « À Montréal, je ramasserai ma drive et je veillerai sérieusement à ce que le silence ne m'étouffe pas et à ce que la mort m'oublie. » Zag baisse les yeux. Visiblement il est gêné non par les propos d'Adrien mais par la confidence qu'il s'apprête à lui faire. « Je te donne une nouvelle en primeur. J'ai annoncé ma visite à Ariane. Ces fleurs que tu as vues lui sont destinées. J'espère qu'elle

me dira oui... » Adrien paraît d'abord surpris. Puis il est
pris d'un fou rire. Zagréus Gonzague, amoureux ! Zag
vouloir épouser Ariane ! Lui qui sait qu'un cœur humain
n'a rien à voir avec un cœur de la Saint-Valentin. Lui, le
détenteur du secret de Sosthènes. Et la malédiction ? Et la
prudence, la pointe des pieds, les œufs ? Atteint de
strabisme, loucherait-il aussi des couilles ? Zag amoureux
d'Ariane, au point de tout oublier, il y a là de quoi sonner
l'hallali. Au paradis ou en enfer, c'est un bien drôle d'hôte
qui comparaîtra.

Adrien quitte la ville avec la gueule de bois. Il emporte
de son séjour des provisions d'images comme des photos
de voyage. Elles ne sont ni les plus belles ni les plus
significatives. Ce sont celles qu'il a été capable de prendre.
Elles en disent probablement plus long sur le visiteur que
sur le pays. Qu'importe ! Accompagné d'Estelle il arrive à
l'aéroport. Le soleil prend lentement la pente de son déclin
bien qu'il inonde encore les bâtiments d'un éclat d'acier.
Une odeur de sueur capiteuse, tenace, mêlée à l'iode du
vent embaume l'aire d'attente. Rien n'est difficile une fois
décidé. Ni rupture, ni séparation, une halte. Adrien
traverse le corridor du dépistage électronique. Il est
maintenant séparé d'Estelle qui lui fait un long geste
d'adieu, séparé de tous ceux qui, comme elle, ne partent
pas, de ceux qui, enracinés, ne partiront jamais, de ceux
qui, bateaux retenus malgré eux au port, voudraient
larguer les amarres, et n'en ont pas les moyens. Il se laisse
tomber dans un fauteuil laid et inconfortable après avoir
repéré la porte où il devra présenter sa carte d'embarquement. Il retourne à Montréal. Il revient à la case de départ
et rejoint ainsi le cortège de tous les errants, des sans-
patrie, des déracinés en rupture avec leur passé, culpabi-
lisés d'avoir survécu à tant d'holocaustes. Ils ont souvent
perdu leurs points de repère, vivent tant bien que mal,
connaissent à la longue de grandes joies, créent de

nouvelles familles, poussent de nouvelles racines et puis, un beau jour, non ils ne meurent pas, ils s'absentent à pas feutrés. Aujourd'hui par miracle, l'avion est à l'heure : une voix aseptisée appelle les voyageurs à destination de Montréal. Ils se mettent spontanément à la queue leu leu. Le troupeau ! En tête de peloton (tiens, celui-là tu l'avais oublié !), il y a le commandant Mollo-Mollo coiffé d'un bicorne et vêtu d'une queue-de-pie, une veste élimée d'alpaga noir. Sur sa poitrine pendent, en breloque, des médailles obtenues à on ne sait quels comices, des croix de guerre récompensant des exploits inconnus, réalisés sur on ne sait quels champs d'honneur, des amulettes et des talismans destinés à le protéger contre on ne sait quels maléfices, si puissants soient-ils, et cent autres babioles dont rien au monde ne pourrait le séparer. Il exhibe un perroquet en cage pour lequel il veut négocier à tout prix une place près du hublot. « Ce n'est pas ça, Mollo-Mollo, où as-tu gagné toutes ces médailles ? » demande un plaisantin. « A la sueur de mon front, répond-il avec l'à-propos qu'on lui connaît. A la sueur de mon front, pour les batailles présentes et futures contre la race des canailles qui maléficient le royaume des bêtes à bon Dieu. » « Hostie ! » ponctue le perroquet du fond de sa cage. « Nous habitons la cour de l'Empire, il est vrai, du côté des lieux d'aisances, continue Mollo-Mollo. Maintenant que nous sommes entrés dans le temps de Babel... poussons des cris, des S.O.S. Nous sommes une espèce en voie d'extinction, nous sommes menacés du sort des insectes qui finissent épinglés sur un panneau de musée. Au secours ! Crions à l'aide ! Bonnes âmes, à l'aide ! A l'aide ! Mesdames et messieurs, sur cette île, la survie des bêtes à bon Dieu est menacée ! » De sa veste d'alpaga, il tire une conque marine et se met à souffler dedans. Il en sort un appel de clairon.

Dans l'ovale du hublot entrèrent les collines, la montagne désolée, le relief de l'île et sa mâchoire de caïman.

Un signal retentit. Adrien pouvait détacher sa ceinture et incliner son siège. Les derniers rayons de soleil tapaient encore contre le hublot, masquant la mer et ses franges. L'île n'était plus visible. Adrien ferma les yeux, et vit danser sur la paroi interne de ses paupières tout un théâtre d'ombres. D'abord, Reine, scrutant désespérément, au bout de la jetée, l'horizon pendant de longs après-midi, regardant sans fin les vagues et l'horizon éblouissant de trois heures. Elle ne voit rien venir. Elle boit des coulées de vent et revient d'une marche tanguée, chaloupée, naviguant hors du temps, loin des venins de la rumeur. Puis Ariane, ses grands yeux noirs, une déréliction sans appel. Et enfin Caroline, étoile filante de sérénité sur sa bicyclette (ou plutôt elle s'en donne l'air), vêtue de sa salopette de deuil. Fantomatique, le visage de Sam écrasé sur l'asphalte, au hasard d'un jour de novembre. Adrien avait voulu percer le mystère de cette mort. La terre lui avait littéralement glissé sous les pieds. La réalité vaste, mouvementée, contradictoire, s'était réduite à un tas de cendres. Il quittait une ville, un pays où, cinq mois durant, il avait navigué entre mémoire et oubli, trace et disparition, falsification et vérité. L'avion avait atteint les grands espaces de nuages, de dunes. Adrien abandonna son esprit à de vastes pensées.

La composition de cet ouvrage
a été réalisée par l'Imprimerie BUSSIÈRE,
l'impression et le brochage ont été effectués
sur presse CAMERON dans les ateliers de B.C.I.,
à Saint-Amand-Montrond (Cher),
pour le compte des Éditions Albin Michel.

Achevé d'imprimer en août 1995.
N° d'édition : 14110 — N° d'impression : 2784-94/798.
Dépôt légal : août 1995.